박석환
판타지 장편 소설

마법체계

Magic System

마법체계 1

박석환 판타지 장편 소설

초판 1쇄 찍은 날 § 2006년 12월 16일
초판 1쇄 펴낸 날 § 2006년 12월 23일

지은이 § 박석환
펴낸이 § 서경석

편집장 § 문혜영
편집책임 § 유경화
편집 § 이재권

펴낸곳 § 도서출판 청어람
등록번호 § 제1081-1-89호
등록일자 § 1999. 5. 31
어람번호 § 제1-0777호

주소 § 경기도 부천시 원미구 심곡1동 350-1 남성B/D 3F (우) 420-011
전화 § 032-656-4452 팩스 § 032-656-4453
http://www.chungeoram.com
E-mail § eoram99@chollian.net

ISBN 89-251-0454-7 04810
ISBN 89-251-0453-9 (세트)

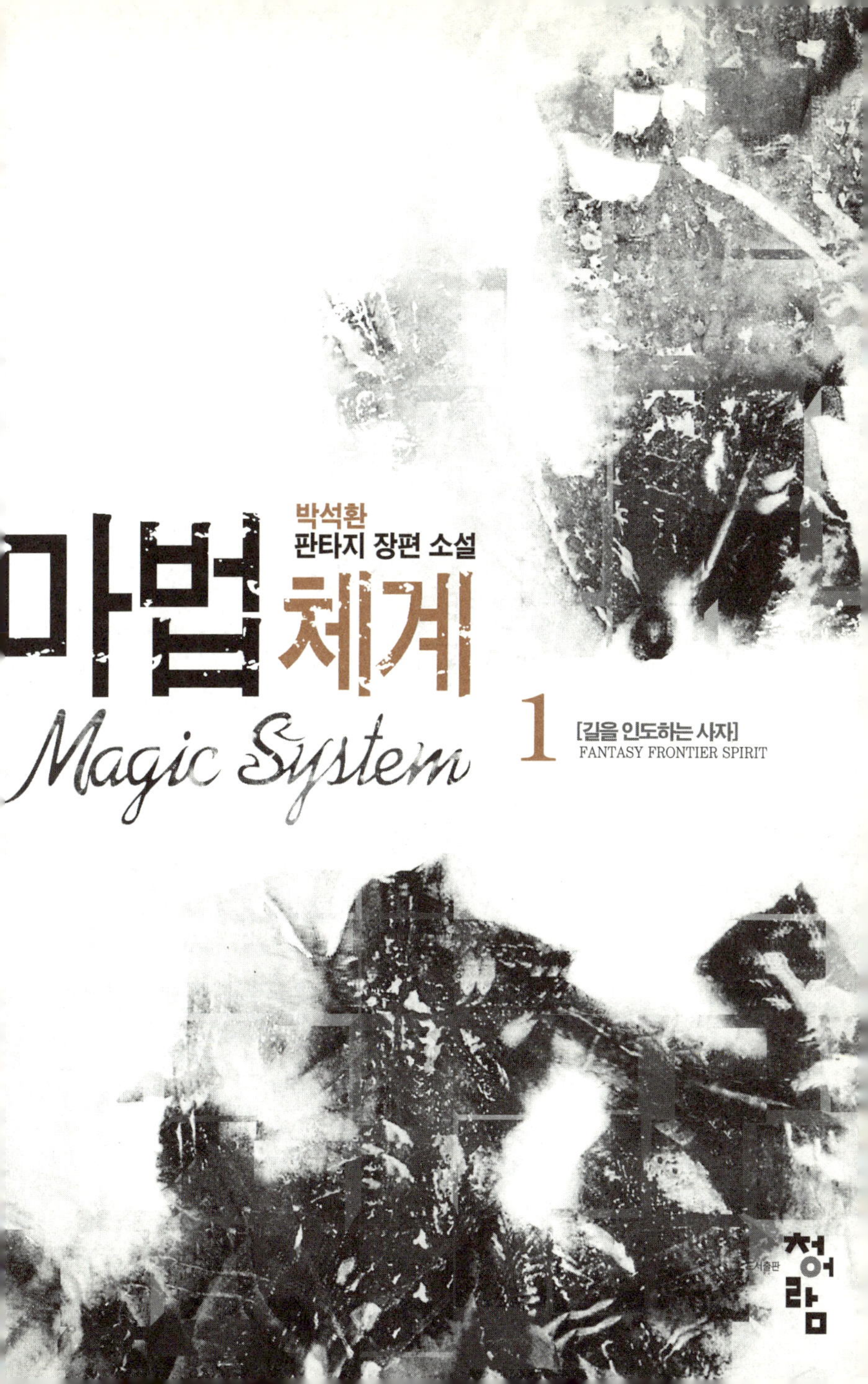

박석환
판타지 장편 소설

마법 체계

Magic System

1

[길을 인도하는 사자]
FANTASY FRONTIER SPIRIT

청어람

Contents

프롤로그

한 시대를 풍미했고, 수많은 이야기를 남긴 체계의 마도사.

그는 역사에 기록되길, '대륙에서 가장 잔인하고 사악했으며 파멸을 즐기는 자였고, 자신의 능력이 아니라 주위의 명석한 인재들로 인해 흥망있는 정치를 꾀해 종래엔 인류를 기만하는 폭군으로 자리 잡았다' 라고 최종 기록되었지만 그 반대적인 학설도 황제의 개인 창고에 보관되어 있다는 설이 있다. 그 기록에 대해서는 많은 이들이 궁금증을 표했으나 대제(大帝)는 체계의 마도사에 관련된 모든 내용을 덮었으며, 그에 관련된 내용을 언급할 시, 3대처형을 내리겠노라 명했다.

그는 대제의 절대적인 지지를 바탕으로 올라선 희대의 악마인가, 멸망으로 치닫는 바이슨 왕국 재건의 영웅인가.

진실은 현재까지도 팽팽하게 엇갈리고 있다.

대륙력 324.

바이슨 왕국의 공작 '비스틴 폰 브레이크'의 평전 中 발췌.

Chapter 1

스승님

공간의 두려움이란 이토록 무섭다.

배고픔과 추위조차 느끼지 못한 채 어느 순간 공포에 사로잡혀 패닉 상태에 이른다. 극한의 공포에 이른 상태는 어떤 의미로는 곧 죽음을 상징.

아무도 없는 이 낡은 건물은 싸늘한 냉기와 함께 천천히 내 숨통을 조여가고 있었다.

휘이잉!

조그마한 얼굴로 창밖을 쳐다보니 무섭게 몰아치는 폭설이 보인다.

을씨년스러운 날씨.

도무지 위치를 알 수 없는 고지대.

불현듯 눈에서 뜨거운 눈물이 흘렀다.

내가 왜 이곳에 있는지, 무엇 때문에 왔는지 알 수 없었다.

길에서 동냥질이나 하던 몸이다. 전쟁 때문에 피폐해진 마을에서 질긴 목숨을 연명하던 차였는데, 정신을 차리고 보니 이 낯선 집이다.

내 나이 이제 고작 열네 살.

나는 왜 이곳에 있는 걸까.

불안과 초조를 느꼈다.

의아함을 느끼던 그 순간 문이 끼이익 하고 열렸다.

키가 못해도 2피르(m)는 될 법한 장신의 노인이 들어왔다.

백발이 무성한 머리와 긴 수염, 주름이 자글자글한 마른 얼굴에 온몸이 찌릿찌릿해지는 형형한 눈빛을 가진 노인이다.

그는 나를 슬쩍 내려다보다가 지나쳤다.

가슴이 철렁했다.

눈빛만으로 사람을 죽이는 사람이 있다는 소리를 들은 적이 있다.

나는 처음으로 그 말을 실감했다.

노인은 의자에 앉아 펜촉으로 무언가를 써 내려갔다. 그러다 한참 후 불쑥 입을 열었는데, 마치 설인이 말을 하면 저런 목소리가 아닐까 싶다.

"이름이 무엇이냐?"

두텁고 낮은, 그리고 절대적인 권위가 묻어 있는 목소리였
다.

나는 잔뜩 긴장한 채로 대답했다.

목소리가 은연중 사시나무처럼 바들바들 떨렸다.

"이, 이름이 없습니다."

그가 글을 쓰던 손을 우뚝 멈추었다.

"이름이 없다고?"

나는 머리를 조아렸다.

"예, 어르신."

그는 잠깐 고민하다가 고개를 끄덕였다.

"앞으로 네 이름은 로크다."

다짜고짜 나타나서는 내 이름을 짓는다. 대체 상황이 어떻
게 돌아가고 있는 것인지 알 수 없다. 궁금한 것은 수도 없이
많았으나 침묵했다.

두려움의 본능이 내 입을 막아버렸다.

그날 저녁, 말라비틀어신 빵을 씹고 있던 내게 노인이 다가
왔다. 그에게 '따라오너라' 라는 말을 듣자마자 냉큼 빵을 내
려놓았다. 나는 본래 누군가의 말을 잘 듣는 착한 어린이는
아니었다. 마음에 들지 않는 녀석은 반은 죽여놔야 속이 시원
한 그런 성격이었다. 하지만 이 집에 온 뒤로부터 분노라든가
반항 같은 마음은 꿈도 꾸지 못했다.

인간이 짐승과 다른 점은 공포를 판별할 줄 안다는 것이다. 나는 그 말에 철저히 순응하고 있었다.

노인의 온몸에서 풍겨져 나오는 기운은 도저히 인간의 것이 아니었다. 온몸에 배어 있는 피비린내.

그는 내게 충분히 두려운 존재였다.

잡념에 빠져 있는데 노인이 문을 벌컥 열었다.

거대한 폭설이 온몸을 때렸다.

나는 그 바람을 못 이기고 뒤로 밀려나 결국에는 나동그라지고 말았다. 그 거대하고 차가운 바람에도 꿈쩍 않는 노인이 돌아보며 말했다.

"나를 따라오라고 했다."

거부할 수 없는 명령이 온몸을 옥죄인다.

나는 이를 악물며 일어섰다.

문턱까지는 어떻게 갈 수 있었으나, 문제는 문을 나서니 도저히 한 치도 걸을 수가 없었다. 다행히 폭설이긴 했으나 신기하게도 땅에 쌓인 눈의 양은 얼마 되지 않았기에 엉금엉금 기다시피 그의 뒤를 따라갔다.

폭설 때문에 손과 발이 시렸지만 그것은 어느 정도 견딜 만했다. 하지만 너무 편안하게 걸어가는 그를 가깝게 뒤따르기란 쉽지 않았다. 가까워졌다 싶으면 멀어졌고, 또 가까워졌다 싶으면 멀어졌기 때문이다.

그렇게 고통스런 시간은 꽤 길었다.

약 30분 정도가 흘렀을 때, 거대한 저택을 발견했다.

나는 깨달았다.

그가 나를 시험하고 있음을.

무슨 이유인지는 모른다.

다만 그가 바라는 결과가 나오지 않았을 때는 내 목숨이 위태롭겠다는 것은 알겠다.

어차피 돌아갈 길도 없을뿐더러 내겐 선택의 여지가 없었다.

나는 그를 따라야 했다.

저택에 가까워질수록 눈보라는 조금씩 사그라지고 있었다.

동상이 걸린 손이 시려서 꾹꾹 눌러 지압했다.

원근감 때문에 느끼지 못했는데 가까이서 보니 정말 엄청난 곳이다.

"괴, 굉장해……."

나는 멍하니 중얼거렸다.

얇고 높은 철문을 지나 과장해서 말하면 거의 성에 필적할 만한 거대한 저택으로 향했다.

컹컹컹!!

도베르만.

어깨 높이는 약 70피스(㎝), 털은 검은 갈색이었고, 견고한 골격과 단단한 근육, 잘린 귀에 머리는 쐐기 모양이었다.

목에 줄이 감겨 있어 나를 물지 못해 혈안이었다. 내 아무리 노인에게는 겁을 먹었다곤 하나 이런 개새끼에게 기죽을 정도로 약골은 아니다.

내가 바닥의 돌을 집어 들어 녀석에게 다가가려고 하던 차였다.

"무슨 짓이냐?!"

상당히 멀리 떨어져 있다고 생각했던 노인이 어느새 내 옆에 와 있었다. 섬뜩한 눈빛에 나는 부들부들 떨며 돌을 놓쳤다. 노인이 덥석 내 목을 잡았다.

"끄, 끄윽……."

나를 머리 위로 단숨에 들어올렸다.

엄청난 완력이었다.

바둥바둥거리는 내게 그가 무시무시한 목소리로 말했다.

"내 명령 이외에 생을 해치는 짓은 절대 용납할 수 없다. 알겠느냐?"

나는 미친 듯이 고개를 끄덕였다. 깡마른 몸 어디에서 이런 괴력이 나오는지 믿기지가 않았다.

목이 조이자 뇌에 산소 공급이 안 되고 당장이라도 얼굴이 터질 것만 같았다.

"사, 살려……."

털썩!

그가 손을 놓자 바닥에 풀썩 쓰러진 나는 캑캑거리며 탁한 숨을 토해냈다.

온몸에 공포가 휘감겼지만 분노도 싹을 틔웠다.

노인에 대한 악감정이 조금씩 피어나기 시작했다.

고통이 만든 악의 씨앗이었다.

나는 거칠게 호흡하다가 그가 걸음을 옮기기에 천천히 일어섰다. 나는 개를 한번 노려봐 준 후 노인의 뒤를 따랐다.

뒤에서 도베르만이 나를 향해 짖는 소리가 계속되고 있었다.

저택 내부로 들어오자 화려한 집이 내 눈을 현혹시켰다. 이런 집은 태어나 처음 들어와 본다. 엄청난 높이의 천장에는 다이아몬드로 만든 큰 샹들리에가 걸려 있었다. 그리고 보석이 잔뜩 진열되어 있었으며, 황홀할 정도로 아름다운 인테리어 세공으로 이루어져 있는 집이었다.

귀족들도 보면 놀랄 만한 집이라고 생각했지만 후에 알게 된 사실은 이 집은 그다지 사치스런 집이 아니었다. 그때 나는 귀족들의 탐욕이 얼마나 심각한지 알게 되었던 걸로 기억한다.

아무튼 그는 거실을 가로질러 나를 도서관으로 데려왔다. 방은 거대했고, 책의 양 역시 평생을 읽어도 모자람이 없을 만큼 가득했다.

넋 나간 얼굴로 구경하던 그 순간, 노인이 살짝 손을 흔들자 수십여 권의 책이 저절로 날아왔다.

나는 그 광경을 보고 눈이 빠질 뻔했다.

경외의 시선으로 노인을 보았다.

그는 나를 보면서 심드렁하게 말했다.

"신기하더냐?"

"예!"

"네놈도 곧 하게 될 거다."

그 말을 듣자마자 희열이 온몸을 휘감았다.

좀 전에 느꼈던 분노는 봄눈 녹듯이 사라졌다.

마법사의 제자가 되는 것이다!

어떤 이유인지 물어보고 싶었으나 참았다.

언젠가는, 언젠가는 알게 될 테니까.

마법사.

불을 만들고 물을 만들며, 산을 뒤엎고 바다를 가르는, 그런 위대한 존재로 알고 있다.

내 가슴은 일대 파란을 맞은 것처럼 심하게 요동치고 있었다.

"이 책을 모두 읽어라. 기한은 하루. 그리고 내 질문에 대답하지 못할 경우 너에게 무거운 벌을 내릴 것이다."

희열은 사라지고 다시 은은한 공포가 엄습한다.

나는 그의 말이 전혀 빈말이 아니라는 것을 본능적으로 느꼈다. 그리고 나는 사실을 억지로 뱉어내야 했다. 거짓말이 들키면 그에게 크게 밉보일 것이다.

"저, 저는 글을 읽을 줄 모릅니다."

"이제는 읽을 수 있다."

나는 깜짝 놀라 물었다.

"예?"

"한 번만 더 내게 반문하면 그땐 그 값을 치를 줄 알거라."

나는 입을 꾹 다물었다.

글을 읽을 수 있다고? 나는 미천한 평민이다. 글이라고는 평생 가까이 할 수 없는 존재인 것이다. 그런데 읽을 수 있다니…….

속는 셈치고 그가 시키는 대로 했다.

나는 내 몸에 비해 엄청 커다란 의자 위에 앉았다. 그리고 책을 집어 첫 페이지를 펼쳤다. 어지러운 글자들이 눈에 들어왔다. 처음엔 적응이 잘 안 됐지만 점점 읽을수록 글자가 눈에 들어왔다.

내가 글을 읽을 수 있다는 것을 알고는 기절할 뻔했다.

어떻게 이런 일이 있을 수 있는가.

고아였던, 까막눈이었던 내가 글을 읽는다!

내가 노인에게 고개를 돌리자 그는 무표정한 얼굴로 몸을 휙 돌릴 뿐이었다.

"기한은 단 하루다. 실망시키지 마라."

그리고 그는 문을 닫았다.

쿠웅—

2

시간이 얼마나 흘렀는지 몰랐다.

나는 내 스스로가 놀랄 정도로 독서에 빠져들었다. 평소 책을 들고 거리를 돌아다니는 인간들을 보면 독설을 내뱉던 나이다.

그걸 깨닫고는 실소했다.

"내가 글을 읽는 날이 올 줄이야……."

나는 지금의 한마디 잡담조차 문득 아깝다고 느껴졌다. 노인의 얼굴이 떠올랐기 때문이다. 그 노인이 화가 났을 때의 표정은 정말이지, 악마 그 이외의 표현은 떠오르지 않았다.

내 심장이 조금만 약했더라면 심장마비로 죽었을 것이라고 생각한 적이 수도 없었다.

나는 머릿속에 떠오르는 그 살 떨리는 중압감을 떨치기 위해 머리를 흔들며 다시 글을 읽어나갔다.

책은 모두 마법에 관련된 글이었다.

나는 내일 있을 노인의 질문이 무섭기도 했지만 솔직한 심정은 신이 나기도 했다. 마법을 익힐 수 있다는 마음에서였다. 하지만 내 기쁨은 오래가지 않았다.

나는 글을 읽을수록 절망감에 빠졌다.

너무 난해하고 어려웠기 때문이다.

마법의 이론을 열네 살의 나이에 이해하기란 너무 어려운 일이었다.

반나절이 흘렀을 때, 내가 기억할 수 있었던 내용은 마나의 기본적인 체계와 마법의 시작, 그리고 마법의 끝, 상식 정도였다. 하지만 그것마저도 완전한 것은 아니었다.

진전이 없었고, 하루가 흘렀다.

그리고 노인이 나타났다.

끼이익!

문을 열고 긴 다리로 성큼성큼 다가왔다.

유령처럼 반짝이는 두 눈을 빛내며 그는 내 반대편에 앉았다. 그는 아무런 생각도 감정도 없는 눈동자를 가져서 그의 눈을 볼 때면 항상 등골이 서늘했다.

"책은 다 읽었느냐?"

"예."

못해도 저 스무 권가량의 책을 각각 열 번은 넘게 읽었다. 보통의 책이라면 외울 법도 한데, 마법이라는 것은 너무 어려워 아직도 책을 제대로 공부했다고는 할 수 없었다.

노인은 수염을 쓰다듬으면서 질문을 시작했다.

"마법이란 무엇이냐?"

"마력을 일으켜 힘을 창조하는 것입니다."

"정확한 답은 아니지만, 어느 정도는 맞는 말이다. 그럼……."

내 모든 생각을 꿰뚫을 것 같은 노인의 눈동자를 마주 대하자 정신이 아득해졌다. 그 순간 노인이 질문했다.

"제7체계 이론 공식을 말해보거라."

온몸에 나 있는 솜털이 쭈뼛 서는 느낌이다.

그 수많은 체계 중 하나를 이야기하라니……

나는 말문이 막혔다.

물론 완전히 기억이 안 나는 건 아니지만 너무 난해한 것이라 그냥 넘어갔던 것이다.

내가 망설이자 노인이 이맛살을 찌푸렸다.

나는 수백 가지 체계 중 일곱 번째 체계 공식을 기억해 내야 했다.

"제… 7체계는… 마나의 흐름을 시작으로 한… 이공간의 마법입니다. 그러니까……"

내가 말을 잇지 못하고 버벅거리자 그가 벌떡 자리에서 일어났다. 그리고 내 멱살을 잡아끌었다. 멱살을 잡힌 채 문을 열고 어디론가 향했는데, 너무 무서워서 나는 눈을 질끈 감고 말았다.

지하 창고와 비슷한 곳에 도착했다.

많은 약물과 약품이 진열되어 있었다. 그리고 처음 보는 물건들과 책이 있는 곳이었다. 나는 그곳에서 정말 죽지 않을 만큼 맞았다.

노인이 스트렝스라고 중얼거리는 순간 그의 몽둥이에서 빛이 번쩍였고, 극한의 고통을 경험했다.

온몸의 뼈가 산산이 부서지는 지옥 같은 아픔.

약 한 시간 이상을 얻어맞았고, 나는 결국 정신을 잃었다.

그리고 정확히 이틀이 지난 후에야 깨어날 수 있었다.

눈을 떴다.

노인이 나를 내려다보고 있었다.

심장이 쿵쾅거렸다.

노인에게 맞을 때의 고통과 괴로움이 온몸 구석구석에서 피어나는 것 같았다. 나는 완전히 질린 얼굴로 그의 시선을 피했다.

"일주일, 정확히 일주일 후 다시 질문한다. 그때 역시 대답하지 못하면 너는 목숨을 내놔야 할 게다."

나는 입술을 지그시 깨물었다.

그는 두말없이 돌아갔다.

미쳐 버릴 것 같다. 왜 이리 강요당해야 하는지, 무엇을 그리 잘못하고 있는지 이해할 수도 깨달을 수도 없었다.

조용히 침대에서 내려와 창문 밖을 내다보았다.

폭설은 그칠 생각이 없어 보였다.

아니, 오히려 더 심하게 퍼붓고 있었다.

훗, 도망이라니…….

나는 잠시마나 그런 부질없는 희망을 꿈꿨던 내 자신을 책망했다.

애초에 내게 선택은 없었다.

저 미친 노인에게서 살아남아야 한다.

나는 가슴을 폈다.

질 수 없다. 그리고 죽을 수도 없다.

한 번뿐인 인생을 개죽음으로 마무리하는 건 더더욱 싫었다.

이왕이면 고통스럽더라도 그에게 모든 것을 배워 대마법사가 되겠다는 야망을 꽃피웠다.

나는 이를 꽉 깨물며 도서관을 향해 걸었다.

그런데 그 순간, 얼핏 벽에 걸린 거울에 비친 내 모습을 보았다. 평소 몸이 더러웠던지라 얼굴을 구분할 수도 없었고, 거울을 볼 기회도 잘 없었기에 내 외모가 어떤지 몰랐다.

그런데 말끔하게 씻겨 있는 내 얼굴은 곱상하고 귀여운 편이었다.

머리카락은 흔하지 않은 긴 흑발이다.

흑백이 선명하게 구분되는 눈동자, 하얀 얼굴에 부드러운 인상.

나는 표정을 구겼다.

남자다운 얼굴을 원했는데 내 얼굴은 거의 여자에 가깝지 않은가. 무엇 하나 마음에 드는 구석이 없다.

나는 머리를 박박 긁으며 중얼거렸다.

"샌님 같군. 빌어먹을."

거의 왕실 도서관에 필적할 만한 거대 도서관—사실 왕실 도서관에 대해선 눈곱만큼도 이야기를 못 들어봤다—에 도착한 나는 사다리를 이용해 필요한 책을 모으는 데만 꽤 시간이 걸렸다.

끙끙거리며 거의 탑을 이룬 책을 책상 위에 올려놓았다.

그 책들을 보고 있자니 조금 막막한 기분이 들어서 나는 짧게 한숨지었다. 이마에 흐르는 식은땀을 훔친 후 의자에 앉았다.

일주일이라는 시간.

나에게는 번갯불보다 짧은 시간이다.

생사를 결정하는 기간이기에 더 압박되는 비중이 높았던 것이다. 나는 눈에 불을 켜고 이론을 독파하기 시작했다.

이번엔 저번처럼 어려운 것은 설렁설렁 넘어가지 않고, 글자 하나하나를 머릿속에 담았다.

어떠한 질문이 날아와도 완벽하게 대답할 수 있도록.

그렇게 삼 일이 흘렀을 때쯤이다.

노인은 내게 에메랄드 색 반지 하나를 주고 갔다.

무슨 반지냐고 물었더니 지식 흡수를 도와주는 반지란다.

나는 반색하며 받았고, 정말 그날부터 이해되지 않던 글들이 머릿속에 착착 정립되어 갔다.

노인이 말하기를 도시에 나갔다가 우연히 구한 것이라고

했다.

거짓말이다.

아마 나를 위해 애초에 준비해 둔 물건이리라.

그리고 한 가지 사실을 알 수 있었다.

그는 아마 나를 쉽게 죽이지 못할 것이다.

나에게 반지를 넘긴 이상 의심할 여지가 없었다. 만약 쓸모
없는 녀석이라 여겨 당장 죽이려 했다면 반지 따윈 애초에 주
지 않았을 것이다.

그의 캐릭터는 완전한 즉결처분형이었으니까.

어쨌든 노인이 준 반지 때문에 나는 거의 광속에 가까운 속
도로 글을 이해해 나가고 있었다.

먼저 마나 체계라는 것은, 쉽게 말하면 일종의 마나 구조인
데, 본래 존재하던 마법의 체계를 이 노인이 더 혁신적으로
변화시켰다.

마법체계는 흑마법과 백마법의 구분이 없다.

어떤 체계의 구성을 사용하느냐에 따라 그 마법이 캐스팅
되며, 마법체계의 구조 속에는 그동안 시대적으로 만들어진
대부분의 마법이 들어 있다.

간단히 말하면 흔히 보통의 마법사들이 사용하는 1서클부
터 9서클까지의 마법은 기본적으로 속해 있다는 것이다.

'그렇다면 다른 점은 무엇인가?' 라고 묻는다면 보다 광대
한 스케일이다. 수를 헤아릴 수 없는 엄청난 마법의 숫자. 그

것은 파괴적인 공격력의 흑마법과 치유와 빛에 가까운 백마법을 모두 자신의 것으로 만들어야 하기 때문일 것이다.

마법체계는 높은 체계일수록 상위마법이며, 정신력과 마력 고갈이 심각하다.

때문에 갑작스레 너무 높은 체계의 마법을 사용해 버리면, 한동안은 마법을 쓰지 못하는 보통의 인간과 같은 위치가 되어버릴 수도 있다는 점이다. 그렇기에 최악의 상황에 치닫지 않으려면 마법력을 얼마나 자신의 능력에 맞게끔 제어하느냐에 달려 있다.

스승님은 간혹 내게 말하셨다.

체계의 마법은 보통의 마법사들이 범접할 수 없는 신의 영역에 가까운 것이라고.

그러고 보면 나를 데려온 영감, 보통이 아니었다. 제2의 마나 체계론의 저술자가 바로 이 노인이었던 것이다.

마법체계는 본질적인 마법공학의 공식을 무너뜨리고 새로운 주문, 새로운 체계로써 마법을 정립했다. 그에 따라 거대한 파괴력을 가졌으며, 힘의 무한한 발전을 발견할 수 있었던 것이다.

높은 체계에 이르게 되면 검에 마력을 불어넣을 수도 있게 되고, 각 자신의 신체에도 마력으로 인해 파괴력을 뿜어낼 수 있는, 그야말로 완벽한 밸런스의 마검사에 가까워질 수도 있었다.

이론상으로만 본다면 대륙의 둘도 없는 가장 혁명적인 마법의 새로운 대설립이었다.

광오하게도 스스로 대마법사라는 호칭을 붙인 노인.

그의 이름은 이클레이드였다.

그 이름에 대한 기록이 있었지만 읽어볼 필요성을 못 느꼈다. 그에 나는 대충 보고 화풀이하듯 책을 집어 던졌다.

아무튼 노인이 이 체계를 정립함으로써 새로운 마법이 창조되었고, 또한 마나를 좀 더 강하고 위력적으로 쓸 수 있음은 물론, 마나 축적에도 지대한 영향을 미친다고 본문에 기록되어 있었다.

조금 불안한 것은 본인이 서술했기에 믿음직스럽지 못하다는 것이었다. 완성된 것이 아니기에 어떤 부작용이 일어날지 모르는 것이다.

하지만 나는 믿었다.

책이 사실이라면 나는 그 누구도 두려워하지 않는 절대 강자가 될 수 있었기 때문이다. 심지어 내가 마스터만 한다면 저 노인 역시도 단숨에 목숨을 끊어놓을 수가 있다.

나는 기대에 차올랐다.

거의 육포와 맞먹는 질긴 빵을 씹으면서 의자에 앉아 있는 시간이 잠을 자는 시간보다 많아졌다. 거의 세 시간 꼴로 자다가 일어나서 책을 읽었고, 나중엔 식음을 전폐하며 글의 내용을 머릿속에 담았다. 그리고 약속했던 일주일이 훌쩍 흘렀다. 하지만 언제부터인지 노인의 모습은 보이지 않았다.

저택 내 어디에도 없는 걸로 봐서 외출한 것 같았다.

나는 혹시 공부한 내용을 잊어먹을지도 몰랐기 때문에 다시 도서관에서 책을 읽으며 그를 기다려야 했다.

삼 일이 더 흘렀다.

여전히 노인은 돌아오지 않았다.

나는 조금 긴장을 풀고, 이젠 느긋이 저택을 구경하기로 했다. 이토록 거대한 집에 혼자 남아 있는 것이 조금 무섭긴 했지만 크게 나쁘지 않았다. 노인의 얼굴을 보지 않아 좋았고, 또 자유로운 느낌도 들었으니까.

그동안은 내 자신이 새장 안에 갇힌 구관조 같았다. 그렇다고 해서 지금 내가 아직 완벽하게 철창을 탈출한 건 아니지만 말이다.

화롯불에서 몸을 좀 녹인 후 나는 이층으로 올라갔다.

이층에는 방이 많았다.

궁금증이 동했다.

어떤 방이 있을지 호기심이 생긴 것이다.

나는 우신 가장 가까이에 있는 방으로 들어가 보았다.

집무실.

잉크 냄새와 종이 냄새가 물씬 맡아졌다. 나는 괜히 머리가 지끈해져서 문을 쿵 닫았다. 그리고 다음 방.

다음 방은 제빵소였다. 여기서 직접 빵을 만드는 것 같았다. 이 미친 영감은 초식동물도 아니고 왜 빵만 자꾸 처먹는 거야? 고기는 안 먹나?

나는 이제 아주 물려 버린 빵 냄새에 신경질을 내며 문을 닫았다.

콰앙—

다음 방은 무기고였다.

얼굴이 화끈 달아올랐다.

화려한 무기들이 즐비하게 널려 있었다. 대부분은 마법사의 것들이었지만 검이나 방패, 갑옷 등도 있었다. 하지만 내 관심은 모두 마법에 관련된 것이었다. 노인의 영향 탓이리라.

아무튼 나는 박물관에 온 것처럼 즐거운 표정이 되었다. 아니, 사실 거의 박물관이나 다름없었다. 아주 고풍스럽고 고대에서나 물려졌을 법한 분위기를 풍겼으니까.

"젠장, 가지고 싶어."

악마 같은 노인을 생각하면 함부로 물건을 만지면 안 되었다. 나는 아쉬움에 차마 만지지는 못하고 눈으로만 그 모습들을 관찰했다.

반지만 해도 종류가 수백이 넘었다.

지팡이는 크기별, 색깔별, 종류별로 있었고, 옷이나 로브, 망토 역시 마찬가지였다.

마치 다른 세계에 온 것만 같았다.

이 많은 물건 중 하나 정도는 가져가도 티도 안 나겠지 하는 생각이 들었다. 하지만 이내 고개를 절레절레 저었다. 나는 필요없는 모험 따위는 하고 싶지 않았다.

내가 지금 가장 필요로 하는 건 내 자신의 힘이었다.

나는 입맛을 다시며 방에서 나왔다.

거실 중앙에 있는 이층으로 올라가는 넓고 긴 계단에 걸터앉았다. 심심함과 무료함이 엉덩이 끝을 타고 올라왔다. 그러다 불쑥 도베르만이 머리를 스치고 지나갔다.

"왜 내가 그 생각을 못했지?"

나는 창문으로 시선을 돌렸다.

눈보라가 약해졌다.

나는 비릿한 미소를 지었다.

그 버릇없는 개를 삶아 먹을까 하고 생각도 해봤지만 노인에게 들을 꾸중을 생각하면 그건 안 될 짓이었다.

먼저 개는 맞아야 숙성되어 맛이 있으니 육체적인 고통을 좀 맛보거라. 하하하!

무슨 악취미인지 몽둥이가 거실 구석에 놓여 있었다. 아마 내가 까불면 때릴 요량인 듯했다. 나는 흥 하고 콧방귀를 뀌면서 그 몽둥이를 들었다.

그리고 저택에서 나왔다.

엎드려 잠을 자던 도베르만이 귀를 쫑긋 세웠다. 내 발걸음 소리를 들은 것이다. 나는 영감처럼 끌끌 웃으며 녀석에게로 걸어갔다.

어릴 때부터 동네 개들을 때려잡는 게 재밌었다. 가족이 있는 집안의 자식들은 차마 부모들의 복수가 두려워 건드리지 못했지만 똥개들은 상관없었다. 죽을 때까지 때려도 누구 하나 참견하는 이가 없었으니까.

그리고 가장 중요한 식량 문제로 개들은 내 간식이기도 했다.

컹컹컹컹!

나를 발견한 녀석이 맹렬히 짖었다.

열심히 짖어봤자 체력만 소비할 뿐이지. 나는 한동안 녀석이 짖는 것을 지켜보았다. 시간이 좀 흐르자 놈은 조금 지친 듯 숨을 골랐다.

이때다 싶었다.

풀스윙으로 개의 머리를 번개같이 후려쳤다.

깨끗한 손맛에 속이 다 시원했다.

그런데 이놈은 꽤 독했다. 동네 똥개들과는 조금 달랐다. 한 방 크게 맞았음에도 끄떡없었다. 오히려 미친 듯이 짖어댔다. 얼마나 힘을 세게 주는지 목을 잡고 있는 줄이 끊어질 것만 같았다.

"개들은 맞아야 주인을 알아보는 법이지. 나는 새 주인이 될 몸이란다, 이 개새끼야!"

몽둥이를 가로로 휘둘렀다.

공기를 가르며 날아간 몽둥이는 도베르만의 이빨을 때렸다. 빠드득 소리와 함께 바닥으로 깨진 이빨이 떨어졌다.

요번 것은 꽤 아팠는지 깨갱거리며 몸을 굽실굽실거렸다. 나는 지배욕에 휩싸였다. 심심하면 녀석이나 괴롭히는 게 괜찮겠다 싶었다.

스트레스도 해소할 겸.

휘이잉!

눈보라가 점점 심해지기 시작했다.

이놈의 개는 눈에 적응이 된 것인지 아무리 눈보라가 세게 쳐도 끄떡없었다. 오히려 눈이 거세게 쏟아지니 힘이 나는지 다시 날뛰기 시작한다.

녀석을 좀 더 혼내주고 싶었지만 가만히 생각해 보니 나는 시험을 쳐야 할 몸이었다. 괜히 시간 낭비로 머릿속에 든 내용을 날려먹기는 싫었다. 게다가 눈보라가 너무 거세져서 걱정도 되었다.

나는 이쯤이면 신나게 놀았다고 생각했다. 물론 아쉬움이 조금 있었지만 내겐 과제가 있었다.

나는 발길을 돌렸다.

녀석을 만난 지 이제 두 번째. 아직도 놈은 힘이 남았는지 저택으로 향하는 내게 맹렬하게 짖어댔다. 나는 놈의 짖는 소리를 은연중 즐겼다.

"며칠 안에 그 버릇을 고쳐 주마."

드디어 노인이 돌아왔다.

긴장감이 몸을 팽팽하게 잡아당긴다.

몸에 묻은 눈을 떨어내면서 무심한 눈동자로 나를 쳐다보다가 지나갔다. 저 노인네는 말이 별로 없다. 그래서 같이 있는 나로서는 편하기도 하지만 속이 답답할 때가 많았다.

"공부는 많이 했느냐?"

불쑥 그가 물어왔다.

"열심히 했습니다."

그는 고개를 끄덕이며 깊게 코로 숨을 내쉬었다.

"따라오너라."

또 그놈의 '따라오너라' 군. 잠깐. 그런데 그쪽은 도서관 방향이 아닌데.

처음 가보는 곳이었다.

철컥—

1층에 방이 있다는 사실을 처음 알았다.

나는 고개를 갸웃거리면서 그를 뒤따라 안으로 들어갔다. 그리고 나는 현기증을 느꼈다. 내가 보고 있는 것이 진실인지 거짓인지 구분할 수가 없었다.

저 노인이 요상할 마법을 부린 것인가 했다.

"어, 어떻게 된 것입니까?"

"아직은 알 필요 없다. 지금은 그저 시키는 대로 하거라."

이 문을 지나면서부터 계절이 바뀌었다.

겨울에서, 풀잎이 새록새록 돋아나는 봄으로.

정말이지, 뒤통수가 깨질 만큼 놀라운 일이었다.

나는 괴리감에 휩싸였다.

그가 신이 아니고서야 어찌 이런 일이 가능하단 말인가. 나는 꿈을 꾸고 있는가 했다. 뺨을 꼬집어보니 심하게 아픈 것으로 보아 이것은 절대 현실이었다.

어째서, 어째서라고 중얼거리며 혼란스러워하고 있는 나를 노인이 매서운 눈빛으로 노려보았다.

나는 얼른 그에게 뛰어가 물었다.

"무엇을 하면 되는 거죠?"

이런 걸 처세술이라고 하던가.

생각과 눈, 표정이 따로 놀았다.

뇌는 궁금증에 폭발할 것만 같은데 몸은 노인의 폭력에 길들여져 설설 기는 꼴이라니……. 나는 내 자신에게 혐오감을 느끼면서도 그의 입을 뚫어져라 주시하고 있었다.

그는 풀잎이 잔잔하게 니 부드럽고 윤기가 흐르는 고유 땅을 가리켰다.

"앉거라."

· 나는 군말없이 앉았다. 그리고 노인에게 서둘러 말했다. 이제 보니 내 간도 제법 커졌다.

"저, 잊어먹으신 것 같은데요, 시험을 치시기로……."

"알고 있다."

그는 조용히 나를 보더니 묻는다.

"그런데 왜 그런 말을 하느냐? 시험에 떨어지면 죽는다는 것을 뻔히 알면서."

"어차피 나중에라도 알게 되면 시험을 치실 게 아닙니까. 그럼 그동안 공부한 게 아까울 것 같아서요."

"그리 열심히 했느냐?"

나는 반사적으로 소리쳤다.

"예, 정말 열심히 했습니다!"

미치도록 공부했다.

거짓부렁이 아니라 웬만한 아카데미에서 수석 졸업을 해도 될 만한 실력이라고 자신한다.

내겐 능률을 올려주는 반지도 있었고, 피눈물을 흘리는 노력도 있었다. 적어도 요 며칠 동안의 노력만큼은 누구에게도 뒤지지 않는다고 믿고 있었다.

목숨이 달린 일이니 게으름을 피울 수 있었을까.

나는 다소 긴장한 얼굴로 그를 보았다. 그리고 난 놀라 뒤집어질 뻔했다.

이런 날도 오는구나.

그가 처음으로 웃었다.

아주 살짝이지만.

사실 나는 이 노인이 지독히도 싫었다. 그럼에도 그가 웃으니 기분이 굉장히 좋아졌다. 왜인지는 알 수가 없었다. 추측이지만 그만이 나랑 가장 가까운 사람이라는 것을 느꼈기 때문인지도 몰랐다.

지독한 외로움이 낳은 정이었다.

"지금부터 내가 돌아올 때까지 마나를 느끼도록 해라."

"이제 실전이군요."

"마음을 편안히 먹어라. 그리고……."

노인이 내게 무언가를 던졌다.

작은 물건이었다.

손으로 받아 펼쳐 보니 또 반지다.

붉은색의 반지.

나는 그를 올려다보았다.

"마나를 느낄 수 있도록 도움을 주는 반지다."

"스승님께서는 이런 귀한 반지들이 참 많으시군요."

그는 살짝 크게 뜬 눈으로 나를 보며 말했다.

"스승님?"

"예, 스승님이지요. 제게 마법을 가르쳐 주시니."

그는 그건 미처 몰랐다는 얼굴이었다. 사육해서 잡아먹을 것도 아니고, 그럼 날 왜 데려온 거지 하는 생각이 들었지만 곧 그의 말에 나는 웃을 수 있었다.

"그래, 내 제자구나."

그래, 약간은 미치광이 노인이긴 하지만 내 스승이었다.

누가 그랬더라, 스승은 하늘이고 부모라고?

그래, 내겐 부모가 없으니 스승을 부모처럼 여겨야겠다.

아무리 괴팍하긴 해도 나에게 힘을 안겨주는 스승이 아닌가. 지금껏 살면서 내게 도움을 준 사람은 단 한 명도 없었다. 따뜻한 말 한마디 해준 사람이 없어서 나는 외로움에 몸서리치고 있었다. 그런 내게 나타난 유일한 사람이다.

내가 반지를 꼈을 때 노인, 아니, 스승님이 말했다.

"시간에 구애받지 마라. 그저 자유롭게 마나를 바람처럼 가볍게 느껴라. 그거면 된다."

"명심하겠습니다."

"눈을 감고 좌선해라."

나는 스승님의 말대로 눈을 감고 다리를 꼬아 앉았다.

처음인지라 잘 적응이 안 되었다. 하지만 곧 편안해졌다.

스승님은 특유의 낮고 강한 목소리로 말했다.

"시험은 없다. 오늘부터 너는 진짜 마법을 배운다."

나는 마음속으로 '네!' 라고 큰 소리로 대답했다.

멀어지는 발자국 소리가 들렸다.

그리고 내 입가에는 작게 미소가 걸렸다.

마법의 실체화를 배운다.

이제 시작이다.

Chapter 2

마나를 느껴라!

1

따뜻한 햇살에 몸이 나른해지는 계절이다.

꽃향기가 코로 스며들며 달콤한 냄새가 났다. 지저귀는 새소리가 들리고 피부는 청명한 느낌에 춤을 춘다.

그러나 식은땀이 한 줄 흘렀다.

스승님은 조급해힐 필요 없다고 했지만 나는 답답함에 가슴을 쿵쿵 두드리고 싶었다. 하루 종일 이렇게 앉아 있어봐야 다리만 저리고 산들산들한 봄바람만 느껴질 뿐이다.

내가 이렇게 마법에 재능이 없었나 하고 중얼거리면서 나는 자괴감에 빠졌다.

그러다가 생각을 고쳐먹었다.

쉬운 일이란 없다.

동냥질만 해도 그게 어디 쉽던가.

처음에는 동냥질도 병신같이 해서 아사로 사망할 뻔하지 않았던가. 비유가 좀 이상하지만 아무튼 꾸준히 정신을 집중해야 했다.

시간은 순식간에 흘렀다.

내 근처에는 먹을 게 많았다.

스승님이 미리 준비해 둔 빵과 야채를 먹으면서 마나를 느끼기를 정확히 사 일째. 미세한 흐름이 느껴졌다.

그것은 분명 바람과는 절대적으로 다른 이질적인 기운이었다. 나는 당장 일어서서 만세를 외치고 싶었지만 마나를 더 직접적으로 느끼기 위해 더욱 정신을 집중시켰다. 그러자 느낌이 왔다. 마치 낚시꾼이 입질을 느낀 것처럼.

나는 미세하게 흐르는 그 마나의 흐름을 읽기 위해 노력했다.

그리고 그것은 굉장히 성공적이었다.

내 몸 주위에 흐르고 있는 마나가 느껴졌다. 머릿속의 깜깜하기만 하던 상상 속에서 푸른색의 줄기가 보였다. 그것은 짜릿할 정도로 아름다운 모습이었다. 그 환상적인 아름다움에 취해 있는데 궁금증이 생겼다.

대기 중에 흐르는 이 마나를 어떻게 내게 받아들이는가 하는 문제가 야기된 것이다.

나는 눈을 번쩍 떴다.

아침에 시작한 좌선이다.

고개를 들었다.

하늘에는 허연 달이 세 개나 떠 있었다.

벌써 새벽이었다.

나는 다리를 펴고 다리를 꾹꾹 눌렀다.

항상 좌선을 하고 나면 다리가 찢어질 듯 아파왔기 때문이다. 나는 대충 다리를 주무른 후 스승님에게로 쩔뚝거리며 걸어갔다.

사 일째였지만 좌선은 여전히 마무리가 힘겨웠다.

문 앞에 도착한 나는 예의를 갖추어 노크를 했다. 그는 항상 집무실에 머물러 무언가를 기록하고 있었기에 여기 있으리라 짐작한 것이다. 그리고 그 짐작은 맞아떨어졌다.

"들어와."

문을 열고 안으로 들어가자 동그란 외눈 안경을 쓰고 쉴 틈 없이 글을 직고 있는 스승님이 보였다. 나는 그 자리에 서서 말했다.

"마나의 흐름을 느꼈습니다."

스승님은 피식 웃었다.

"거짓말하지 말거라. 마나의 흐름이라는 것은……."

"정말입니다. 마나가 입체화돼서 머릿속에 그려지기까지

했어요. 피부로, 그리고 호흡으로 느꼈습니다."

그 말에 스승님은 고개를 갸웃거렸다.

"아무리 반지를 꼈다고 해도 단 며칠 만에 마나를 느끼는 것은 불가능할 터인데……."

스승님은 심각하게 생각하다가 말했다.

"로크, 바른대로 말하렴. 좌선을 하면서 무엇을 생각했느냐?"

나는 서슴없이 대답했다.

"특별히 생각한 것은 없습니다. 처음에는 마나를 느끼기 위해 집중했고, 사실 살짝 무료한 감이 있어 기억하고 있던 마법의 체계를 떠올린 것 외에는……."

스승님이 침을 꿀꺽 삼켰다.

그리고는 벌떡 일어났다가 의자에 털썩 앉더니 히죽거리며 웃었다. 그러더니 결국엔 광소를 터뜨렸다.

"크하하하!! 역시 가능성이 전혀 없는 것은 아니었어!"

"네?"

나는 내가 반문한 것을 깨닫고는 얼른 입을 틀어막았지만 스승님은 오히려 나를 칭찬했다.

"아니다. 잘했어. 그럼 지금부터 마나를 받아들이는 방법을 가르쳐 주도록 하마."

나는 어리둥절한 얼굴로 고개를 끄덕였다.

그의 가르침이 본격적으로 시작되는 순간이었다.

대체 이 집은 어떻게 이루어져 있는 것인지 상식적으로 이해가 안 되었다. 기관이 미로처럼 연결되어 있다. 그가 나를 데려갔을 때는 문이 있었지만 나중에 내가 찾을 때는 없는, 그런 신비한 구조의 집이었다.

봄의 문은 절대 내게 모습을 보이지 않았다. 마법사의 집이라서 그런 걸까? 도무지 신기한 게 한두 가지가 아니었다. 그리고 스승님이 나를 데리고 가자 여김없이 나타나는 문.

나는 심술스런 얼굴로 봄의 문을 통과했다.

앉았던 자리에 다시 앉아 좌선하며 스승님의 말을 경청했다.

"마나의 흐름을 느끼는 것과 마나를 받아들이는 것에는 큰 차이가 없다. 어떻게 생각하느냐에 달린 것이다. 마법이라는 것의 가장 큰 주축은 정신력이다. 우선 흐름을 찾은 후에 마나가 몸에 스며든다고 상상해라. 그럼 자연적으로 마나는 축적되며, 그 마나의 힘으로 마법을 일으키게 되는 것이다."

"간단하군요."

"말은 간단하지만 실제는 생각처럼 쉽지 않을 것이다. 얼마나 빠르게 체득하느냐는 본인의 재능에 달려 있다."

스승님이 아주 작은 주머니를 꺼냈다. 그곳에서 책이 끊임없이 나왔다. 그것을 보고 나는 눈이 휘둥그레졌다.

"왜 그렇게 많이 나오죠?"

"마법 주머니다. 이런 것까지 일일이 일러줘야겠느냐. 쯧."

스승님은 혀를 차셨지만 나는 마냥 신기했다. 그 주머니를 한참 바라보다가 바닥에 툭툭 떨어지는 책을 집어 들었다.

책에는 단 하나의 이론도 들어 있지 않았다.

주문과 마법의 이름과 특성에 관한 글이었다.

진짜 마법의 시작을 앞두고 있는 것이다.

스승님께서는 이번엔 바로 돌아가지 않았다. 굉장히 오랫동안 고민하더니 나를 불러 세웠다.

내가 일어서자 그는 내게 상의를 벗어보라고 했다. 잠깐 이상한 생각이 들었지만 심각하게 뇌에 이상이 있지 않은 이상 다 늙은 노인이 소년을 탐하지는 않을 것이다.

나는 서슴없이 상의를 벗었다.

못 먹어 골골한 몸이 드러났다.

그걸 보더니 스승님이 지체없이 말했다.

"너에게 소량의 마나를 주겠다."

그의 파격적인 제안에 눈에서 불똥이 튀었다.

"저, 정말이십니까? 어찌……."

"영양 부족으로 마나와의 친화력이 상당히 부족하다. 정신력에 미치는 문제지. 그에 너에게 소량의 마나를 줄 것이다.

그렇게 되면 너는 어느 정도 몸이 활성화될 것이다. 그리고 소량의 마나라고는 하나 나는 대마법사이다. 마법 수련에 있어서도 너에게 적지 않은 이로움이 될 터."

"스승님에게 무리가 가지는 않습니까?"

"미친놈, 마음에도 없는 소리 말고 뒤돌아서라."

나는 내 마음을 들킨 것 같아 양심이 찔끔거렸다. 나는 장난스럽게 웃으며 천천히 몸을 돌렸다.

스승님의 커다란 손바닥이 등에 닿았다. 그가 천천히 주문을 외우기 시작했고, 청명한 목소리가 아주 낮게 울려 퍼졌다. 그리고 손이 점점 뜨거워지는 것을 느꼈다.

"홉성대첨주입(吸成貸沾注入)!"

속이 울렁거려 위가 크게 흔들리는 느낌이었다. 속이 모조리 뒤죽박죽으로 섞여 내장이 뭉개지는 고통이 달려들었다.

나는 어금니를 꽉 깨물며 고통을 참아냈다.

스승님이 나를 위해 주는 소중한 마나이다.

"스며드는 마나를 축적해라. 마나를 몸 안에 가둬둔다는 정신력을 갖춰라. 극힌의 소량도 외부로 흘려보내지 말아야 한다."

두 눈을 질끈 감고 손끝에서 흘러나오는 대량의 마나를 느꼈다. 이것이 대마법사 이클레이드의 일부분의 마나인가!

나는 그 위대함에 전율했다.

마나가 온몸의 혈관을 통해 흘러다니는 것 같았다. 막힌 곳을 뻥뻥 뚫으며 머리끝부터 발끝까지 단 한 치의 막힘도 없이 순환하는 마나의 흐름.

스승님이 손을 서서히 뗴었고, 몸은 천천히 안정을 찾았다. 휘몰아치던 기운이 차분하게 온전히 내 몸에 스며들어 축적된 것이다.

소량이라 그런지 주입 시간은 길지 않았다.

나는 밝게 웃는 얼굴로 뒤돌아섰다. 스승님은 피곤한 듯 식은땀을 흘리고 있었다.

"이 은혜, 죽어서도 잊지 않겠습니다!"

"시끄럽다. 나는 좀 쉬러 갈 테니 수련에 집중해라."

마나를 준 이유가 궁금했지만 물어도 스승님은 당연히 대답을 안 해주실 것이다.

개인적인 질문을 싫어하는 사람이다. 나는 그에게 실력으로 보답해야 할 것이다.

나는 바로 수련에 몰입했다.

2

수련을 하면서 알게 된 사실은 우선 노인이 내게 빠른 성취를 보고자 하는 것이었다. 그 말인즉, 시간이 촉박하다는 뜻.

무엇을 위해, 무엇 때문에 그는 나를 하루라도 빨리 완성시키려는 것일까.

"하늘의 노여움이 그 힘을 일으키나니 신의 권능의 힘이 미천한 인간에게 뇌력의 힘을 선사하니라. 라이트닝 볼트(Lightning Bolt)!"

마른하늘, 봄기운이 살랑살랑 감도는 푸른 대지 위에 날벼락이 내리쳤다.

꽈과광!

푸른 잔디는 단숨에 황폐화되었다.

나는 스승님이 주신 마나 때문에 성장 속도가 불가사의할 정도로 빨랐다. 한 달이 흘렀고, 나는 지금 보통의 마법사들이 이루는 3서클 정도에 이르렀다. 이 정도 속도라면 대마법사가 되는 것도 식은 죽 먹기겠지만 서클은 그 수를 더할수록 난해하고 힘들며 엄청난 정신력을 필요로 한다.

속도가 더딤은 두말할 필요도 없다.

하지만 스승님이 만드신 체계론을 도입해 보면 어떤 결과가 나올지는 알 수 없었다. 내 추측이지만 스승님은 어쩌면 나로 인해 자신이 만든 체계론을 시험 중인지도 몰랐다.

그가 나를 데려온 까닭이 무엇일까 생각해 보니 가슴이 미어졌다. 제자가 아니라 '시험물이다'라는 생각이 들자 그를 스승이라 부르기가 꺼려졌다. 하지만 내게 힘을 준 것만은 사실이니 이제 와 말을 주워담을 수는 없는 일.

나는 씁쓸하게 고개를 숙였다.

늘 혼자다.

어렸을 때부터 성질이 더러워 친구를 사귀기도 힘들었다. 동물들은 나만 보면 도망가기 일쑤였고, 어른들은 늘 나를 구박하기만 했다.

스승이라 해 내 분신 같은 사람을 하나 얻었나 했는데…….

망상이었다.

나는 자조 섞인 미소를 지으며 뒤돌아섰다.

그곳에 스승님이 있었다.

"갈 곳이 있다."

마치 실험물을 데려가는 것 같은 느낌이 강하게 들었다. 그리고 나는 그를 신용할 수 없게 되었다.

어쩌면…….

'내 목숨은 내가 지켜야 할지도 모른다.'

스승님이 나를 데리고 온 곳은 연무장이었다.

대리석 바닥이 쫙 깔린 넓은 연무장.

조금 어두운 이곳은 스승님이 '라이트(Light)'라고 외치는 순간 환하게 밝아졌다.

그리고 내 눈은 붉게 충혈되었다.

놀라운 광경이 눈에 들어왔다.

내 눈에 순간 빛이 번쩍였다.

그것은 놀라움과 당혹감, 그리고 작은 공포의 일렁임이었다.

"대, 대체 저것들은 뭐죠?"

"몬스터다."

철창 안에 갇혀 있는 제각각의 생김새를 가지고 있는 몬스터들은 모두 징그러운 얼굴로 흉악한 모습이었다. 게다가 이빨은 얼마나 날카로운지 스치기만 해도 뼈가 댕강 잘릴 것만 같았다.

스승님이 말했다.

"녀석들을 상대로 마법을 실험하거라. 상대가 있는 것과 없는 것의 차이는 굉장히 크기 때문이다."

실험물이 실험물을 죽이는 기괴한 먹이사슬.

"그리고 한번도 몬스터를 보지 않은 상태에서 놈들을 만나게 되면 너는 정신력이 분해되고 판단력을 잃을 수가 있다. 녀석들을 가까이서 관찰하면서 적응력을 키워라."

끔찍이도 아끼시는군.

내 몸이 내 몸이 아니라고 생각하시는 분이니 어련할까.

"배려에 감사드립니다."

"겉치레 따위, 필요 없다."

스승님은 내게 책 한 권을 내밀었다.

처음 보는 책이었다.

요 한 달간 책을 읽고 마법 시전에만 정신을 쏟았는지라 웬만한 것은 표지만 봐도 어떤 부류의 책이고 어떤 형식인지 알 수 있었다. 하지만 이 책은 크기도 다르며 색깔도 다르다.

내가 알고 있는 책의 표지가 아니었다.

외부의 책.

"무엇입니까?"

"이 책을 바탕으로 하며 마법을 익혀라."

내 눈이 차갑게 가라앉았다.

스승님이 내 눈을 본 듯했지만 나는 개의치 않았다.

떠듬떠듬 물었다.

"체계론… 입니까?"

스승님은 대답 대신 침묵을 선택했다.

나는 표정을 감추며 그 책을 받았다.

"한동안 다녀올 데가 있다. 수련을 게을리 하지 마라. 그 때……."

"엄중한 벌을 받겠지요."

이건 거의 반항 수준이었지만 스승님은 그저 말없이 몸을 돌렸다. 그는 텔레포트를 시전했고, '팟' 하는 소리와 함께 내 시야에서 사라졌다.

제빵소에 들어온 나는 딱딱한 빵을 골랐다. 질기지 않은, 씹으면 부스러기가 될 수 있는 빵. 거의 강철과도 같은 이 빵은 대체 어떻게 제조하는지 알 수 없었다. 그저 이 빵을 먹고 나면 마나 수련이 조금 더 편안해진다는 것뿐.

"……!"

스승님의 얼굴이 섬광처럼 뇌리를 스치고 지나갔다.

"이 빵은······."

눈동자가 확장되었다.

보통 빵이 아니다. 스승님이 특별 제조한 빵이다. 이것도 실험의 한 종류일지도 모른다. 나는 확신했다. 이젠 거의 진실이나 다름없다. 그는 나를 완벽한 실험용 인간으로 삼은 것이다.

나는 집무실로 빠르게 뛰어갔다.

철컹!

문을 열고 들어가 서류를 뒤적였다. 그리고 찾았다.

서류에는 그동안 내가 먹은 것들, 행동, 성장 과정이 무서울 정도로 세밀하고 자세히 기록되어 있었다.

"이런 미친!"

입에서 욕지기가 튀어나왔다.

아직은 순조로우나 어떤 부작용이 내 몸을 잠식할지 모른다. 나는 혼란에 휩싸였다.

갈등.

그의 체계론을 믿어야 하는지, 내 자신을 위해 피해야 하는 것인지 나는 결정을 내려야 했다.

내 갈등은 길지 않았다.

어차피 내 목숨은 그가 거둔 것이다.

어차피 나는 피폐하게 살다가 얼어 죽었어야 할 몸.

나는 고개를 떨구며 양 주먹을 말아 쥐었다. 너무 강하게 주먹을 쥐어 손톱이 살을 파고들었다. 피가 뚝뚝 떨어졌다.

'우선은… 그에게 내 몸을 맡기겠다.'

나는 흐트러진 서류를 정리해 놓은 뒤 집무실에서 나왔다. 제빵소에 잠간 들러 딱딱한 빵 하나를 들고 나왔다. 그리고 저택에서 나왔다.

눈은 아주 가늘게 내리고 있었다. 대신 어마어마한 눈이 저택과 마당 주변으로 높이 쌓여 있을 뿐이다. 스승님이 마법의 힘으로 마당에는 눈이 쌓이지 않도록 한 것 같았다.

컹컹컹!

도베르만…….

그냥 도베르만이라고 부르기도 뭐했다. 이름이 있을 텐데…….

나는 녀석의 목에 걸려 있는 목걸이를 확인했다.

도베르만의 이름은 로크.

나는 크크큭거리며 기괴한 웃음소리를 내었다.

내 이름을 마당개 이름으로 짓다니…….

그의 무관심한 인정에 치가 떨렸다. 나는 침을 흘리며 내게 짖는 녀석에게 빵을 주었다. 녀석은 쳐다보지도 않고 짖었다. 적어도 개는 한번 주인을 섬기면 절대 배반하지 않는다고 들었다.

빵을 가지고 걸어가 녀석의 입에 물려주려 했다. 녀석은 거

들떠도 안 보고 내 어깨를 사정없이 물어뜯었다. 화끈한 통증이 일었지만 내 표정은 편안했다. 이런 외적 고통 따위는 마음의 고통에 비하면 아무것도 아니었다.

나는 빵을 놔두고 그만 저택으로 돌아왔다. 어깨에서 과다한 출혈이 나고 있었다. 힐을 시전했지만 완전히 치유되지는 않았다.

나는 오늘 같은 짓을 몇 번이나 반복했다.

그리고 녀석은 결국 내게 마음을 열었다. 내가 놈을 네 번째로 안아주었을 때, 녀석은 나를 물지 않았다. 그리고 빵을 먹었다.

나는 녀석의 머리를 쓰다듬어 주며 말했다.

"너도 이 빵을 먹었다. 그러니 나와 같은 운명을 짊어진 셈. 죽어도 같이 죽는 것이다, 내 첫 번째 친구야."

괴롭히는 짓 따위는 철들지 않은 애송이나 할 짓거리였다. 나는 친구를 만들겠다고 마음먹었다. 그리고 힘이 될 수 있는 존재들을 옆에 두는 게 더 이롭고 현명하다는 것을 깨달았다.

"앞으로 네 이름은 반(Van). 나시어스 어로 친구라는 의미다."

거의 쇠막대기 수준의 빵을 녀석은 가볍게 씹어 먹었다. 거의 늑대 수준의 턱을 가진 품종 도베르만. 놈의 강인한 모습에 나 역시 활기가 차올랐다.

그리고 오늘로 나는 열다섯 살이 되었다.

저택으로 돌아가는 내게 반은 짖지 않았다.

나는 쓰디쓴 미소를 지었다.

태어나 처음으로 가장 의미있는 생일 선물을 가지게 된 것이 아니겠는가. 나는 주먹을 꽉 쥐고 수련에 박차를 가하기 위해 마음을 굳게 먹었다.

'이제 혼자는 내가 아니라 스승님 바로 당신입니다.'

3

창문이 심하게 흔들렸다.

장대비가 내렸다.

기괴한 기후 환경.

문을 넘으면 계절이 바뀌는 판국에 무엇이 더 신기하랴.

철컹—

연무장에는 냉랭한 기운이 감돌고 있었다.

몬스터들은 나를 보자마자 미쳐서 날뛰기 시작했다. 내가 가둔 것이 아님에도 녀석들의 분노는 나를 향해 길길이 치솟고 있었다.

몬스터들의 정신력은 뛰어나다.

강인한 육체와 야생에서 길들여진 근육과 생존력, 놀라운 피부 조직과 재생력까지 갖추고 있다. 그렇기에 두려운 존재이며 몬스터라는 이름을 부여받은 것이겠지.

"너희들에게도 동료애가 있을까?"

나는 궁금한 얼굴로 물었지만 몬스터들은 철창 밖으로 고개를 내밀며 그저 괴성을 지를 뿐이었다.

처음에는 너무 시끄러워 귀가 아팠지만 이젠 적응이 되었다.

나는 길게 나열되어 있는 몬스터들을 구경하면서 몬스터라는 존재에 대해 끝없는 신기함을 느꼈다.

마을에선 늘 사람만 봐왔기에 몬스터라는 것은 내게 신선한 충격이었다. 몬스터를 관찰하는 것은 재밌다. 종류가 한두 가지가 아니라서 나는 살아 있는 몬스터 도감을 보는 셈이었다.

손이 근질거린다.

마법의 힘을 시험하고 싶은 욕구.

파괴 본능.

나는 내 자신에게 두려움을 느끼면서도 동시에 기대감이 차오르는 것을 느낄 수 있었다.

심장이 뜨거워진다.

내가 이런 감정을 가지는 순간 신기하게도 녀석들이 짖는 소리가 살짝 줄어든 것을 알 수 있었다.

녀석들이 살기를 느낀 것이다.

놈들은 지금 공격을 피할 수가 없는 상태.

완전한 포박.

괴물 따위에게 인정을 두었다간 마법사가 될 수 없음이다. 마음이 지독해도 모자란 게 마법사다.

나는 목표를 하나 선정했다.

리자드맨.

탁한 초록빛에 도마뱀처럼 생긴 파충류에 해당하는 몬스터였다. 동물이 아니다. 사악한 심성으로 사람을 죽이는 몬스터.

내 눈이 얼음보다 차갑게 변했다.

마법사들은 등급을 가진다.

마법에 입문하는 단계로, 마법 언어와 문장, 일반 마법 이론을 배우는 네오피테(Neopyte), 자연계를 배우기 시작하며 사회와의 격리감을 느끼는 시기 젤라토르(Zelator), 그리고 이성적인 마음을 기르는 단계 티오리쿠스(Theoricus).

나는 지금 티오리쿠스에 해당하는 단계였다.

숙련자의 단계.

마법으로 인해 내 자신의 가치를 높이며 세상에 대한 다른 시각을 가지게 되었다. 나는 스승님이 싫었지만 마법을 가르쳐 준 그에게 무한한 감사를 느꼈다.

이왕 실험물이 된 거, 완성작이 되어주겠습니다, 스승님.

나는 스승님이 놓고 간 책을 읽은 후 눈을 감았다.

입술을 깨물었다.

모험이다.

될지 안 될지, 몸이 망가질지 어떨지 알 수 없다.

그저 할 수 있다는 믿음 하나로 내 공부를 증진시키겠다.

문이 꽉꽉 막혀 있는 이 내부의 공간 안에서 입고 있던 옷이 펄럭거렸다.

마나의 기운이 소용돌이치듯 내 몸을 감아가기 시작했다. 나는 대량의 마나를 느꼈다. 몸에 축적된 마나가 순환을 시작했다.

"만물을 지배하는 얼음의 신이여, 흐름의 역행을 잠시 차단하겠으니 그 찰나의 힘을 주소서."

머릿속에 이클레이드의 체계론을 기억해 냈다.

제74체계의 힘.

모든 힘은 마나에 의해 이루어지며, 얼음의 힘은 다이어스 공식에 비례하는 존재이다. 어느 하나 흐트러짐이 없으니 그 구조 속에서 나는 힘을 부여받으리라.

구구구궁!

연무장이 크게 진동하며 울렸다. 금방이라도 무너져 내릴 것처럼 위대한 마나의 흐름이 힘을 준비하고 있었다. 마법의 거의 반은 성공했다. 문제는 자칫하다간 리자드맨이 아니라 이곳에 살아 숨 쉬는 몬스터는 물론 적어도 6피르 근방은 황폐화시킬 수 있을 정도의 힘이었다.

생각이 짧았다.

그저 할 수 없으리라고만 생각했던 무려 70체계의 마법이다. 아이스 스톰 월(Ice Storm Wall)이라고 시동어를 외치는 순간 마법은 발현될 것이지만 나는 망설였다.

시간을 끌자 몸에 오는 부담이 적지 않았다. 할 수 없이 힘을 일으켜야 하는 건지, 아니면 이 힘을 거두어야 하는지 일순 혼란을 느꼈다.

몸이 부들부들 떨렸다.

"으, 으윽!"

입에서 피가 울컥울컥 흘러나왔다. 한계에 치달았다.

그 순간, 기적의 목소리를 들었다.

"한심한 놈."

스승님이 주문을 외웠다. 엄청난 속도로 외워 나가는 주문, 그리고 캐스팅.

"무효화!"

스승님의 마법에 내 74체계의 힘이 대기 중으로 흩어지기 시작했다. 순식간에 응집되던 마력이 사라진 것이다. 괜히 대마법사가 아니었다.

나는 피를 토해내며 캑캑거렸다.

연무실을 쩌렁쩌렁 울리는 스승님의 고함에 귀와 가슴이 아파왔다.

"왜 그리 멍청한 짓을 한 것이냐!"

"체계론의 힘을… 쿨럭… 시, 시험해 보고 싶었습니다."

스승님은 내 멱살을 움켜쥐고 죽일 듯이 노려보았다.

"내가 묻는 것은 그게 아니야. 왜 마법을 구현하지 않느냐? 네놈 같은 애송이가 70체계급 이상의 경우 시전 타임을 끄는 건 죽겠다는 소리나 마찬가지란 말이다!"

"죄, 죄송합니다."

"이유를 말하라니까!"

나는 대답하지 않았다. 아니, 하지 못했다.

퍼어억!

스승님이 주먹으로 턱을 때렸다. 바닥에 나동그라진 나는 고통에 신음을 흘렸다. 속은 다 뒤집어엎어진 고통이 엄습하고 있었고 턱은 깨질 듯이 아팠다.

"마법사는 감정을 가져서 안 될 때가 있다. 적을 앞에 두었을 때, 그리고 지금처럼 마법을 시전할 때. 그것은 어길 수 없는 마법사의 공동된 규율이다. 이 빌어먹을 놈, 나를 실망시키다니……."

스승님은 긴 수염을 파르르 떨다가 몸을 홱 돌려 나가 버렸다. 쿵쿵거리는 발소리는 꽤 요란하게 울렸다.

스승님이 도와주지 않았다면 어떻게 되었을까.

죽음의 영혼이 감도는, 시체 속의 유황 냄새를 맡는 것만 같아 섬뜩한 기분에 사로잡혔다. 난 과연 무엇 때문에 이 집을 지키고 싶었던 것인지 그 답을 찾지 못했다.

그건 어떤 의미였을까.

의문과 함께 피로감이 급속도로 육체를 장악했다.

몸이 조금 진정되자 바닥에 누워 휴식을 취했다.

머리는 어질어질하고 뭐가 어떻게 된 건지 알 수 없었다.

조용한 연무장.

몬스터들은 꿀 먹은 벙어리가 되어 있었다.

크르륵, 크륵거리는 소리만 나올 뿐, 좀 전의 시끄럽던 괴성은 어느새 조금도 들리지 않았다. 그것은 스승님의 목소리에서 은연중 나온 살기 때문이기도 했지만, 내가 일으킨 힘의 파동 때문이기도 한 듯했다.

스승님의 체계론은 틀리지 않았다.

체계로 인해 내 마법은 대폭 증식했으니까.

체계론의 공식을 머릿속에서 빠르게 정리하며, 그 이론의 방식으로 마나를 유동시킨다. 그럼 그 체계를 기폭제로 엄청난 힘을, 그리고 보다 빠른 캐스팅으로 마법을 지배한다.

이젠 실패의 두려움보다 가능성이 눈앞에 있다.

"체계의 마법."

나는 그것을 위대한 마법의 중심으로 만들겠다.

Chapter **3**

마력석

1

  오늘 밤은 하루 종일 마법 공부에 심취한 터라 몸이 거의 녹초였다. 습관성으로 잠도 늦게 자게 되어 눈에 다크 서클도 짙어졌다.

  때문에 이제는 오징어처럼 흐물흐물해진 몸을 이끌고 이제 막 잠을 청하기 위해 방으로 향하는 중이었다.

  쿵쿵쿵!

  "물건이 도착했습니다아!"

  야밤에 누군가 바깥에서 문을 두드리며 큰 소리로 외쳤다.

  우렁차고 굵은 명쾌한 소리였다.

  "사람!"

너무 놀라 발을 동동 굴리며 나도 모르게 소리쳤다.

두근두근거리는 가슴을 진정시켰다. 스승님은 지금 한창 목욕 중일 터이다.

내가 천천히 문을 열자 엄청난 장신의 사내가 눈앞에 떡 버티고 서 있었다.

이곳에 온 뒤 스승님 다음에 본 인간이라 그런지 너무나 신기했다. 짧은 수염이 코 아래와 턱에 수북이 나 있는 푸근한 인상의 사내였다. 약간 나이가 있어 보여 중후한 느낌도 있었다. 그러나 상당히 친근감이 느껴지기도 했다.

거의 190은 될 법해 보이는 키라서 요즘 사람들은 모두 이렇게 키가 큰 것인가 하고 잠깐 생각했다.

그때 사내가 불쑥 입을 열었다.

"물건을 받기로 한 분이십니까?"

"아닙니다. 스승님께 도착한 물건인 듯한데, 지금 목욕 중이시라……."

"그럼 여기 대리 사인을 해주시고 이 물건을 받아주시겠어요?"

나는 어렵지 않은 것이라 고개를 끄덕였다.

포장이 되어 있는 물건을 조심히 받아 발아래에 둔 후 종이 위에 스승님의 이름으로 사인을 해주었다. 나는 명필이었다. 멋진 사인을 확인한 그는 '배달을 맡겨주셔서 감사합니다. 항상 친절하고 쾌속한 배달을 책임지겠습니다'라는 시시콜

콜한 영업 멘트를 날린 후 돌아갔다.

나는 그 뒷모습을 보고 조금 황당한 표정을 짓다가 찬바람 때문에 얼른 문을 닫고는 배달된 물건을 집어 들었다.

장미 문양의 포장이 된 꽤 무거운 물건이었다.

이렇게 배달까지 해주는 걸 보면 이곳이 마을과 크게 떨어지지 않은 곳임이 분명했다.

산 중턱이라고만 생각했는데 아니었구나.

나는 고개를 끄덕이면서 스승님에게 물건을 전해주기 위해 이층으로 향했다. 집무실에 놔둘 계획이었던 것이다. 그런데 칠칠맞게도 포장지를 구경하느라 그만 발아래를 보지 못한 것이 화근이었다.

무언가에 걸린 나는 바닥에 풀썩 엎어졌고, 결국 물건은 내 품을 이탈하여 바닥으로 떨어지고 말았다. 그 충격으로 인해서인지 포장지가 찢겨지며 물건이 본체를 드러내고야 말았다.

그것은 사람 머리 절반만 한 크기의 보석이었다. 황금색과 녹색이 합쳐져 기묘한 색깔을 뿜어내는 돌을 나는 한동안 멍청하게 바라보았다.

그러다가 홀린 듯이 걸어가 그 보석을 집어 들었다. 나는 혹시 깨진 곳이 있지 않나 해서 보석의 구석구석을 살폈다. 그러다 나는 보석에 아주 깨알만 한 글씨로 무언가가 적혀 있는 것을 확인했다.

마나를 눈에 집중하자 작은 글씨가 조금 더 뚜렷하게 보였다.

나도 모르게 그 글을 소리 내어 읽게 되었고, 그러자 갑자기 보석이 엄청난 빛을 뿜어내었다. 그리고 대량의 마나가 손으로 흘러들어 오는 것을 느낄 수 있었다.

나는 기겁하며 당장 손을 떼려 했지만 보석은 내 손을 쉽게 놓아주지 않았다. 어차피 흘러들어 오게 된 마나, 이질적인 기운도 없었고 편안한 느낌이다. 마치 스승님에게 마나를 주입받을 때의 기분이었다. 아니, 더 상쾌했다. 그 빛은 팔을 타고 내 심장으로 스며들었다.

스승님이 마나를 주셨을 때는 내 온몸으로 퍼져 나갔지만 이 보석의 마나는 내 심장으로 집중되어 흘러갔다. 그에 심장이 쿵쾅쿵쾅거렸고, 혹시 무언가 잘못되어 가고 있는 건 아닌지 무서운 기분이 들었다.

"무슨 짓이냐?!"

스승님의 목소리가 들린다.

나는 힘의 파동 때문에 질끈 감고 있던 눈을 슬며시 떴다. 스승님이 엄청난 속도로 뛰어오며 주문을 외웠고, 손에 들고 있던 보석을 빼앗아 들었다.

빛이 사라졌고, 내 몸 주위에는 황금색의 무언가가 요정처럼 아름답게 반짝였다.

짜악―

스승님이 내 뺨을 갈겼다.

나는 멍한 얼굴로 그를 보았다. 그는 손바닥으로 이마를 짚으며 괴로워하는 모습이었다. 나는 침울해졌다. 스승님에게 피해를 준 것이다.

나는 무릎을 꿇었다.

내 양심 때문에 차마 죽여달라는 말은 꺼내지 못했다.

눈을 감았다.

"분이 풀리실 때까지 때려주십시오."

스승님은 많이 침체된 목소리로 말했다. 마치 감기에 걸린 듯한 목소리였다. 중요한 물건인 것 같아 죄송함에 가슴이 메어왔다.

"고의가 아니었을 터, 어떻게 된 일이냐?"

나는 배달이 왔다는 것과 지금까지의 상황에 대해 설명했다. 스승님은 입술을 지그시 깨물곤 내게 말했다.

"배달되어 온 것은 마력석이라는 것으로 나와 가장 친분이 깊은 드워프가 보낸 것이다."

"드워프라 함은 광산에서 보석을 캐는 사람들이 아닙니까?"

"그렇다. 마침 필요한 게 있어 그에게 부탁했고, 이것은 내 연구 자료 중 하나였지."

"흔한 게 아닌 듯한데… 이 죄를 어찌 갚아야 할지……."

"되었다. 그보다 시급히 네 마나를 다스려야 한다."

"어떤… 의미입니까?"

"이 마력석의 마나 양은 거대한 흐름을 담고 있다. 다행히 네가 마력석의 마나 전부를 받아들인 것이 아니기에 망정이지 모두를 받아들였다면 네 몸은 파멸되었을 것이다."

소름이 끼쳤다.

만약 스승님이 늦게 발견했다면 되돌릴 수 없는 상황에 이르렀을 것이다.

스승님께 두 번이나 목숨을 빚졌다.

나는 참담한 얼굴로 고개를 숙였다.

스승님은 말없이 내 손목의 정맥을 잡았다. 그리고 눈을 감은 뒤, 단번에 마나의 흐름을 느끼더니 마력석의 마나를 감지해 내기까지 했다.

그 순간 나는 전기에 감전되는 듯한 충격을 느꼈다.

온몸이 찌릿찌릿했다.

심장에 뭉쳐 있던 마나의 응고된 그것은 마치 길을 찾지 못해 방황하는 내 과거의 모습 같았다. 그러나 스승님의 인도에 따라 액체로 녹아들더니 천천히 길을 개척했고, 이내 편안하고 자연스럽게 몸에 녹아들기 시작했다.

머리끝부터 발끝까지 마나를 입고 있는 느낌은 신비했다.

마나의 양이 감당할 수 없을 정도로 증대한 것임을 느꼈다.

고의는 아니었다.

나는 목숨을 내놓을 뻔한 대신 힘을 얻었다. 목숨 값치고는 지나치게도 높은 대가다. 정당한 교환이 아니었으니 그 남은 빚을 갚아야겠지.

우연히 찾아온 인연.

나는 더 강해질 수 있다는 사실에 기쁨을 제어하지 못했다. 약육강식의 세계에서 힘을 얻는다면 무엇이 두렵겠는가. 어느 누구도 나를 업신여기지 못한다.

언제쯤이면 스승님의 위치에 올라설 수 있을까. 그처럼 백발이 무성해지고 수염이 길게 날 때쯤?

아닐 거다. 나는 체계적인 가르침은 아니지만 대마법사에게 마법을 배웠으며 가르침의 속도를 대폭 줄였다. 바로 마법 반지 때문에.

나는 가장 어린 나이에 대마법사가 될지도 모른다는 꿈을 꿨다. 그것은 지극히 현실적이며 또한 위험한 생각이었다.

마나를 편안하게 흐를 수 있도록 도와준 스승님은 좋지 않은 안색으로 마력석을 들고는 집무실로 향했다.

그의 뒷모습을 보면서 나는 알 수 없는 기분에 사로잡혔다.

진정한 마법사의 모습이란 무엇인가.

불쑥 그런 의문이 들었다.

책에 적혀 있는 정의가 아니라 진리를 원하는 것이었다.

그것은 작은 깨달음의 초입.

아마 시간이 해결해 줄 것이다.

세 달이라는 시간이 흘렀다.

얼핏 보면 짧은 기간이지만 내게는 지독히도 긴 시간이었다. 이곳에서 재미라는 것을 찾는 것은 사막에서 바늘을 찾는 것과도 같았기 때문이다.

더럽게 맛없는, 오직 몸을 위한 음식인 빵을 오물거리면서 책을 읽고 있는 중이었다.

책에 적힌 글 한 파트를 읽고 나는 불안을 느꼈다.

그것은 삼류 모험물 소설이었는데, 한 마법사가 검사에게 방심한 탓에 검에 찔려 즉사한 것이었다. 때문에 나는 심각한 고민에 잠겼다.

마력석 때문에 이제 50체계까지는 주문없이 캐스팅만으로 시동이 가능해졌다. 그렇다곤 하나 인간인 이상 방심할 때가 분명히 존재한다. 그것은 의식하더라도 생겨날 수밖에 없는 부차원적인 문제일 것이다.

검술과 체술에 대한 관심이 대폭적으로 높아졌다. 그렇지 않아도 마법에 거의 물려 있던 참이다. 나는 고개를 끄덕이며 일어섰다.

무기고에 가 적당한 길이의 나무로 된 목검을 들었다.

진검으로 하면 수련의 진도가 늦어질 것이다. 약간의 위험은 있겠지만 여차하면 마법을 써버리면 그만이다. 체술(體術)을 익혀 근접적인 공격을 막아내겠다는 생각이었다.

마스터할 생각은 없었다.

그저 내 몸을 위해 습격이나 혹시 모를 근접전을 대비한 준비인 것이다. 나는 먼저 철창의 가장 마지막 끝으로 걸어갔다. 스승님은 꽤 꼼꼼한 편이었다. 몬스터의 힘을 분류해 놓았다. 가장 강한 동물이 최전방에 있었고, 순서대로 나열되어 있었다.

"우선 네놈부터."

철문의 고리를 열자 난쟁이보다 작은 녀석이 걸어나왔다. 나는 피식 실소를 지었다. 너무 작은가 했지만 이 코볼트 다음으로는 오크였다. 수준 격차가 너무 크지 않은가. 오크는 용맹하며 보통의 인간보다 힘도 좋다. 게다가 자연적인 근육까지 있어서 자칫했다간 이 비싼 목숨이 날아갈 것이다.

우선 몸을 풀어야 했다.

코볼트는 철창문에서 나오자 눈을 떼굴떼굴 굴리며 나를 경계했다. 이족 보행을 하는 느릿느릿한 모습에 나는 웃음이 나왔다.

녀석을 상대로 대련이라는 것은 아무런 도움도 되지 않을 듯했다.

내가 녀석에게 다시 '들어가!' 라고 소리치자, 기가 죽은 코볼트는 축 처진 몸으로 다시 철창 안으로 들어갔다. 나는 오크에게로 시선을 돌렸다.

징그러운 얼굴, 몸에서 풍기는 분위기. 확실히 코볼트와는

질적으로 달랐다. 녀석은 초원의 전사다. 강인함과 물러섬을
모르는.

놈이 풍기는 악취에 나는 나도 모르게 손에 힘이 들어감을
알 수 있었다. 미리 헤이스트를 시전했다. 몸이 가벼워지고
스트렝스 마법으로 검에 무게가 가중된다.

오크여, 내게 경험을 다오.

철컹—

빛의 자물쇠가 열리고 오크가 웅크리고 있던 등을 폈다. 녀
석이 어슬렁어슬렁 걸어나오자 등줄기에서 식은땀이 흘렀
다.

생각보다 그의 덩치가 컸던 것이다.

열다섯 살에 몬스터를 바로 코앞에 두었다.

분명 나는 힘을 가지고 있지만 살기를 가진 몬스터를 상대
로 두기에는 확실히 정신 연령이 따르지 못했다. 하지만 어차
피 거쳐야 할 과정이라면 빠르게, 그리고 확실하게 넘어서겠
다.

"와라, 초원의 전사여. 나는 그대의 능력을 높이 여기고 있
다."

그들에게도 지능이 있고 감정이 있으며 성격이 있다.

괴물이라 부르기엔 너무 인간과 닮아 있는 존재.

나는 쓸쓸한 눈으로 오크를 보았다. 녀석은 동료와 떨어져
오랫동안 감금되어 있어 약간의 정신적 문제가 있었지만 공

격성은 아직까지 크게 떨어지지 않은 듯했다.

놈이 괴성을 지르며 지면을 박차고 달려왔다. 커다란 주먹이 내 얼굴을 향해 날아왔다. 내 속도가 눈부실 정도로 빨랐다. 헤이스트의 마법 때문에 몸이 깃털처럼 가벼웠다. 그가 날린 주먹을 피하고 옆으로 파고들었다. 목검으로 녀석의 목을 찔렀다.

즉사의 위치. 검이었다면 바로 절명하는 곳을 찌른 것이다. 내 검술 감각은 나쁘지 않았다. 오크는 목에 검이 찔린 즉시 2피르가량을 훌쩍 나가떨어졌다. 바닥에서 캑캑거리며 기침을 토해냈다. 이대로는 너무 약하다. 내가 방심한 순간에는 헤이스트와 스트렝스를 걸 시동어조차 없는 급박한 순간일 것이다.

이것은 수련이 아닌 셈.

나는 마법을 해제했다.

그러자 두려움이 엄습했다.

녀석의 주먹에 잘못 맞으면 죽을 수도 있다. 나는 아직 어리고 육체적으로 많이 나약했으니까. 그리고 보니 나도 단단히 미쳤군. 이 나이에 오크를 상대로 대련을 하다니…….

하지만 그만큼 효율은 비상식적으로 높을 것이다. 목숨을 담보로 힘을 키우니 다른 이에 비하겠는가.

나는 최대한 오감을 살리며 녀석에게 달려들었다. 놈의 눈도 예사롭지 않게 번쩍였다. 녀석의 머리를 향해 목검을 휘둘렀다. 스트렝스를 걸지 않으니 속도가 현저히 떨어졌다. 녀석은 가볍게 피해내더니 내 복부를 때렸다.

나는 한 방에 나가떨어졌다.

바닥을 데구루루 구르고 구역질을 했다. 지독한 고통이 뇌를 찌른다. 그러나 긴장감 때문인지 크게 아프지는 않았다. 고개를 들었을 때, 안광을 희번덕거리며 뛰어오는 오크가 보였다.

젠장, 얼음을 관장하는 신이시여, 제2체계의 공식을 선언하나니!

"매직 미사일!"

쉬이잉—

내 머리 위로 얼음 송곳이 생성되자 오크는 뜀박질을 우뚝 멈추었다. 그 간단하고 강한 힘에 검술 따위 다 때려치우고 싶어졌지만 결국엔 다 나를 위함이었다. 어금니를 꽉 깨물었다. 내 손짓에 매직 미사일은 오크의 뺨을 스치고 지나가 벽에 틀어박혔다. 와르르 무너지며 단숨에 얼어붙어 버리게 만든 가공할 만한 공격력에 오크는 전의를 상실했다.

"야, 이 자식아! 이제 시작이란 말야! 벌써부터 쫄고 그래? 다시는 마법 안 쓸 테니까 겁먹지 말고 와봐!"

오크는 어느 정도 의사를 소통할 수 있는 녀석이 있고 할 수 없는 녀석이 있는데, 말을 할 수 있을 정도면 지식도 꽤 있고 전투 능력도 뛰어난 놈이다.

내 앞의 이 오크가 나를 보며 부정확한 발음으로 말을 한다.

"이, 인간… 가, 강하다."

적어도 병든 놈은 아니라 다행이구나.

나는 히죽 웃었다.

"강하지 않아. 앞으로 강해질 몸이라면 모를까. 나는 지금 단계를 밟는 중이다."

살 떨리는 대전.

스릴도 있었고, 점점 강해질 거라는 생각에 한없이 기뻤다. 나는 그렇게 점점 내 마음이 강해져 가고 있음을 실감했다. 썩어가고 있던, 그만 버려야 했던 내 마음이 다시 생기를 찾아가고 있었다. 꺼질 듯 꺼질 듯 꺼지지 않은 그 빌어먹을 놈의 희망이라는 촛불 때문에.

2

문을 넘지 않는 이상 이곳은 항상 겨울이다. 어디가 진실의 세상인지 알 수 없었다. 이 강한 겨울 폭설을 뚫고 사람이 찾아왔다. 그럼 이 끊임없이 계속되는 겨울이 진정한 세상일까?

이른 아침, 시시콜콜한 상념에 사로잡힌 나였다.

침소에서 몸을 일으켰다.

긴 흑색의 머리카락이 흩날렸다. 남자답지 않은 이 머리를 확 잘라 버릴까도 생각했지만 그동안 내가 수련한 마법, 그리고 내 기억마저 잘려 나갈까 봐 나는 그 유치함에 차마 머리를 자를 수 없었다.

머리를 대충 뒤로 넘긴 후 침대에서 내려왔다.

일주일이 흘렀다.

변화한 것이라곤 이제 오크 정도는 목검 없이 맨손으로 제압할 수 있는 정도가 되었다는 것이다.

만약 바깥 세상에 나가게 된다면 나는 무엇을 경험하게 되는 걸까. 마치 누군가가 보면 한번도 세상에 나가보지 못한 순수한 결정체로 보겠지만 나는 달랐다.

고아라는, 징그럽고 추억하기 싫은 삶을 살았다.

그럼에도 세상이 그리웠다.

단절된 이곳보다 사람 냄새가 물씬 풍기는 곳이 그리웠다. 내 고향은 어떻게 변했을지 생각하니 절로 웃음이 나왔다. 그런데 스승님이 나를 이곳에서 나가게 만들어주실까? 평생을 잡아놓는 것은 아닐지 갑자기 무서워졌다.

당장 물어보고 싶었지만, 스승님은 다시 외출하셨다. 밥 먹듯이 외출하는 부러운 노인. 나는 이렇게 갇혀 있는데…….

나는 빵을 들고 터덜터덜 반에게로 걸어갔다. 녀석은 꼬리를 흔들며 내게 뛰어왔다. 스승님에게 반과 내가 친해진 것을 말하고 목을 감았던 줄을 끊었다. 때문에 녀석은 적어도 마당에서만큼은 자유를 가질 수 있었다.

이 짧은 자유 속에서 기쁨을 주체하지 못하는 반을 보면서 나는 동감을 느꼈다. 스승님이 무엇을 계획하고 있는지 알고 싶었다. 집무실에 가면 그 답을 알 수 있을까 싶었다. 나는 반과 한동안 놀아준 후 집무실로 향했다.

적막한 저택 안에 울리는 발소리가 오늘따라 유난히 크게 들렸다.

문을 열고 들어가자 역시나 마르지 않은 잉크 냄새가 곳곳에 배어 있었다. 나는 책상 위에 어지럽게 널려 있는 서류를 발견했다.

언제나 펼쳐져 있는 서류. 마치 나를 위해 준비된 것처럼.

그 꼼꼼한 노인이 왜 문을 잠그지 않는 것일까.

나는 잠깐 그 의문을 가지다가 문서를 읽기 시작했다.

그동안의 내 사소한 일과와 마법 발전 과정이 적혀져 있었다. 저번에 봤던 내용과 크게 다르지 않았다. 그런데 차후 계획이라는 네 글자가 눈에 들어왔다.

번개에 맞은 느낌이었다.

정신이 아찔했다.

나는 흔들리는 몸을 애써 고정시키며 그 종이를 들어올렸다.

황제를 향한 친서, 그리고 그 심부름은 바로 나 로크의 몫이었다.

예상치 못한 일이었다. 나는 한동안 패닉 상태에 빠졌다.

여우처럼 치밀한, 능구렁이 같은 인간이 내 스승이다.

그는 내게 신용을 잃었다.

이 서류의 내용을 알았다고 해서 마음을 놓을 수는 없다. 귀신같은 인간이다. 언제 무슨 짓을 벌일지 모르는 일.

그리고 이 서류가 함정일 가능성도 배제할 수 없었다. 대체 무슨 일을 꾸미는 거지?

어릴 적 무엇인가를 믿음으로 인해 많은 것을 잃었다.

그는 내 스승이지만 나를 과연 제자라고 생각하고 있을까?

자신의 제자라고 말은 했지만 자기 자신도 그 사실에 불가결한 느낌을 받는 표정이었다. 그때 내가 느꼈던 슬픔조차도 믿음으로 인해서 생긴 것이다.

나는 씁쓸한 얼굴로 시선을 돌렸다.

스승님은 아직까지도 돌아오지 않고 있는 상태.

이층에서 내려온 나는 바깥으로 나갔다. 차가운 눈보라가 온몸을 때리자 뜨거워진 몸이 조금은 식어가는 기분이 들었다.

벌써 어둠이 지고 있었다.

나는 차가운 한기 때문에 그만 저택으로 돌아갔다.

아직은 겨울바람이 적응되지 않는 듯했다.

Chapter 4

신물(神物), 그리고 약속

1

눈과 비가 뒤섞여서 내렸다. 지독하리만큼 강한 폭설로 햇
빛이 잘 보이지 않는 이곳은 내 감정을 메마르게끔 만들고 단
단하게 만들었다. 하지만 육체는 그 힘을 이기지 못하는 듯했
다.

감기에 걸렸다. 열이 펄펄 끓고 온몸은 불덩이처럼 뜨거웠
다. 나는 내가 차가운 물에 헹궈온 수건을 머리에 직접 올려
놓고는 화롯불 근처로 침대를 옮긴 뒤에 이불을 뒤집어쓰고
누웠다.

이런 한심한 몸이라니…….

아플 때 누군가가 옆에 없다는 것은 상당한 외로움을 동반

하지만 나에게 그런 외로움은 사치에 가까웠다.

나약해졌다.

요즘 들어 황홀한 생활을 하니 정신 상태와 몸이 썩은 거다. 거지 시절엔 면역이 되어 감기 같은 건 걸리지 않았다. 지독한 바이러스라면 모를까.

감기는 이틀이나 지속되었고, 그날 밤이 되어서야 몸이 조금 괜찮아졌다.

무리해서 움직이지 않고 푹 잠을 잔 게 효과가 있는 듯했다. '과로인가?' 라고 중얼거리면서 나는 뻑적지근한 목을 주물렀다. 쉴 틈 없이 달려온 시간들. 미래가 없고 현재가 없는 생활을 하던 내게 황금 같은 시간이 주어지니 너무 무리를 한 건 아닐까 하고 생각했다.

"젠장……."

속이 안 좋았다.

나는 거의 이틀 동안 수프만 먹었다. 그것도 제대로 소화하지 못해 몇 번이나 게워냈다. 쓰린 속을 쓰다듬으며 창문 밖을 보았다. 바깥에 나가 찬바람을 쐬고 싶었지만 한번 감기에 지독하게 걸렸더니 나갈 엄두가 나지 않았다.

나는 문 너머 따뜻한 봄의 세계로 가고 싶었지만, 스승님이 없으면 갈 수 없었다. 아무리 찾아도 없었다. 스승님의 허락을 받을 때면 여지없이 나타나던 문도 내가 이리 개인적으로 찾을 때면 절대 모습을 드러내지 않았다.

따뜻함이 그리웠다.

나는 서늘한 냉기를 가진 이 큰 저택에서 또다시 외로움을 몸에 적셔가고 있었다. 스승님이 없으니 기분이 더 휑했다. 나는 작은 한기에 몸을 살짝 떨었다.

아직은 완전히 완쾌되지 않은 상태라 기침이 나왔다. 누워 있는 느낌이 싫어서 나는 침대에서 내려왔다.

녹차를 끓여 마셨다.

모포를 몸에 두르고 도서관으로 향했다.

그러고 보니 지금껏 약 이천 권의 책을 읽었다. 그중 7할이 마법서였고, 나머지는 기타 상식, 세상에 관한 것, 그리고 모험물 소설 정도다.

이제야 안 사실인데, 스승님이 내게 언어 마법을 부여해 준 것이 틀림없었다. 나로서는 꿈도 꾸지 못하는 경지이다. 자신이 가지고 있는 일부의 기억을 마법으로 전해준다는 것은 위대하다 못해 끔찍할 정도로 높은 경지인 것을 이제야 이해한 것이다.

나는 스승님의 마법 실력이 얼마나 높은 것이지 해가 바뀔수록 뼈저리게 느꼈다. 따라잡는 것은 거의 불가능했다. 내가 만일 여든 살의 노인이 될 때까지 그가 살아 있다면, 글쎄, 모르는 일이지.

하지만 그런 생각을 하니 히죽 웃음이 나온다. 강해진 게 실감이 났고, 또한 강해지고 있다는 것도 실감이 났다. 너무 어린 나이에 힘을 얻게 되자 두려움과 지배감이 반반씩 공존했다.

나쁘지 않았다.

이 정도 힘이라면 어디 가서 굶고 다니진 않을 거라는 생각에서였다.

스승님이 말하기를, 아무리 미천한 신분이라도 마법사에게는 엄청난 대우를 해준다고 했다. 마음만 먹는다면 신분이 급상승할 수 있으며, 부족함없이 살 수 있다 했다. 다만 마법사의 길이 고난할 것이라고 여지를 남기셨지만. 대수롭지 않았다. 사람들이 괜히 마법에 목을 매달까.

힘과 신분, 그리고 권력을 가질 수 있다.

바구니에 놓인 딱딱하고 질긴 빵을 씹으면서 녹차를 홀짝홀짝 마셨다. 내게 밤은 지독히도 길었고, 눈과 비가 뒤섞인 이 괴상한 날씨도 계속되고 있었다.

2

한가하게 마법체계론을 읽고 있었다. 한참 공부에 빠져 있는데 오늘따라 유난히 반 녀석이 시끄럽다. 얼마나 컹컹거리는지 조금만 더 시간이 흐른다면 목이 쉴 것만 같아 나는 걱정스러운 얼굴로 일어섰다.

문을 나서니 반이 어딘가를 향해 맹렬히 짖고 있었다. 온몸의 털을 곤두세우고 꼬리를 빳빳하게 올린 채.

녀석, 빵을 먹더니 몸이 아주 좋아졌다. 털에는 윤기가 흐르고 근육은 더 선명하게 갈라져 있다. 다른 개들이랑 붙으면 웬만해선 상처 하나 안 나리라.

역시 빵이 독은 아니었다. 부작용도 없다. 대마법사 이클레이드는 천재였고, 나는 그의 과정을 차분히, 그리고 안정적으로 밟아나가고 있는 듯했다. 그런데 녀석, 시끄럽게 왜 이렇게 짖어대는 거야.

뚜벅뚜벅 가까이 걸어가면서 나는 황당함에 절어버릴 수밖에 없었다. 이런 곳에도 몬스터가 있나?

반이 바라보는, 그러니까 철문 바로 바깥쪽에 거대한 두꺼비가 있었다. 나는 그 광경이 너무 신기해서 킬킬 웃어대다가 조금은 섬뜩한 모습이기도 해서 살짝 식은땀을 흘렸다.

스승님께서 몸보신하라고 보낸 것인가?

쉬익!

그때 엄청난 속도로 두꺼비의 혓바닥이 허공을 갈랐다. 다행히 한 치가 짧아 반의 바로 앞 땅바닥에 왔다가 돌아갔다. 기절할 만한 스피드라서 나는 깜짝 놀랐다. 반은 너무 놀라 깨갱거리며 뒤로 물러섰다.

기괴한 울음소리를 내며 그 자리를 가만히 지키는 녀석. 대체 뭐지? 나는 반을 불러 내 뒤에 세웠다.

두꺼비의 얼굴과 몸동작이 거만해 보였다.

"신기한 녀석이군."

녀석의 몸 표면은 하얗게 무언가로 덮여 있었다. 매직 미사일로는 별로 충격을 주지 못할 것 같았다. 나는 마치 실험 연구를 하는 듯한 표정으로 녀석을 지켜보며 파이어 볼을 생성시켰다. 내 머리 하나 정도 크기의 불덩어리가 생성되자 녀석의 표정이 흠칫 변하는 것 같았다.

나는 살짝 웃으며 녀석을 향해 파이어 볼을 날렸다. 철문은 무슨 재질로 되어 있는지 파이어 볼이 통과했음에도 멀쩡했다. 그리고 철문을 지난 파이어 볼이 두꺼비의 앞가슴에 작렬했다.

콰과광!

나는 입을 쩍 벌렸다. 약간 그을린 것 빼고는 멀쩡했다. 나는 지금의 상황이 너무나 신기해서 입을 다물지 못했다. 그저 한 대 맞으면 놀라서 멀리 달아날 줄 알았다. 하지만 내 예상을 비웃기라도 하듯 너무나 멀쩡했다.

"뭐, 뭐지, 저 엄청난 피부는?"

"이클레이드님은 어디 계신가?"

나는 너무 놀라서 그만 사레에 들렸다. 두꺼비가 말을 하다니, 이런 부조리한 현상이 어디 있단 말인가. 나는 멍한 얼굴로 놈을 쳐다보았다. 그러니 녀석이 조금은 짜증 섞인 음성으로 말한다.

"어디 계시냐고 물었다."

신기하게 울려 나오는 목소리에 현실임을 자각했다. 나는 그를 떨리는 검지로 가리키면서 말했다.

"너, 너, 말을 하잖아?"

"신기한가?"

나는 고개를 끄덕였다.

"당연하잖아. 보통 두꺼비는 말하지 않는다고."

"인간들의 관점에서 보면 그럴지도 모르겠군. 나는 신물에 해당하는 존재니까."

"그, 그를 찾아온 이유가 뭐지?"

"그걸 너에게 말해야 하나?"

"아직 돌아오지 않으셨다. 내가 말을 전해주지."

그는 고민하는 듯 한동안 침묵했다. 겨울 공기가 차가웠다. 차가운 바람이 이마를 훔치고 지나갈 때까지 아무 말이 없자 나는 조금 답답해졌다.

"왜 말을 안 하는 거야?"

"그대는 이클레이드님과 어떤 관계인가?"

나는 자랑스럽게 말했다.

"제자다!"

"대마법사의 제자는 이리 무엄한가? 나는 오랜 세월을 살아왔다. 그대는 내게 존칭을 하는 것이 예의 아닌가?"

나는 고개를 갸웃거렸다.

"왜지?"

"마법만 배우고 예는 배우지 않은 모양이군."

나는 빙그레 웃었다.

"스승님도 겉치레를 싫어하지만 나도 싫어한다. 나는 그대에게 존칭을 쓰진 않았지만 진심으로 대했다. 뭐, 그대가 원한다면 나는 지금부터라도 존칭을 쓰도록 하지. 하지만 내가 진심이 담긴 말을 하지 않을지도 몰라. 존칭을 한다는 것 자체가 거리감을 만들어 버리거든."

상대는 두꺼비였지만, 일순 그가 웃는 것처럼 느껴졌다. 나는 그 징그럽고도 신비한 느낌에 꿈을 꾸는 것 같았다. 너무 몽환적이어서 마치 홀린 기분이었다.

"말을 정정하지. 전과 같이 나를 대해다오."

나는 환하게 웃었다.

위대한 존재, 신물. 천 년을 넘게 살아 있는 고귀한 존재를 눈앞에 두고 있다. 그와의 인연을 이리 흘려보내고 싶진 않았다.

"나와 친구하지 않을래?"

그는 갑작스럽고도 황당한 제안에 당황해하는 것 같았다.

두꺼비도 많은 표정을 가지고 있구나. 움찔하는 그 모습에 웃음이 터질 것만 같았다.

"나와 그대가 친구로?"

나는 고개를 끄덕였다.

"나는 친구라는 의미를 잘 모른다."

"동료와 같은 것이지. 아, 그런데 너는 언제부터 말을 하기 시작했어?"

"기억이 안 나는군. 아마 7백 년 전?"

"…그렇구나."

나는 멍하니 고개를 끄덕이다가 곧 눈을 빛내며 그를 보았다.

"자, 내게 답을 줘야지?"

"친구라……. 조금 더 자세하게 설명해 줄 수 있겠나, 인간이여?"

나는 거침없이 말했다.

"이런 말 하기 부끄럽지만 난 외로웠다. 혼자 있는 게 너무 싫었지. 그래서 누군가 나를 든든하게 여겨주는 친구가 있다면 사는 게 조금 더 행복해지지 않을까 해서 당신을 친구로 삼고 싶은 것이야."

두꺼비가 말했다.

"그대의 생각을 완전히 이해할 수는 없다. 다만 나와 친구라는 인연을 맺음으로 인해서 그대가 행복해질 수 있다면 그리 어려운 것은 아니겠다는 생각이 든다. 그리고 당신은 이클레이드님의 제자이기도 하니까 그 제안을 받아늘이도록 하지."

"내 이름은 로크. 당신은?"

"하만보르."

나는 고개를 끄덕이며 허리에 손을 턱 올리곤 말했다.

"내가 가까이 간다고 해서 날 잡아먹는다거나 그런 건 아니겠지?"

"우린 친구가 아니었나?"

나는 기분이 좋아져서 크게 웃으며 그에게 다가갔다.

"그렇지. 우리는 친구야. 하하핫! 잘 들어. 친구란 위험에 처하면 도와주고 서로를 위로하며 서로의 외로움을 달래주는 거야."

"퉤!"

두꺼비가 뭘 뱉어냈다. 그것은 바닥을 굴러 내 발치 아래까지 굴러왔다. 마법진 모양의 그림이 새겨진 동그란 쇠뭉치였다.

"이건?"

"그곳에 마나와 정신력을 실어 보내 내 이름을 부르면 나는 그대 앞으로 소환될 것이다. 나의 힘이 필요할 때 그대는 나를 부르도록 하라."

나는 그 물건을 손으로 힘껏 쥐었다.

"고맙다, 하만보르."

철문 사이로 팔을 집어넣어 그의 몸을 툭툭 쳐주었다. 하만보르가 말했다.

"서로의 부탁을 들어주는 것도 친구이기에 가능한 것인가?"

"물론."

"그럼 내 말을 이클레이드님에게 전해주도록 해다오."

"응."

무겁고, 그리고 아주 품위있는 목소리로 내게 스승님께 전달할 말을 하였다.

"곧 약속한 시간이 다 되어가니 그만 이스페드 산맥의 풍요를 돌려주십시오."

그리고 더 이상의 말은 이어지지 않았다.

"끝이야?"

하만보르는 느릿느릿 대답했다.

"그렇다."

나는 그 느림보 같은 대답에 혼자서 낄낄거리다가 웃음을 멈추곤 반을 소개했다.

"아, 저 녀석도 내 친구다."

내가 반을 가리키자 하만보르는 의아한 음성을 토해냈다.

"그대의 친구는 모두 이렇듯 인간이 아닌 존재들인가?"

"내 친구는 아직 너랑 반밖에 없어. 아주 어릴 적 이곳에 오게 되었고, 한번도 도시로 내려가 사람을 만나지 않았지. 그리고 예전에도 난 외톨이였고. 하지만 뭐, 변할 거야. 많은 사람들을 사귀고, 그리고 또 내 친구를 만들겠어."

두꺼비는 슬픈 음성으로 말했다. 그 음성이 지독히도 슬퍼

우울해질 정도였다.

"그대 역시 인간 세상 안쪽의 공기를 마시면 변하게 될 것이다. 그 순간을 지나고도 지금과 같은 진실성을 가지고 있다면 나는 그대에게 소멸하고서도 끝나지 않는 영원한 동료임을 맹세하겠다."

나는 방긋 웃었다.

"콜록콜록!"

내가 불쑥 기침을 토해내자 하만보르가 물었다.

"몸이 안 좋은가?"

"감기에 걸렸어."

그가 또 입에서 무언가를 툭 뱉어냈다. 그것은 아주 작은 유리병이었고, 그 안에는 출렁이는 분홍색 액체가 들어 있었다.

"뭐야?"

"선물이다."

나는 '고마워'라고 말한 후 더 이상 아무 말도 하지 않았다. 그가 나를 위해 준 선물이다. 구차하게 무엇을 더 질문하고 이 물건에 대해서 이야기를 늘어놓겠는가.

나는 거침없이 유리병을 개봉하고 입 안에 털어 넣었다. 뜨거운 액체가 목을 타고 흘러들어 갔다. 삽시간 몸이 따뜻해졌다. 그리고 내 몸 주위로 분홍색이 어린, 마치 마나 같은 유형의 무엇이 잠시 머물다가 사라졌다.

"앞으로 작은 병 정도는 걸리지 않게 될 것이다. 독에 대한 면역성도 있을 것이다."

"귀한 것이었구나."

"친구여, 나는 그만 돌아가겠다. 다음에 만났을 때 더 깊은 이야기를 나누도록 하지."

그렇게 하만보르는 폴짝폴짝 멀어져 갔다. 거대한 두꺼비가 뛰는 모습은 조금 우습기도 했지만 내 마음에 작은 파문을 남기기도 했다.

나는 그가 완전히 내 눈에서 보이지 않을 때까지 지켜보았다.

온몸을 얼어붙게 만드는 이 날씨가 이제는 그다지 대수롭지 않게 되었다.

나는 멍한 얼굴로 하늘을 올려다보았다. 아직도 지긋지긋한 눈은 끝없이 계속해서 내리고 있었다.

*　　　*　　　*

2년이 흘렀다. 나는 열일곱 살이 되었고, 그해 생일날 스승님이 나타났다. 얼마 만인가, 이게 대체. 얼굴 잊어먹을 뻔했다, 이 망할 노인네야.

내 마음을 아는지 모르는지 스승님은 갑작스레 나타나서는 그저 내게 인간에 대한 이야기를 한없이 늘어놓기 시작했다. 하만보르의 전언을 전해줄 새도 없었다. 속사포처럼 말을 늘어놓아 나는 한동안 그 말을 계속해서 듣고 있을 수밖에 없었다.

참으로 신출귀몰한 스승이로다.

"잘 들어라, 로크. 인간은 이기적인 동물이다. 자신에게 해가 되면 가차없이 배신하며 목숨을 앗아가는 것은 물론, 가족까지 참혹하게 살인할 수 있는 것들이 인간이야. 너는 사람을 구분할 수 있는 눈을 가져야 한다."

나는 빙그레 웃었다.

"잘 알고 있습니다. 걱정하시는 부분이 무엇인지 알고 있어요. 저는 스승님이 생각하시는 것보다 상당히 약은 구석도 있고, 잔인한 면도 가지고 있으며, 명확한 결정을 내릴 줄도 압니다."

"그런 놈이 연무장에서는 왜 그랬느냐?"

"인간이라는 의미예요."

"뭐?"

"제가 망설일 수 있었기에 전 아직 망가진 인간이 아니었음을 증명하는 겁니다. 감정 없는 마도사 따위가 되기는 싫어요."

스승님은 콧방귀 소리를 크게 내셨다.

"그런 궤변 따위는 듣고 싶지 않다. 그저, 그저 살아 있으면 된다."

나는 그가 무엇 때문에 내 목숨에 그리 집착하는지 잘 이해할 수 없었지만, 아주 극소량의 걱정이라도 해주었으면 하는 바람을 가지고 있었다. 희미하게 미소 짓고 있는 내게 스승님이 말했다.

"그만 산을 내려가거라. 너는 바이슨 왕국으로 간다."

"그곳엔 제가 무슨 일로 가는 것입니까?"

"그곳에 가서 내 친서를 국왕에게 전달해라. 그럼 그곳에서 너에게 작위를 하나 내려줄 것이다. 그곳에서 네 뜻을 펼쳐 보거라."

"언제까지 그곳에 도착하면 되는 거죠?"

"그리 서두를 것은 없다. 천천히 가거라. 하지만 그 기간이 1년이 넘어서는 안 된다."

내 목소리가 살짝 흐릿해졌다.

"그리… 먼 곳입니까?"

스승님이 고개를 끄덕였다.

나는 잠깐 망설이다가 일어섰다. 그리고 정중하게 인사했다.

"그동안 신세 많이 졌습니다."

"흥! 내가 항상 네놈을 주시하고 있다는 것을 명심하거라. 그리고…….."

그는 잠깐 망설이는 듯하다가 말했다.

"너는 내 제자임을… 잊지 말거라."

눈물이 나올 뻔했다. 가슴이 울컥거려 목이 메었다. 분명 말뿐인, 거짓말일지도 모르지만 그 말에 나는 가슴이 터질 것만 같았다.

"…감사합니다."

스승님이 물었다.

"언제 떠날 테냐?"

"딱 하루만 이 저택의 냄새를 기억할 생각입니다."

"그리하도록 해라. 그럼 특별한 사건이 없는 한 바이슨 왕국에서 만나게 되겠구나."

그가 금박으로 된 두루마리와 주머니 하나를 주었다. 두루마리는 왕에게 줄 친서일 것이고, 이 주머니는 뭐지?

"돈이 들어 있다. 경량화 마법을 걸었으니 그리 무겁지 않을 게다. 그리고 꽤 많은 돈이다. 부피를 줄여놓아 많아 보이지는 않지만 막상 손을 넣어보면 놀랄 게다. 그리고 가져가고 싶은 아이템이 있으면 2층 방에서 가져가거라. 손을 대서는 안 될 물건들은 체크해 놓았으니 구분이 쉬울 거다."

"저, 스승님, 하만보르가 전언을 남겼습니다."

"그럴 테지."

"이스페드 산맥의 풍……."

"되었다."

이미 알고 계셨다.

그는 옷을 가다듬으며 말을 이었다.

"그럼 이제… 세상 구경 한번 해보거라."

그는 예전부터 알고 있었다. 내가 얼마나 바깥으로 나가보고 싶어했는지.

나는 감사의 마음을 가득 담아 소리쳤다.

"예, 스승님!"

그는 가볍게 인사를 받은 뒤 바로 텔레포트로 모습을 감추었다.

3

그리움이란 세 글자가 각인되듯 다가왔다.

아주 익숙해져 버린 이 커다란 저택이 내 가슴을 흔들었다. 오래 봐와서 완전히 눈에 익어버린 이 모습도 시간이 지나면 내 기억에서 조금씩 그 형태를 잃어가겠지.

나는 새로운 시각으로 집을 보게 되었다.

나무로 된 낡은 벽, 물건들의 배치, 그리고 커다란 거실, 방 하나하나가 가슴에 틀어박혔다.

많은 시간을 함께했던 장소들.

도서관에 들어왔다.

처음 이곳에 와 스승님이 내게 책을 주었던 것이 기억난다.

바로 어제 일 같은데 벌써 시간이 이렇게 흐르다니…….

나는 너무도 인간적인 슬픔에 잠겼다.

문득 그리움이 파도처럼 밀려왔다. 앞으로 이곳을 추억으로 간직해야 할 것 같은 기분이 들자 가슴이 무거워졌다.

나는 먼지가 쌓인 테이블을 손으로 쓸었다.

스승님도 감각이 있으신 분이다. 나를 위해 이렇게 보존 마법을 해제하다니…….

살아 있다는 느낌이 들어서 신비했고, 내가 숨 쉬고 있다는 것 자체가 고마움이었다. 쓰레기통이나 뒤지던 내가 이런 황홀한 행복에 취해도 되는 것인지 신에게 물어보고 싶었다. 진정 이것이 내 운명이었는지 신에게 물어보고 싶었다.

창문 밖에서 황홀한 햇빛이 쏟아졌다. 내리던 눈은 서서히 사라졌으며, 무섭도록 쌓여 있던 눈도 순식간에 녹아가고 있었다.

스승님이 마법으로 이 주위를 눈으로 덮은 것이었구나.

눈이 걷히자 푸른 산이 그 따뜻한 아름다움을 장대하게 뿜어내기 시작했다. 나는 그 광경을 한동안 지켜보다가 아이템 창고로 발길을 돌렸다.

끼이익!

문을 열고 들어가자 휘황찬란한 물건들이 엄청나게 준비되어 있다. 스승님이 남긴 말대로 건드리지 말아야 할 물건들에는 색감이 묻어 있었다. 숫자를 세어보니 그것은 아주 소량이었다. 나는 우선 고운 회색의 로브를 걸쳐 보았다. 거울에 비춰보니 꽤 모양새가 났다.

이제 열일곱 살. 키가 꽤 컸다. 약 175피스 정도. 로브를 걸치니 늠름해 보인다. 나는 히죽 웃으며 다른 물건들도 살펴보았다. 반지들이야 능력을 모르니 무턱대고 낄 수는 없는 노릇이어서 검 한 자루만 챙겼다.

카르시어스 스워드라는 명칭이었는데, 검에 일가견이 없는 내가 보기에도 상당히 명검으로 보였다. 손잡이는 평범했지만 검날이 예사롭지 않았다.

마법의 지팡이와 완드도 있었지만 왠지 거리감이 있었다. 고상한 냄새가 풀풀 풍겼기 때문인지도 모르겠지만 내 자신 스스로 만들어온 힘으로 세상을 헤쳐 나가고 싶었다.

마법의 지팡이나 완드가 마법력을 증폭시켜 주는 것은 별로 내키지가 않았다.

그러고 보니 웃기는군. 거의 스승님이 만들어준 마나로 이 정도로 큰 주제에 배가 부르다 못해 터졌구나, 로크.

나는 내 자신의 정신 상태를 폄하하면서 낄낄거리며 웃었다.

이 내부의 공기가 답답해졌다. 방에서 나오니 바깥 공기를 마시고 싶어졌다. 잔디로 변해 있는 마당에 반이 신이 나서 뛰어놀고 있었다. 나는 마당의 중앙으로 가서 드러누웠다. 반이 달려와 꼬리를 흔들며 내 뺨을 핥았다.

평화로운 날이구나.

나는 눈을 감았다.

따듯한 봄바람이 마치 어머니의 손길처럼 부드럽게 불고
있었다.

Chapter **5**
고향

여명이 서서히 다가오고 있었다.

검은 공간을 찢고 새벽의 빛이 발현한다.

조금은 싸늘한, 그렇지만 새로운 느낌의 밤.

나는 부스스한 얼굴로 눈을 떴다.

"후움!"

눈을 비비적거리며 일어나 머리를 긁적였다.

실감이 안 난다, 오늘 이 집을 떠난다는 게. 그래도 왠지 모르게 기쁘고 들뜬 마음에 나도 모르게 입가에 미소가 피어났다.

잠깐, 그런데 반은 어쩌지? 역시 데려가야 하는 것일까?

나를 따라나서면 큰 위험에 봉착할지도 모른다.

세상은 위험하니까. 하지만 이내 나는 고개를 도리질 쳤다. 내 친구다. 나는 힘이 있고, 지켜주면 그만이다.

나는 크게 고개를 끄덕이면서 '웃차' 하는 파이팅 소리와 함께 침대에서 내려왔다.

나는 준비해 둔 검은색의 제복처럼 보이는 옷을 입었다. 스승님이 젊을 적 아껴 입었던 옷이란다.

그리고 로브를 걸쳤다.

신발을 신고 연무장으로 향했다. 오크만을 남기고 몬스터는 모두 굶어 죽거나 물 부족으로 죽어버렸다. 그걸 갖다 버리는 것은 내 역할이어서 그게 참 고역이었던 걸로 기억한다.

연무장 안으로 들어가자 허무한 얼굴로 창문 밖을 쳐다보고 있는 오크가 보였다.

"뭐 하냐, 임마?"

오크가 뚱한 얼굴로 돌아본다. 녀석의 저 징그러운 얼굴도 이젠 정이 들었다. 연무장은 여기저기 깨져 있었다. 녀석과 내가 끊임없이 훈련한 흔적이다.

"그냥 아무 생각 없이 있었어요."

녀석, 말이 제법 유창해졌다. 항상 나와 대화하고 대련하더니 이젠 거의 인간과 유사하게 말을 했다. 구조상 말하기가 쉽지 않을 텐데도.

녀석은 깊은 숨을 토해냈다.

"또 대련인가요? 이젠 비가 오면 몸이 쑤셔옵니다. 심지어 눈이 와도……."

"이제 눈은 안 와."

"그러게요. 하늘이 미쳤나?"

나는 히죽 웃으며 말했다.

"대련은 없어."

"그러고 보니 오늘따라 복장에 유난히 신경을 쓰셨네?"

"너, 여기서 나가고 싶지?"

"장난칠 생각 마세요."

"그만 나가자."

동그랗고 크게 찢어진 눈으로 무표정하게 날 쳐다본다.

"정신이 어떻게 된 게 아닙니까. 대마법사님에게 무슨 꼴을 당하시려… 퀴엑!"

풀쩍 뛰어올라 녀석의 얼굴에 발을 날렸다. 뭉개진 얼굴을 부여잡고 바닥을 나뒹구는 놈을 보면서 혀를 찼다.

"그렇게 나와 수련을 했는데도 어째 이 모양이야?"

"가, 갑자기 때리셨잖습니까!"

"세상이 그리 쉬울 것 같아? 언제 어떻게 죽음을 노리는 칼날이 날아들지 모른다. 항상 대비하고 조심해야 해."

녀석은 소리는 내지 않고 입만 나불거렸다. 어째 이젠 오크 같지 않고 인간 같아서 섬뜩할 때가 있다. 이러다 '인간이 되고 싶습니다' 라고 애걸하는 건 아닌지 모르겠다.

"농은 이쯤 하자. 따라와."

"정말 가는 겁니까?"

"정말이다."

녀석은 축 처진 어깨로 일어섰다.

"안 기쁘냐?"

"나가면 뭐 합니까, 돌아갈 곳이 없는데?"

"없긴 왜 없어. 오크들 있는 데로 가면 되잖아."

"그곳에서 절 받아준답니까. 이미 제 몸에는 인간 냄새가 배었습니다. 그리고 날 탐탁지 않게 여기는 놈들이 많지요. 돌아가는 즉시 저는 목숨을 잃을지도 모릅니다."

"어쩌 다 내 탓으로 돌리는 것 같아 찜찜하잖아."

"아닙니까?"

나는 꿀밤을 때렸다.

빌어먹을, 주먹이 더 아프다.

"너희들을 데려온 건 내가 아니라 스승님이라고."

"고치셔야 할 겁니다."

"뭘?"

"남의 탓으로 돌리는 버릇 말입니다."

나는 눈을 가늘게 떴다.

"매직 미사일로 샤워 한번 해보고 싶어?"

놈은 그제야 그 쉴 새 없이 나불거리는 입을 다물었다.

철컹―

입구 문이 열리고 햇살이 저택 안으로 쏟아지듯 들어왔다.

나는 오랜만에 본 햇빛 때문에 눈을 찡그리는 오크 녀석에게 물었다.

"바깥을 본 소감이 어때?"

"감옥에서 석방된 느낌이군요."

"표현력 하고는, 쯧."

나를 발견한 반이 꼬리를 흔들며 달려왔다. 반의 머리를 슥슥 쓰다듬으면서 말했다.

"나를 따라올 테냐?"

녀석이 깜짝 놀라 묻는다.

"예?"

"따라올 거냐고 물었다."

"어디로 향하십니까?"

"바이슨."

"가서 뭘 하시게요?"

"모르겠다. 아마 거기서 꽤 머물러야 할 것 같다."

"나 같은 놈을 데려가면 못 볼 꼴을 보실 겁니다. 일찌감치 생각 접으세요."

"나는 따라올 거냐고 물었어."

녀석은 망설이는 얼굴이었다.

방금 얇은 철문을 지났다. 나비가 팔랑팔랑 날아다니고 있었다. 녀석은 나비를 보더니 기괴한 웃음을 짓는다.

"크크큭."

"왜 웃어?"

"크크크큭."

"맞을 테냐?"

"……."

나는 한숨을 쉬고는 배에 크게 힘을 모았다. 그리고,

"따라올 거야, 말 거야, 이 자식아?! 자꾸 사람 짜증나게 할래?! 확 파이어 볼로 구워버린다?"

놈이 무심히 묻는다. 하지만 기대가 묻어 있다.

"가도 됩니까?"

"말도 이렇게 잘하는데 뭐 어때. 개도 내 친구고 두꺼비도 내 친구인 판에."

녀석이 코를 벌름거리며 웃었다.

"두꺼비요?"

"비밀이다."

별 그런 시답잖은 비밀이 있느냐는 투로 놈이 웃었다.

나는 딱 잘라 말했다.

"단, 조건이 있어."

"뭡니까? 잠깐, 혹시 데려가서 나 해부해 연구하려는 거 아니에요?"

"닥치고 들어."

"예."

"너는 나를 믿어야 한다. 그걸 동의한다면 널 내 가족으로 여기겠다."

놈이 어깨를 들썩이며 웃었다.

"세상 살다 보니 별일이 다 있군요."

"그럼. 살다 보면 기가 막힐 일이 수도 없지."

"가서 노동이나 시켜주십쇼. 착실히 일할 테니."

"편토록 해라."

그리고 말없이 우리는 산등성이를 하나 넘었다. 놈이랑 이야기하는 건 재밌다. 시간 가는 줄 모를 정도다. 조금 거만한 것도, 오크임에도 진심을 숨기며 감정을 내뱉는 것도, 거의 인간이나 다름없는 정신 상태가 돼버려서 녀석이랑 이야기하다 보면 가끔 설득당할 때도 있고, 에피소드가 많다. 세상이 어찌 되려는지 말이다.

해가 떨어지고 밤이 찾아왔다. 드디어 우리는 첫 노숙을 하게 되었다. 오크가 나뭇가지를 가져왔다. 불을 붙여 온기를 만든 뒤, 나는 반의 등에 머리를 베고 누었다.

나는 새벽 하늘에 수북이 박혀 있는 별을 보다가 말했다.

"그러고 보니 너, 이름이 없다?"

"제 오크 족 이름이 있습니다만 외우시기 힘들 겁니다."

"뭔데?"

"베르코르도 아레이난 피……."

"됐어."

녀석은 입술을 달싹였다.

나는 귀를 파면서 말했다.

"이름을 하나 지어주마. 어때?"

"멋지게 하나 지어주십쇼."

"베놈이라 하자."

녀석이 웃었다. 썩 마음에 드는 모양이다.

"좋군요. 근데 무슨 의미입니까?"

"의미? 내가 너보고 '네놈은, 혹은 네놈 때문에' 라고 자주 말하잖아. 그런데 이름을 네놈이라 하긴 그렇고……."

베놈이 입술을 씰룩였다.

"아무렇게나 지었군요?"

입꼬리가 올라갔다.

"나쁘지 않잖아."

"차라리 그게 낫습니다. 괜한 의미 따위… 제게 부여할 이유가 없죠."

"왜?"

"목표와 꿈이 없으니까."

"단정 짓지 마. 어느 무엇이든 진실은 확언할 수 없다."

"어려운 말 쓰지 마십쇼. 저, 뇌, 단단합니다."

"알고 있다."

나는 웃으며 뒤로 누웠다. 풀 냄새를 마셨다. 폐부로 들어오는 산 공기가 좋았다.

눈을 감았고, 내가 잠을 청하려는 것을 아는지 베놈도 조용히 자리를 잡아 누웠다. 그런데 그 순간, 귀를 찢는 비명 소리가 들렸다. 간간이 남자들의 목소리도 들려왔다. 느낌상 몬스터가 개입된 것 같지는 않았다. 무시하고 싶었지만 시끄러운 건 질색이다.

나는 눈을 감은 채 신경질적으로 말했다.

"싸그리 잡아와!"

"예."

베놈이 깍듯이 고개를 끄덕이며 일어섰다.

용병으로 보이는 남자 셋, 그리고 귀가 뾰족하며 상당히 큰 키의 여자. 아마 엘프일 것이다. 베놈은 조금 놀라운 눈초리로 그녀를 보았다.

지금껏 살면서 단 한 번도 엘프를 보지 못한 그다. 인간 세상에 모습을 잘 드러내지 않는 존재들이기에 볼 기회가 요원했던 것이다. 그리고 이곳은 엘프의 숲과는 굉장히 떨어진 곳이다. 목적을 가지고 어딘가로 향하고 있을 가능성이 컸다.

지금 눈앞에는 용병들이 엘프를 발견해 욕정을 풀려는 듯한 흔적이 남아 있었다. 옷 여기저기가 찢겨져 있고, 다리를 절뚝거리는 것을 보니 대략 짐작이 갔다.

용병들은 베놈을 보고는 잔뜩 긴장한 채로 검을 뽑아 들었다.

"오크 놈이 왜 이곳에 있지? 여기는 몬스터가 없는 걸로 아는데?"

베놈은 처음 낯선 사람들을 만나 상당히 긴장했다. 등 뒤로 땀이 진득하게 배었다. 하지만 그간 로크와 대련하면서 상당한 실력을 쌓은 베놈이다. 웬만한 기사급의 실력자가 아닌 이상 쉽게 패배하지는 않을 것이다.

베놈은 긴장을 감추고 최대한 무게있게 말을 내뱉었다.

"너희들을 잡아오라신다."

그들은 어리둥절한 얼굴로 베놈을 보았다. 자기들끼리 수군수군거리더니 고개를 끄덕였다. 합동으로 공격할 셈인 듯했다.

"흥, 어디서 굴러먹다 온 녀석인진 모르겠으나 잘못 건드렸어. 고작 오크 주제에 단신으로 용병단에게 모습을 드러내다니. 클클."

베놈은 그들을 완전히 무시했다.

"너!"

베놈이 검지로 엘프를 가리켰다. 손가락에 지목당한 그녀는 화들짝 놀란 얼굴로 베놈을 보더니 잔뜩 겁을 먹곤 몸을 움츠렸다.

"도망가지 말고 그대로 있어. 깡그리 산 채로 잡아가야 하거든."

그 말에 엘프의 얼굴이 파랗게 질렸다. 마치 산 채로 잡아가서 배를 채운다는 상상을 하는 것인지 몸을 바들바들 떨었다.

"이 짐승이 감히 우리를 무시해?"

은빛의 검이 은은하게 밝은 달빛을 받아 번쩍였다.

"하아압!"

베놈은 검도 뽑지 않았다. 헤이스트를 시전한 로크에게 이젠 거의 대등할 정도의 체술을 뿜어내던 베놈이다. 용병들의 움직임은 그에게 상당히 느리게 보였다. 동체 시각이 발달된 것이다.

베놈은 선두로 달려오는 용병의 검을 피하고, 턱에 주먹을 갈겼다.

콰아앙!

강력한 한 방.

몸이 세 바퀴 이상을 회전했다. 눈 깜짝할 새에 일어난 일이라서 남은 용병 두 명은 조금은 당황스러운 눈치였다. 그러나 이를 악물더니 둘이서 한꺼번에 덤벼들었다.

베놈의 눈이 어둠을 찢으며 무섭게 번쩍였다.

내려치는 칼날을 왼쪽 손바닥으로 막고 반대편 손바닥으로 얼굴을 잡더니 뒤로 던져 버렸다. 다른 사내의 검이 아슬아슬하게 이마를 스쳤다.

얼굴보다 조금 작은 베놈의 주먹은 가차없이 용병의 복부를 강타했다. 무거운 갑옷이 단번에 우그러졌다. 그리고 훌쩍 날아가 커다란 나무에 몸을 부딪쳤다.

용병은 피를 울컥 흘려내면서 이를 꽉 물며 일어났다. 이어 검을 들어 다시 공격한다. 위에서 아래로 내려친 검이 베놈의 머리를 베기 직전, 정확한 타이밍으로 베놈의 주먹이 용병의 안면을 가격했다.

뻐억—!

안면 뼈가 완전히 함몰되어 무너지듯 쓰러진다. 동료의 패배를 틈타 뒤에서 검이 날아왔다. 실전 경험이 풍부한 사내들답게 그들의 검은 속도가 굉장했다.

촤악!

롱 소드가 허리를 스쳤다. 화끈한 통증에 베놈이 주먹을 쥔 손등으로 용병의 뒤통수를 가격했다. 그 즉시 '퍼억' 하며 수박 깨지는 소리가 났다.

베놈은 비틀거리며 뒤로 물러나 나무에 등을 기댔다. 생각보다 출혈이 컸다.

"젠장! 산 채로 잡아오라고 했는데 귀찮게 돼버렸군."

베놈은 각각 쓰러진 사람들을 어깨에 힘겹게 둘러멨다.

베놈이 강압적으로 말했다.

"죽기 싫으면 따라와."

엘프는 미동없이 바들바들 떨고 있었다.

"너까지 끌고 가랴? 잡아먹지 않으니 그냥 곱게 따라오란 말이다!"

모닥불의 온기를 즐기던 나는 베놈이 세 명이나 어깨에 짊어지고 오는 걸 보고 눈살을 찌푸렸다. 모두 갑옷을 입고 있었는데, 예전 병사들이 평민들을 학살하는 것이 떠올라 절로 몸에 힘이 들어갔다.

털썩! 털썩! 털썩!

어깨에 짊어졌던 녀석들이 바닥으로 곤두박질치고, 베놈이 심드렁한 얼굴로 묻는다.

"이놈들이랑 엘프 하나, 어쩔까요?"

"엘프?"

내가 묻자 베놈의 커다란 몸집 뒤에서 가녀린 여자 하나가 나왔다. 어두운 밤임에도 그녀의 미모가 빛을 발했다. 게다가 신기하게도 귀가 뾰족하다. 갸름한 얼굴에 큰 눈, 오뚝한 코, 작고 붉은 입술. 실제로 보니 정말 인형보다 아름다운 외모였다.

이러니 녀석들이 환장하고 덤벼들었겠지.

엘프는 흔하지 않으니까.

책에서 읽은 바로는 엘프들의 노예상 가격은 상상을 초월한다고 한다. 길에서 만나 횡재했다 싶으니 아마 놈들이 달려든 것 같은데, 이놈들을 어쩐다?

나는 가만히 생각하다가 고개를 끄덕였다.

"그러면 되겠군."

베놈이 얼른 물었다.

"어쩌시려고요?"

"길잡이로 써야겠어."

"이리 많이 필요할까요?"

"그도 그렇군."

나는 고민하는 표정을 짓다가 엘프를 보며 말했다.

"공용어를 할 줄 아십니까?"

엘프는 천천히 고개를 끄덕였다.

생긴 건 완전 인간인데 행동거지는 겁먹은 사슴이나 다름 없었다. 엘프는 검술과 마법에 능하다고 하던데, 그것도 소수 일 뿐이구나.

"베놈, 이 세 마리는 전부 갖다 버려. 저 엘프만 데리고 간 다."

"알겠습니다."

베놈이 몸을 살짝 돌렸을 때, 그의 옆구리에 생겨난 상처를 발견했다.

"너, 다쳤잖아?"

베놈의 얼굴이 살짝 붉어졌다.

"방심한 사이에……."

"한심한 놈."

힐을 시전하자 피가 점점 멎고 살이 붙어간다. 그것을 신기하게 바라보던 베놈은 상처가 다 낫자마자 바로 용병들을 가볍게 발로 툭툭 찼다.

나는 엘프에게로 시선을 돌렸다.

"이리 와서 불을 좀 쬐도록 하세요. 봄이긴 해도 아직 밤은 쌀쌀하니까."

엘프는 망설였다.

"해치지 않습니다. 저희는 근처 마을을 찾는 중인데, 혹 길을 아시면 길잡이 좀 해주시겠어요?"

그녀는 용병들과 나를 번갈아 보더니 슬금슬금 걸어왔다. 꽤 답답한 구석이 있는 아가씨다.

나는 천천히 몸을 일으키는 용병들을 보았다. 엘프는 저들이 일어나니 잔뜩 겁을 먹었다. 얼마나 음흉하게 달려들었으면. 쯧.

내가 속으로 혀를 찰 때, 베놈은 용병들을 과격하게 잡아끌었다. 미리 녀석들의 무기를 손으로 분질렀는지 놈들은 모두 맨손이었다. 단순한 체술로 저 무지막지하게 단련된 오크를 잡는 것은 불가능할 것이나.

거의 소 끌고 가듯 용병들을 데려간 후, 베놈은 잠시 후에 돌아왔다.

털썩 앉아 불을 쬐면서 놈이 말한다.

"조잡한 일, 많이 하게 생겼군요."

"무슨 뜻이야?"

베놈은 콧방귀를 뀌었다.

"…아닙니다."

"투덜거리기는. 마을에 들어가면 로브부터 하나 사자. 머리까지 덮는 걸로. 사람들에 눈에 띄면 시끄러워지니까. 그리고 전투 노예라고 할 거다. 요즘은 마을도 경비가 삼엄해서 귀찮거든."

"알겠수다."

"저어……."

미성의 가느다란 목소리. 엘프의 음성이었다. 베놈과 내 시선이 그녀에게로 향했다.

"두 분은 어떤 관계신가요?"

베놈이 날카롭게 쏘아보았다.

"그건 왜 묻는 거요?"

가시 돋친 베놈의 말에 엘프는 움찔거리며 고개를 푹 숙였다. 녀석의 기운에 잔뜩 기가 죽은 게 꽤 불쌍해 보였다.

저런 성격으로 어떻게 싸돌아다니는 건지 신기했다.

나는 흙을 손으로 만지작거리면서 말했다.

"제 가족입니다. 동료보다는 가까운, 가족이라기엔 조금은 거리감이 있는 녀석이죠. 인간이기에 느낄 수밖에 없는 그런 관계입니다."

그녀는 조심히 고개를 끄덕였다. 베놈의 눈치를 보는 것 같았다. 그리고 눈동자를 땡글땡글 돌리는 걸 보니 머릿속으로 많은 생각을 하는 모양이다. 책에서 엘프는 생각과 상상이 많은 종족이라는 게 기억난다.

확실히 틈틈이 사회에 관련된 책을 읽은 게 도움이 된다. 특별히 공부하고 싶었던 것이 아니라 거의 하루를 빠지지 않고 도서관에 틀어박혀 있으니 저절로 읽게 되었고, 머릿속에 기억된 것이다.

"이름이 뭐죠?"

"에아르웬이라고 해요."

"뜻은?"

부끄러운지 그녀의 얼굴이 살짝 붉어졌다.

"바다의 소녀라고 해요."

나는 웃으며 칭찬했다.

"잘 어울리는 이름이네요."

그녀는 기품있는 인사로 감사를 표했다.

눈이 침침해졌다. 나는 아직 성장기 소년이었기에 이 시간이면 잠이 온다. 그러고 보니 이 로브, 신기했다. 아이템 창고 물품이라 그런가? 예사롭지 않다고는 생각했는데 이토록 신기할 줄은 몰랐다. 바닥에 누우면 푹신푹신했고, 체온 조절도 완벽할 정도로 딱 맞게 해주어 도저히 노숙이라고는 생각할 수 없는 편안함을 주었다.

나는 베놈에게 말했다.

"보초 설 필요 없어. 혹시 뭐가 나타나면 바로 반이 짖을 테니까."

베놈은 고개를 끄덕이곤 누웠다.

피곤한 나는 바로 잠에 빠져들었다. 베놈과 수련한 덕분에 이젠 살기를 느낀다면 곧장 깨어나 반격할 수 있다. 엘프 중에 전문 암살자가 있다는 소리는 못 들어봤다.

나는 의심없이 눈을 감으면서 말했다.

"도망가면 오히려 위험할 거예요. 그러지 말아요. 길잡이가 꼭 필요하니까. 그리고 베놈 녀석이 성격이 좋지 않아 당신을 단숨에 죽여 버릴지도 몰라요."

그녀가 도망간다고 해도 사실 베놈은 그녀를 죽이지 않을 것이다. 내 말이 떨어지지 않았기에.

다만 좋게 말하면 도망갈 우려가 있었기에 협박을 해둔 것 뿐이었다. 산에서 길을 잃어버리면 굉장히 곤란하기에.

2

아침 햇살이 눈부셔 서서히 눈을 떴다. 새 지저귀는 소리가 어찌나 시끄러운지 잡아서 목을 확 비틀어 버리고 싶었다. 베놈은 일찍 일어나 무식하게 큰 검을 숫돌에 슥슥 갈고 있었고, 에아르웬은 꾸벅꾸벅 졸고 있었다.

너무 예쁘게 생겨서 신기했다. 좋아한다 따위의 감정은 아니었다. 그저 내 시선은 마치 잘 세공된 조각상을 보는 것 같았다.

"로크님."

검을 갈면서 베놈이 말을 걸었다.

"왜?"

"암컷에게 관심없습니까?"

"내가 짐승이냐?"

"아니, 그런 의미가 아니라……."

"그런 필요없는 감정 따위, 만들지 않는다."

"왜입니까?"

"그냥."

"크릉!"

재미없다는 표정으로 베놈이 일어섰다.

"슬슬 출발하죠."

"에아르웬."

자신의 이름이 불리자 눈을 살며시 뜬 그녀는 몽롱한 표정으로 나를 쳐다보았다. 아직 잠이 널 쌨군.

"여기서 가장 가까운 마을의 이름은 무엇이죠?"

"에인스 마을이에요. 상업적인 거래가 많은 곳이죠. 상인도 많고, 그곳에서 재배되는 특산품이 많아서 다른 곳에서도 왕래가 많은 곳이에요."

"거기에 제넨이라는 귀족이 있나요?"

그녀는 깊게 생각하는 듯하다가 이내 고개를 저었다.

"잘 모르겠어요. 죄송해요."

나는 몸을 돌렸다.

"뭐, 가보면 알겠지. 에인스 마을이라…… 흥! 노인네, 가까운 곳에서도 잡아왔군."

뜬금없는 말에 베놈과 에아르웬이 의문의 눈초리로 나를 봤다.

"고향이다. 내가 십사 년간 자란 곳."

"평민이었다 하지 않았습니까?"

"그랬지."

"원한 진 사람은 없습니까?"

"아까 말했던 놈."

"제넨이라는 귀족?"

나는 고개를 끄덕였다.

에아르웬이 중간에 끼어들었다.

"어떤 원한이죠?"

베놈이 기분 나쁜 표정으로 시선을 주자 그녀는 입을 꾹 다물었다. 녀석, 미인에게 냉담하군. 아니면 미의 기준이 다른 건가?

"내가 아주 어릴 적, 그러니까 열 살 때다. 친동생이나 다름없는 녀석이 하나 있었는데, 양엄마가 빚을 못 갚아서 귀족에게 팔리는 상황에 처했어. 그리고 동생 녀석이 제넨이라는 녀석에게 까불다가 그만 죽어버렸다."

에아르웬은 슬픈 표정이 되었고, 베놈은 흥미진진한 얼굴
이었다.

베놈이 재촉했다.

"그 다음엔?"

"시체 위로 돈을 뿌리더군. 그리고 계속해서 반항할 경우
귀족 모독죄로 모두 참형에 처해 버리겠다고 협박을 한 거야.
대신 자신을 따라오면 윤택한 삶을 살게 해주겠다고 약속했
지. 어쩔 수 없이 동생의 어머니는 끌려갔고……."

"로크님은 어떻게 되었습니까?"

"나?"

"목격자지 않습니까."

나는 자조적인 웃음을 흘렸다.

가슴이 꽉 막혀오는 기분이 들었다.

"돈 몇 푼 쥐어주더군. 몇 푼인데도 거절할 수가 없었어.
사실 배고픈 시기여서 그 돈이 엄청 욕심나더라고. 괜히 동생
을 위한답시고 그들에 만힝하면 내게 남는 것은 아무것도
없게 될 테니까."

베놈이 비릿하게 웃었다.

"복수할 겁니까?"

나는 대답하지 않았다.

분위기가 험악해질 것 같아 에아르웬의 눈치도 있고 해서

나는 하산을 서둘렀다.

"그만 출발하지."

우리는 짐을 챙기고 곧장 산을 내려가기 시작했다.

다행히 산을 내려오는 길은 지형으로 보아 험하지 않을 듯했다.

"여기서 마을은 가깝나요?"

내 물음에 에아르웬이 고개를 끄덕였다.

"멀지 않아요. 제가 지름길을 알거든요."

베놈이 물었다.

"당신은 어쩌다 이곳에 오게 된 거요?"

"그건… 말씀드릴 수 없네요."

베놈이 나를 보며 말했다.

"이것 보세요. 수상한 녀석이라니까요."

"시끄러워."

푹푹 빠지는 진흙 때문에 바지와 신발을 다 버렸다. 미간을 찌푸리면서도 나는 속도를 늦추지 않았다. 한시라도 빨리 내 고향에 도착하고 싶었다. 어떻게 변했는지 보고 싶었다. 그 당시에는 굉장히 못살고 힘든 마을이었는데, 영주의 썩은 정신 상태가 조금은 달라졌을라나 모르겠다.

꼬불하게 휘어 있는 노란 수염, 그리고 그 수염과 어울리지 않게 곧게 뻗은 턱수염. 조금은 멍청해 보이지만 직업적

의식이 투철한 부리부리한 눈으로 경비병은 우리를 살폈다.

경계가 가득한 눈동자다.

그의 이마로 식은땀이 주르르 흐른다.

이해한다.

개 한 마리에 오크 하나, 그리고 엘프를 이끄는 인간.

이런 조합, 쉽게 보긴 힘들 거다.

그는 완강하게 우리의 진입을 거부했다.

"몬스터를 마을 안으로 진입시킬 수는 없소!"

나는 나긋나긋하고 차분한 목소리로 말했다.

"전투 노예입니다."

경비병은 턱수염을 쓰다듬으면서 말했다.

"흐음, 그럼 어디 낙인을 보여주시오."

저택에 있을 때부터 준비했던 것. 사회 계급이라는 책에서 읽은 노예 문장을 녀석의 손등에 만들어놓았다. 모조이기에 실제의 낙인과는 차이가 있지만 일견해 보기에는 큰 차이가 없었다.

경비병이 노예상도 아니고 날마다 낙인을 보는 게 아닐 거다. 그리고 이곳은 상당히 외진 마을.

도시와는 꽤 떨어져 있다.

낙인을 구분할 정도의 눈썰미를 가지고 있을 리가 없었다.

"그래도 혹여 마을에서 문제를 일으키면 당장 수송될 줄로 아시오!"

마을은 식량이 풍족한 곳은 아니었지만 땅덩어리가 크고 꽤 개발이 된 곳이다. 이런 곳에서 경비를 저런 녀석으로 세워놓는 것만 봐도 영주의 능력을 알 수 있다.

머저리 영주는 아직도 갈아치우지 않았나 보군.

나는 씁쓸한 얼굴로 마을 안으로 들어섰다.

숨이 막힐 정도로 빽빽하다. 엄청난 인구였다. 내가 어릴 적에는 이렇듯 크게 발전된 마을이 아니라 사람이 굉장히 적었는데, 지금은 마을 규모에 비해서 지나치게 많은 인파인 것 같았다.

사람들은 모두 자신들의 일로 바쁘게 움직이고 있었다. 대부분이 일하는 사람으로 보였고, 고객으로 보이는 사람은 별로 눈에 띄지 않았다.

음식과 술을 운반하는 사람들이 많았다. 지금 시간대가 상인들이 굉장히 바쁜 때인 것 같았다. 이 마을도 조금은 풍족해진 것인가?

대부분의 집이 허름했지만 그나마 가게들은 꽤 모양새가 났다. 주위를 둘러보면서 우선 옷가게부터 찾았다.

엘프는 옷이 다 뜯겨져 허연 속살이 군데군데 비치는 상태였고, 녹색 피부를 태양에 환하게 드러낸 베놈 녀석도 큰 로브가 필요했다.

뜨거운 눈길을 받으며 한 30분을 헤맨 후에야 옷가게를 찾았다. 로브 하나와 에아르웬에게 잘 어울리는 옷 하나를 선물했다. 불친절한 주인장의 옷가게에서 나온 후 여관을 찾았다. 노숙을 하면서도 식사를 하지 않았고, 마을이 가깝기에 지금까지 굶은 상태였다.

반도 헥헥거리며 혀를 내미는 것이 상당히 배가 고픈 모양이다. 반면, 베놈은 멀쩡했고, 엘프인 에아르웬도 멀쩡했다.

저것들은 뭘 훔쳐 먹은 것인지 걸음걸이도 빨랐다.

조금은 지친 얼굴로 거리를 걷던 나는 갑자기 우뚝 멈추어 섰다. 한 사내가 눈에 들어왔다. 나는 침을 꿀꺽 삼켰다. 동생을 죽인 제넨의 시종이 야채 상인과 이야기를 나누고 있었다.

기억난다. 그의 유난히도 가늘었던 눈동자, 작은 얼굴과 메마른 체구. 모든 시야가 가려지고 그 사내만이 초점에 맞춰졌다. 나는 그에게로 홀린 듯이 걸어갔다.

그리고 그의 어깨를 잡아 돌렸다.

약간 주름이 늘긴 했지만 예전 모습 그대로다. 나는 최대한 표정을 감추려 애쓰며 밀했다.

"혹시 제넨님이 어디 계시는지 아십니까?"

그가 짜증스럽다는 얼굴로 대답했다.

"무슨 일이오?"

"그에게 큰 빚을 진 적이 있어 갚으려고 왔습니다."

나는 마법 주머니에서 황금을 잔뜩 집어 보였다. 그의 눈이 휘둥그레졌다. 그리고는 약간 생각을 하는 듯하더니 고개를 주억인다.

"따라오시오."

꽤 오랫동안 걸은 후, 우리는 거대한 식당에 도착했다. 마치 왕궁 같아 보이는 화려한 건물. 그는 더 이상 나를 안내하지 않고 신분을 확인하려 했다.

"이 안에 계십니다만 성함을 좀 가르쳐 주시지요."

나는 그의 말을 무시하고 건물의 입구로 향했다. 그가 깜짝 놀라며 내 팔을 잡았다.

"이러시면 안 됩니다! 이곳은……!"

촤아악!

그의 앞가슴이 검에 깊게 베였다. 몸을 웅크리며 바닥에 쓰러진 그를 뒤로하고 나는 곧장 식당 안으로 저벅저벅 들어갔다.

피 묻은 검을 들고 있는 나를 보고 사람들이 모두 비명을 질렀다.

나는 차갑게 가라앉은 눈으로 제넨을 찾기 위해 이리저리 돌아다녔다. 2층 창가에서 호화롭게 식사를 하고 있는 눈에 익은 놈이 보인다.

"저 개자식!"

잇새로 욕이 비집고 나왔다.

나는 펄쩍 뛰어올라 단숨에 2층으로 도약했다. 사람들의 경탄스런 외침이 들려왔다.

'더러운 짐승, 제넨!'

콰장창!

테이블을 걷어차자 음식물이 와르르 쏟아졌다. 제넨은 찌푸린 얼굴로 나를 이해할 수 없다는 표정으로 바라보았다.

"나를 못 알아보겠느냐?"

내 으르렁거림에 그는 난색을 표했다.

그는 내가 알기로 검술 실력이 상당하다고 들었다. 물론 어릴 적에 들은 이야기라 어느 정도의 실력인지는 가늠할 수 없었다. 역시 그는 검을 익힌 사람답게 쉽게 흥분하지 않았다.

"잘 모르겠군."

"그래, 그런 파렴치한 짓을 할 놈이 날 기억할 리 없지."

"파, 파렴치한 짓이라니?!"

옆에 있던 한 사내가 떠듬거리며 소리쳤다. 뭐라 화를 내긴 내야겠는데 내가 들고 있는 검 때문에 함부로 나서진 못하고 있었다.

철컥철컥!

온몸을 무장한 경비병들이 뛰어온다. 그들이 도착하기 전에 나는 곧장 제넨의 가슴을 발로 찼다. 유리창이 깨지며 그가 2층에서 아래로 떨어져 내렸다.

그는 꽤 유연한 동작으로 낙법을 시전해 크게 다치지 않았다. 몸에 묻은 흙먼지를 툭툭 떨어내며 그가 안면을 일그러뜨렸다.

나는 깨어진 창문 밖으로 훌쩍 뛰어내렸다.

헤이스트 마법을 가볍게 캐스팅한 상태였다.

녀석과 대치하기 전 이미 몸은 깃털처럼 가벼웠다.

2층에서 계단으로 내려온 경비병들이 뛰어왔다.

제넨이 손을 들어 그들이 다가오는 것을 중지시켰다.

"무슨 일인진 모르겠으나 내게 입힌 상처를 딱 다섯 배로만 돌려주마, 이 건방진 꼬맹이야!"

그가 검을 꺼내 들고 살심 가득한 눈동자로 나를 노려보며 득달같이 달려들었다.

쉬이익!

그의 날이 바짝 선 검이 목을 향해 날아왔다.

급소를 노린다.

대련을 가장한 살인을 할 셈인 듯했지만 형편없는 솜씨였다. 내가 생각했던 것 이하였다.

도무지 휘두른다는 생각으로 하는 행동인지 의심스러울 정도로 그는 허점투성이였고, 공격 또한 뭉툭했다.

너무 안전한 느낌이 들어서 헤이스트를 시전한 게 아까울 정도였다.

재능이 없는 것인가, 수련이 게을렀던 것인가.

나는 녀석의 검을 흘려냈다. 막아낸다면 반탄력이 있지만,

흘리면 체력 소모는 훨씬 심해진다. 겉만 번지르르한 귀족 나리께서 몬스터와 함께 수련한, 게다가 헤이스트까지 시전한 나를 어찌 이기겠는가. 그리고 정신적인 부분에 있어서도 그는 나를 능가할 수 없었다.

어느새 거칠어져 있는 그의 숨이 느껴졌다.

챙!

검을 올려 쳐내고 쾌속하게 옆구리를 베었다. 깊게 베지 않았음에도 피는 물컥물컥 흘러나와 하얀 슈트 바지를 적셨다. 제넨은 반격할 생각도 못하고 멍하니 자신의 옆구리를 바라본다.

"어, 어떻게……?"

갑작스럽게 속도를 올려 공격하니 놀란 모양이다. 그는 옆구리를 잡고 비틀거렸다. 저렇게 멍청히 서 있다간 과다 출혈로 죽을 텐데.

어느새 중무장한 병사들이 꽤 몰려 있었다. 후에 소식을 들은 사병들이 추가로 도착한 모양이었다. 제넨은 급히 명령을 내렸고, 병사들은 서서히 거리를 좁혀왔다.

베놈이 다가오려 하는 것을 나는 손짓으로 물렸다.

십여 명이 넘는 병사가 각각 검과 창을 쥐고 다가오고 있다. 무엇을 그리 재는 거냐. 시간을 줄수록 너희들의 손해다.

캐스팅과 함께 손을 휘젓자 마법 화살이 가장 근처에 있던 병사 세 명의 다리를 각각 관통했다. 커다란 구멍이 뚫렸고, 피는 걷잡을 수 없이 흘러나온다.

그 지독한 통증에 세 병사는 일제히 비명을 지르며 쓰러졌다. 인간들이 이리 나약했나 하는 생각이 들었다. 어릴 적엔 창을 든 병사들이 흘깃 쳐다보기만 해도 오줌을 지렸던 난데 모든 게 거짓말처럼 느껴진다.

"마, 마법사다!"

비명을 지르며 달아나는 사람도 있었고, 마법사라는 존재를 구경하기 위해 더 가까이 오는 정신 나간 사람들도 있었다.

나는 무표정한 얼굴로 제넨을 보았다.

얼어붙은 얼굴로 미동조차 없다.

나는 그에게 천천히 걸어갔다.

병사들은 앞서 본 가공할 만한 마법에 기가 죽은 것인지 그를 보호할 생각은 하지 않고 그저 주춤주춤 뒤로 물러났다. 거의 악마를 본 표정들이어서 나는 꽤 독특한 느낌이 들었다.

흔들림을 제어하고 모든 것을 포박한다. 그리고 그 자리에 머무나니……

제24체계의 고밀도 마법 공식이 머릿속에 퍼즐이 맞춰지

듯 나열되었다. 주변 마나의 흐름이 기괴하게 일그러졌다. 정통화된 마법이 아닌 스승님의 마법.

나는 그것을 그대로 물려받았다.

그리고 그것은 아마도 성공적인 케이스가 아닌가 싶습니다, 스승님.

"아이언 로프!"

입에서 시전어가 떨어지자 검푸른색의 마나가 제넨의 몸을 꽁꽁 묶었다. 완전히 움직임이 봉쇄된 그는 눈물을 흘렸다. 극한의 공포가 육체를 지배했기에 그는 거의 정신이 이탈한 상태였다.

내 주위로 불의 구가 활활 타오르기 시작했고, 그 개수는 계속해서 늘어갔다. 금방이라도 날아와 폭발을 일으킬 것처럼 보일 테지.

"당신이 느끼는 공포와 내 동생이 느꼈던 공포, 어떤 차이가 있을 것 같으냐?"

검을 검집 안으로 회수했다.

제넨의 얼굴은 이미 파랗다 못해 이젠 피가 쏙 빠져 있었다. 입술을 발발 떨며 대답도 못하는 그가 흡사 파충류처럼 보여서 당장 목을 베어버리고 싶은 충동이 들었다. 하지만 바로 끝낼 순 없었다.

스트렝스 마법을 걸은 상태.

나는 검을 크게 위로 치켜들었다.

콰아앙!

어깨를 내려치자 뼈가 '우두둑' 부러지는 소리가 났다. 아마 처음일 거다, 이런 큰 고통을 맛보는 것은. 두 번 다시 못 겪을 이 경험을 넌 오늘 지겹도록 하게 될 거야. 이건 내 동생을 죽인 최소한의 대가니까.

"끄… 끄어억!"

콰아앙!

검이 내려친 어깨 부분을 다시금 가격했다. 때문에 어깨가 너덜너덜해졌다. 나는 그가 정신을 잃을 것만 같아 녀석에게 급히 정신력을 강화할 수 있는 페이너스 마법을 투여했다.

정신이 또렷해지자 그는 걷잡을 수 없는 지옥의 고통에 시달렸다. 그때부터 그는 가증스럽게도 무릎을 꿇고 살려달라고 벌벌 기었다.

동생이 죽은 그 모습이 너무 또렷하게 떠올라 감정이 복받쳐 올랐다. 동생이 하늘에서 내려다보고 있는 것만 같았다.

널 지켜주지 못했던 나와 이놈을 용서치 말아다오.

"너와 난 절대 구원받지 못할 것이다, 제넨."

검을 꺼내 들었다.

스르릉!

소름 끼치도록 차가운 금속음이 났다.

"자, 잠깐!"

내 손에 들린 검이 그의 어깨에 사정없이 박혔다.

푸북!

"크으아아악!! 제발! 아아! 제발! 제발! 크윽, 으아악!"

엄청난 고통에 그는 눈물과 콧물을 쏟으며 미친 듯이 바닥을 뒹굴었다. 깨끗한 비단옷이 흙에 파묻혀 거지꼴이나 다름없게 되었다.

그의 입에서 피가 쉴 새 없이 쏟아져 나온다.

어깨는 형체를 알아보기가 힘들 정도로 파손되었음에도 나는 차오르는 격분을 못 이기고 그의 팔을 잡아당겼다.

우직!

팔이 뽑혀 나왔다. 뼈와 뼈가 탈골되고 생살이 찢어지며 팔이 그의 몸에서 분리되었다.

고통의 극한에 이르자 그는 거의 제정신이 아니었다. 눈빛은 이미 죽어버렸고, 몸이 경련을 일으켰다. 뇌 속에 정신력을 강화해 주는 마법 때문에 죽지도, 쉽게 미치지도 않았다.

아마 지금보다 더한 고통은 없으리라.

더 이상 동생에게 그의 피를 보여주고 싶지 않았다. 하루라도 빨리 지옥에서 못 갚은 죄를 다할 수 있도록 제넨을 지옥으로 보내기로 마음먹었다.

나는 내 마음속에 응어리진 복수의 감정을 모두 날려 버리듯이 검을 휘둘렀다.

서걱거리는 소리와 함께 목이 날아가며 피가 폭포수처럼 쏟아졌다. 검끝에서 검은 피가 뚝뚝 흘러내린다.

바닥엔 처참한 시체의 흔적만이 현실을 일깨워 주었다.

긴장이 풀리는 순간, 사람을 죽였다는 감각과 동생에 대한 그리움이 가슴 안으로 파고들었다.

동생과 약속한 이후 절대 울지 않기로 했는데, 지금만큼은 떨어지는 눈물을 막을 길이 없었다.

눈이 멀어져 버릴 것 같은 태양의 눈부신 햇빛 아래 나는 바닥에 검을 박고 무릎을 꿇었다.

그때, 적어도 인간이라면 제넨에게 달려들었어야 했다. 겁을 먹고 도망치기보다 동생을 위해 투쟁했어야 했다. 하지만 나는 도망을 선택했다.

내 자신을 위한 합리화.

그것은 항상 내 가슴을 무섭게 찢어놓곤 했다.

'절대 나를 용서하지 말아다오, 에린.'

손등 위로 굵은 눈물이 떨어져 내렸다.

나는 하늘을 올려다보았다.

눈부시게 파란 하늘을 향해 나는 약속했다.

이 지독하게 더러운 세상을 내가 다 갈아엎을 것이라고.

지켜봐다오, 에린.

나의 처절하리만큼 혹독한 행군을.

세상을 향한 나의 행군을 말이다.

Chapter **6**
생(生)과 사(死)

1

우리는 'DRAGONFLY'라는 가장 가까운 표지판의 여관으로 들어가 각각 방을 잡았다. 베놈과 나는 같은 방을 썼고, 에아르웬은 반과 같은 방을 썼다. 방 안에 들어온 나는 우선 샤워부터 하고 나왔다. 그리고 침대에 누웠다.

베놈은 묵묵히 짐을 풀고 있었다.

나는 침대에 멍하니 걸터앉아 생각했다.

처음으로 살아 있는 사람을 죽였다. 그것도 지독히 잔인하게. 나는 가늘게 떨리는 내 양손을 보았다.

몸을 빡빡 씻었음에도 손에 묻은 피가 다 지워지지 않은 것만 같았다.

찜찜하고 불쾌했고, 가슴이 한구석이 찌릿찌릿했다.

나는 양 주먹을 강하게 움켜쥐었다.

어차피 겪어야 할 일이었다. 그리고 다행히 그 상대가 복수의 대상이었다.

나는 눈을 질끈 감았다가 떴다.

죄책감 따위를 느낄 필요는 없다고 내 스스로에게 최면을 걸었다. 어차피 마법사로서의 삶은 잔혹할 수밖에 없다. 부주의로 인해 큰 희생을 만들어낼지도 모른다.

마법사들이 괴곽한 이유는 그런 잔혹한 삶을 살아가야 하기 때문에 독해진 것일지도 몰랐다.

나는 눈을 크게 떴다.

이깟 일로 기죽을 수 없다. 시작이다. 나는 내 스스로 강한 내적 최면을 걸었다.

이런 내 모습을 본 베놈이 말했다.

"크룽! 로크님, 제넨을 죽인 것이 마음에 걸리십니까?"

나는 본능적으로 그 사실을 반박하기 위해 크게 소리쳤다.

"아니! 전혀!"

베놈이 히죽 웃었다.

"삶이란 게 그렇다고 합니다. 약육강식, 강한 자가 약한 자를 포식한다. 삶의 회전이 윤택해지기 위해선 강해질 수밖에 없는 것이라고 생각됩니다."

"확실히 그럴지도 모르지."

나는 손으로 이마를 짚었다.

"저는 먼저 내려가 있겠습니다. 같이 내려가시겠습니까?"

이마에 열이 느껴졌다.

"나는 잠깐 머리 좀 식히마."

"크릉! 그러십쇼, 그럼."

큰일을 치르고 난 뒤라 그런지 한없이 나른했다. 마치 지금 잠에 빠지면 두 번 다시 깨어나지 못할 것처럼.

그런데 그 순간, 섬뜩한 느낌이 온몸을 스치고 지나갔다.

베놈도 그걸 느꼈는지 나가려고 문고리를 잡았다가 우뚝 멈춰 섰다. 나는 누워 있는 상태로 놈의 움직임을 느꼈다. 아주 천천히, 그리고 가볍게 몸을 움직이고 있는 듯했다. 베놈과 수련한 결과, 암습하는 녀석들의 살기를 파악해 낼 수 있었다.

죽다 살아난 적이 한두 번이 아니다.

그 경험은 피와 살이 되었다.

나는 몸에 헤이스트를 캐스팅한 뒤 단숨에 뛰어가 창문을 발로 깼다.

기척이 났던 창문 밖을 살폈다. 아무도 없었다. 바로 뒤로 고개를 돌렸을 때, 베놈이 무언가를 뒤쫓았다. 슬쩍 그림자를 본 듯한데, 정체는 알 수 없었다. 무언가를 덮어쓰고 있었다.

암살자?

스승님을 쫓는 녀석들인가?

워낙 사고를 많이 치는 영감이니 그런 예측도 나쁘진 않았다. 방을 나서자 베놈이 한 놈의 머리를 한 손에 우악스럽게 쥔 채 걸어온다. 베놈은 덩치는 크지만 스피드는 엄청나다. 근육질의 허벅지를 이용한 폭발적인 스피드.

게다가 베놈의 살기는 상대의 심리를 위축시킨다.

질질 끌려오는 녀석은 복면을 하고 온몸을 검은 천으로 친친 감고 있었다. 베놈이 몇 대 때려놓은 상태인지 몸을 부들부들 떨고 있었다. 그것은 공포의 떨림이 아니라 고통의 육체적 떨림이었다.

"안으로 데려와."

복면을 벗기자 까끌까끌한 수염이 난 넓적한 얼굴의 중년인이 나타났다. 푸른색의 눈동자를 가진 자.

나는 검을 스르릉 뽑으며 말했다.

"목적이 뭔가?"

내 물음에 녀석의 얼굴이 하얗게 탈색되었다. 암살자라면 표정이 없을 텐데…… 내가 고개를 갸웃거리며 말했다.

"정체와 목적을 말하면 살려줄 수도 있다."

녀석은 뜸을 들이다가 말했다.

"도… 도둑."

파아악!

검이 허벅지를 파고들었다. 나는 검을 교묘히 비틀면서 무표정한 얼굴로 말했다.

"증명해 봐."

녀석은 고통 때문인지 벌벌 떨리는 손으로 품을 뒤적였다. 금색의 명패를 보여줬는데, 그곳엔 위대한 도둑 키르젠프라는 글자가 적혀져 있었다.

"이게 뭐지?"

"스승님의 명패요. 제자이기에 내가 물려받았소."

"그게 어떻게 증거냐?"

놈은 찡그린 표정으로 그것도 모르냐는 식의 눈빛을 쏘아 보냈다.

"키르젠프를 모르시오?"

퍼어억!

나는 녀석의 안면을 걷어찼다. 뒤집어진 놈을 차갑게 가라앉은 눈으로 내려다보았다.

"알게 뭐냐. 그럼, 특별히 우리를 노린 까닭은?"

"마, 마법 주머니를 보았소."

"그래서?"

"금화를 꺼내는 것을 봤고, 주머니 자체의 가격도 굉장하기에……."

"마법 주머니를 봤다면서 내가 마법사라는 것을 모르나?"

"알고 있소."

"그런데도 감히 내 물건을 훔치려 들었다니, 당신의 자신감인가?"

"마법사들은 대개 기척을 느끼는 것에 약하오. 정신력이 강력하긴 하지만 감각과는 다른 문제. 마법사들은 대개가 암살자들에게 죽임당하는 경우가 많지. 그리고 결정적으로 당신은 나이가 어려서……."

"쉽게 봤다 이건가?"

"솔직히 말하면 그렇소. 그보다 이 칼 좀……."

고통으로 물들여져 있는 얼굴로 그는 입술을 벌벌 떨고 있었다. 나는 그의 다리를 베어버렸다.

"으아아아악!"

도둑이 다리를 잃었다는 것은 모든 것을 잃은 것이다. 각인시켜야 한다. 내게 덤비면 그 결과가 최소한 신체 중 하나는 내어주어야 한다는 것을.

나는 베놈에게 냉랭하게 명했다.

"사람 안 보이는 데다가 대충 던져 놔. 그리고 흔적은 깨끗하게 지워."

"예."

"식사는 내가 직접 네 것까지 같이 시키지."

베놈은 인사를 한 후 나갔다. 나는 옷을 갈아입고 에아르웬의 방으로 걸어갔다.

똑똑.

문을 두드리자 머리를 감은 것인지 축축이 젖은 머리의 에아르웬이 보였다.

"식사하시죠. 먼저 내려가 있을 테니 반 녀석도 데리고 오도록 하세요."

"저… 아까 무슨 소리가 나던데……."

"신경 쓰지 마세요. 고양이 울음소리겠죠."

그녀는 더 이상 의심하지 않고 조용히 고개를 끄덕였다. 내가 돌아가자 문이 살며시 닫히는 소리가 뒤로 들렸다.

나는 피곤한 눈을 끔뻑거리며 계단을 뚜벅뚜벅 내려갔다. 당장 곯아떨어져 자고 싶었지만 암살자 때문에 그것도 실패했고, 이왕 내려온 것, 배나 실컷 불린 후에 자야겠다고 마음먹었다.

자리를 잡자 주인장이 달려왔다. 겉으로는 아부를 떨기 위해 머릿속으로 많은 생각을 하는 듯했지만 몸이 따라오지 않는 듯했다. 흔하지 않은 살인을 보았으니 당연한 것일 테다.

나는 3인분의 식사와 반에게 먹일 만한 재료를 주문했다. 주인장은 얼른 고개를 끄덕이고는 물러갔다. 나는 무료한 얼굴로 창밖을 보았다. 유리로 되어 있어 밖이 훤히 보였다.

어두운 바깥 풍경을 보면서 나는 여러 가지 생각을 했다. 스승님은 어디에 있을지, 무엇을 하고 있을지, 무엇을 꾸미고 있을지 등등을 말이다. 워낙 괴팍하고 얄팍한 노인네라 무슨 짓을 하고 있을지 생각하면 온몸에 두드러기가 날 지경이었다. 그 진저리나는 모습을 상상하자 기분이 나빠져서 나는 다른 생각을 하기로 했다.

저택을 나올 때 스승님이 주신 지도가 있었다. 그것은 바이슨 왕국으로 향하는 길이었다. 디테일이라고는 찾아볼 수 없는 형편없는 지도. 때문에 어느 마을을 거치는지, 어떠한 경로로 가는지만 간단하게 적혀 있었다. 그러니까 세부적인 정보는 적혀 있지 않은 것이다.

나는 바이슨 왕국에 도착해서 무엇을 하게 되는 것일까 하고 생각하니 약간의 두려움이 생겼다. 그곳에서 어떻게 적응할지도 걱정이었고, 베놈과 반을 어떻게 처리해야 할지도 몰랐다.

주르륵!

구름이 심상찮더니 비가 내렸다. 하얀 창문에 빗물이 묻어났다. 천천히 걸어오던 베놈이 빗물 때문에 뛰어오는 게 보였다. 다리 근육이 실룩실룩거리는 게 참…….

나는 테이블 위에 놓인 물을 한 잔 마셨다. 답답한 식도에 차가운 물이 넘어가자 시원했다. 베놈이 안으로 들어와 몸을 툭툭 털며 내 옆에 앉았다. 그때, 에아르웬과 반도 내려왔다. 에아르웬은 자리에 앉아 말없이 창문 밖을 보았다.

그때 음식이 나왔다.

오리 고기와 샐러드, 그리고 나머지 음식들은 대부분 이름을 잘 알 수 없었지만 모두 맛있어 보이는 것들이었다. 한 상 푸짐하게 차린 것을 보니 주인이 겁을 좀 먹은 모양인데, 무언가를 강탈하는 느낌이라서 좀 불쾌했다.

대가없는 선물은 찜찜하기 마련이다. 그리고 좋지 않은 결과를 만들기도 하며 관계를 악화시키기도 한다.

하지만 뭐, 주는데 갖다 버릴 수도 없는 일이니까.

나는 음식을 먹으면서 에아르웬에게 물었다.

"이제 어떡하실 생각이십니까?"

엘프라 그런지 야채만을 쏙쏙 먹던 그녀가 대답했다.

"어디로 향하시나요?"

나는 숨기지 않고 말했다. 그녀는 엘프다. 거짓을 모르는 종족. 그렇기에 나는 그녀를 신용했다. 엘프라는 종족의 이름의 무게 때문에 그녀를 믿은 것이다.

"바이슨."

나는 지도를 보여주었다.

"이곳을 경로로 지나갑니다."

베놈의 시선이 느껴졌지만 무시했다.

"아, 여기 피에른 숲을 거치는데, 여기까지만 동행할 수 없을까요? 혼자보단……."

베놈이 끼어들었다.

"젠장, 뭐 하는 일이 있어야 곱게 봐주지. 귀찮은 짐 덩어리에 불과하잖아, 당신? 잘하는 게 뭐가 있어?"

사납게 쏘아붙이자 그녀는 금방이라도 울 것 같은 표정이 되었다. 나는 그걸 보고 표정을 구겼다.

"왜 항상 분위기를 이렇게 험악하게 만들어?"

"어차피 로크님께서 제넨을 처리할 때부터 이 엘프 년의 표정이 좋지 않았다고요."

"사과해라!"

나는 강압적으로, 그리고 강한 시선으로 베놈을 보았다. 그는 길고 날카로운 손톱으로 자신의 단단한 머리를 박박 긁었다.

"사실 오크와 엘프는 사이가 안 좋습니다."

"왜?"

베놈이 말했다.

"수백 년 전부터 내려오는 관계입니다. 이야기를 하자면 수도 없습니다. 그 앙심을 갚고 싶은 마음이 굴뚝같습니다. 당장이라도 저 엘프를 찢어 죽이고 싶은 심정입니다."

"말수가 적던 놈이 아주 장황하게도 말하는구나. 종족 간의 대립이 어째서 개인의 몫이 될 수 있지? 넌 이미 오크의 무리를 떠났잖아."

"이러다간 오크로서의 자아를 잃어버릴지도 모르겠습니다."

"나를 따른 이상, 그런 문제에 대해서는 더 이상 거론치 마

라. 내 신경을 긁지도 마. 이런 말이 조금 기분 나쁠지도 모르지만 지금의 출발과 종착지까지의 중심은 나다. 그걸 명심해."

베놈은 물을 들이켰다.

나는 에아르웬에게 궁금한 사항을 하나 물었다.

"거기 가서 뭘 하는 거죠?"

그녀가 곤란하다는 표정으로 말했다.

"엘프의 숲에 관련된 내용입니다. 그래서 더 이상은……."

나는 고개를 끄덕이며 더 이상 질문하지 않았다. 벽시계를 보니 대충 오후 8시경이었다.

나는 불쑥 베놈에게 물었다.

"음식은 먹을 만하냐?"

"예, 아주 좋습니다."

나는 반이 먹을 음식을 바닥에 내려놓아 주었다. 양이 꽤 많았는데 허겁지겁 먹는다. 꽤나 배고팠던 모양이다. 이제 보니 좀 말라 보이기도 했다.

그렇게 푸짐하게 식사를 했다. 배가 부르자 아무 생각이 없어졌다. 나는 입을 닦으면서 말했다.

"내일 아침 바로 출발하자."

베놈이 물었다.

"너무 서둘러 길을 가시는 것은 아닙니까?"

"말했지 않았나. 이 마을은 내게 좋은 기억이 아니라고."

"그래도 로크님의 흔적이 남아 있는 곳입니다."

"거기까지. 더 이상은 듣고 싶지 않아."

"…예."

"너에게 너무 까칠하게 대한다고 생각해도 어쩔 수 없어. 적어도 나는 진심으로 대하고 있고, 그것을 따르지 않는다면 그걸로 끝인 거니까."

베놈이 피식 웃었다.

"알고 있습니다."

물을 마시던 내게 베놈이 물었다.

"마음에 걸리셨습니까?"

"아니. 혹여 네가 불손한 마음을 품을까 봐."

"그리 속 좁은 시종이 아니니 염려치 마십시오."

나는 강한 시선으로 그를 보았다.

"넌 시종이 아니다."

"크릉! 농담입니다."

무미건조하고 재미없는 대화를 끝내고 그만 일어났다. 초저녁임에도 불구하고 눈이 침침한 것인지 주인은 졸린 얼굴로 우리를 안내했다. 새벽에 불러낸지라 조금 미안한 감이 있었다. 나는 주인장에게 꽤 고가의 양주를 하나 산 뒤 이층 방으로 향했다.

에아르웬은 반을 데리고 먼저 들어갔다. 베놈은 내 뒤를 따랐고. 나는 양주 뚜껑을 열었다.

꽤 오래된 술인 듯 향기가 좋았다. 그 냄새에 벌써 취할 정도로 독한 향이 났다. 붉은색의, 마치 루비를 보는 듯한 색감이었다. 나는 병째로 들이켰다. 특별히 속상한 일이 있어서는 아니었다.

마을에 있다 보니 과거의 기억 때문에 그것을 잠시 잊고 싶어졌을 뿐이다.

술이라는 지우개로 나는 그날 밤을 지웠다.

목이 타 들어가는 70도의 양주를 벌컥벌컥 마셨고, 취기가 오르자 나는 베놈에게도 권했다.

"먹을 테냐?"

"됐습니다."

나는 고개를 끄덕이고 돌아서며 침대에 풀썩 앉았다. 취기가 오르자 술이 코로 들어가는지 입으로 들어가는지 몰랐다. 나는 꽤 술이 약한 모양이다.

목에 주르륵 흐르는 찝찝한 느낌과 지독한 알콜 도수에 나는 인상을 잔뜩 찌푸렸다.

무슨 말을 했는지도 모르겠다. 그냥 중얼거리다가 눈이 스르르 감겼고, 나는 그렇게 곯아떨어졌다.

이른 아침에 눈을 뜨자 열려 있는 창문에서 차가운 바람이 불어왔다. 서서히 눈을 뜨자 머리가 어질어질하고 뇌가 찌릿찌릿했다. 양주를 과하게 마신 후유증인 듯했다.

나는 몸을 일으켜서 거울을 보았다. 약간 얼굴이 말랐고 머리는 푸석푸석한 데다가 눈은 퀭하다.

무엇이 나를 이렇게 만든 것인가? 과거의 흔적 따위, 아무것도 아니라고 생각했는데, 제넨의 얼굴을 보자 감정의 제어를 못했다.

이런 식으로는 아무것도 못해 나간다. 나는 야망을 가지고 있다. 적어도 마법은 쓰레기 같은 인간들을 제거하기 위해 기른 힘이 아니다.

내 삶을 위해서, 그리고 목적을 위해서 스승님에게서 살아남았다. 진작에 포기했다면 마법을 배우는 데 걸린 시간은 예측도 못할 정도로 길어졌을 것이다.

의지는 현실을 창조하기에.

나는 고개를 저었다.

이런 상념 따위, 시간만을 갉아먹을 뿐이지.

무표정한 얼굴로 화장실로 들어가 씻었다. 찜찜한 마음과 육체를 물로 씻어냈다. 화장실에서 나오니 베놈이 보이지 않았다.

녀석은 잠도 없다.

어찌나 기계 같은 놈인지.

철저한 자기 관리를 하는 오크는 아마 베놈밖에 없을 것이다. 말이 유창하니 이젠 행동에 습관까지 인간적으로 변해가는 듯했다.

나는 웃으며 로브를 걸쳤다.

아래층으로 내려가자 조금 소란스러운 소리가 들리고 있었다. 나는 의아함에 고개를 갸웃거리며 빠르게 내려갔다. 뚜벅뚜벅 소리를 내며 걸어가자 소란스럽던 아래층이 조용해진다.

베놈의 넓적하고 커다란 등이 보였다.

여관 밖으로 상당수의 인원이 모여 있었다. 베놈은 푸른색 옷을 입은 사내와 이야기를 하고 있었다.

베놈은 나를 보며 잔뜩 불만스럽다는 얼굴로 말했다.

"이놈들이 제가 로크님과 함께 있는 사람이라는 것을 믿지 않습니다."

갸름한 얼굴에 작은 체구, 그리고 말랐다. 수염이 얇고 간사하게 난 한 사내가 내 앞으로 와 손을 비비적거리며 말했다.

"로크님이십니까?"

나는 가늘게 미소 지었다.

"제년의 복수라도 하러 온 것이냐?"

"아이고! 무슨 그런 말씀을 다 하십니까? 그런 녀석이야 잘못을 했으면 그 죄를 받아야지요. 저희가 이렇게 찾아온 것은 다름이 아니라 영주님께서 마법사님을 초대하고 싶다고 해서 이렇게……."

"영주가 왜……?"

존칭 없는 나의 무례함에 그가 얼굴을 살짝 찌푸렸지만 금방 표정을 바꾸었다. 생긴 것처럼 말솜씨가 뛰어났다. 달변가까지는 아니지만 보아하니 말로써 빌어먹고 살고 있는 것 같다.

그는 잠깐 눈치를 보더니 내게 커다란 주머니를 내밀었다. 그것을 얼떨결에 받은 나는 그에게 해답을 원했다.

"영주님께서 긴히 하실 말씀이 있다고 하십니다. 한번 만나보심이 어떠할는지요."

나는 속으로 웃었다.

마법사인 것을 알자마자 이리 대우가 달라지다니. 영주의 초대란다. 어릴 적 쳐다보는 것만으로도 대역죄인으로 분류되었을 내게 영주가 돈을 건네주며 만남을 청하다니……

확실히 마법사라는 게 낮은 위치는 아닌가 보다.

나는 베놈을 불렀다.

"영주에게로 가자. 에아르웬과 반을 데려와."

"가시려고 합니까?"

"못 갈 것도 없지. 어차피 세상을 경험하기 위해 가는 경로가 아니더냐. 스승님도 나를 생각해서 만들어주신 지도다. 얻을 것은 얻고, 어쩔 수 없이 잃는다면 그건 피가 되는 경험이 되는 것이다."

베놈은 탐탁지 않은 얼굴로 고개를 끄덕였다.

"뭐, 알겠습니다."

고개를 주억인 베놈이 이층으로 올라갔다.

사내가 혀를 쯧쯧 차며 베놈을 쳐다본다.

"저런 놈을 왜 수하로 두십니까. 얼마나 성질이 더럽고 예의가 없는지. 게다가 인간도 아니고 오크를 전투 노예로 쓰시면……."

"시끄럽다. 다른 사람도 아니고 내 친인을 이리 뒤에서 씹어대다니. 눈앞에 없다면 결국은 나까지도 그리 비하할 게 아닌가?"

그는 놀란 표정으로 고개를 도리질 쳤다.

"무슨 그런 섭섭한 소리를 하십니까. 절대 그렇지 않습니다. 저런 오크랑 어찌 마법사님을 비교하겠습니까?"

"적어도 그는 너희 성에서 밥을 축내는 웬만한 기사들보다 강할 거다. 난 필요없는 사람은 옆에 두지 않는다. 한 번만 더 지껄여 봐. 그땐 그 입을 산산조각 내어줄 테니."

"크흐음."

사내는 불편한 음성을 내었다.

지금은 아침이라기보다는 새벽에 가깝다. 창문 밖 하늘을 보고 있다가 발소리를 들었다. 에아르웬이 졸린 표정으로 반을 데리고 내려오고 있었다.

나는 그녀에게 물었다.

"베놈은?"

"챙길 게 있다고 조금만 기다려 달라고 말씀하셨어요."

나는 고개를 끄덕였다.

유리로 된 창문 밖에 중무장한 병사들이 보였다. 약간 의심이 되기 시작했다. 나를 데려가는데 무슨 병사가 저리 많이 필요하단 말인가.

나는 사내를 보며 물었다.

"저 병사들은 뭐야?"

그는 능글능글한 얼굴로 말했다.

"그래도 마법사님을 맞이하는데 이 정도는 되어야 얼추 분위기를 맞출 수 있지 않을까 해서 말입니다."

화려하게 치장된 마차도 준비되어 있었다. 확실히 돈 많은 것들은 다르군.

나는 사내에게 물었다.

"영주의 병사들은 총 몇 명인가? 기사들은?"

"사병은 300정도 되고, 기사들은 한 열 명 남짓한 걸로 알고 있습니다."

"상당한 숫자잖아?"

"세 개의 마을을 관리하는 데 부족함은 없습니다. 요즘은 농업도 적지 않게 잘되는 편이기도 하고, 수년간 전쟁 또한 전혀 없었으니까요."

"혹시 영주가 내게 무엇을 바라고 있는지 알고 있는 게 있나?"

"아이쿠, 저 같은 것이 어떻게 영주님의 생각을 알겠습니까. 그저 내리는 명령을 따를 뿐입니다. 제가 맡은 역할은 영주님의 성까지 로크님을 안전하게 모시는 일뿐입니다."

나는 내 동료들의 숫자를 세고는 눈썹을 찡그렸다.

"마차가 좀 작은 듯한데……. 내 일행의 덩치가 좀 남달라서 말이다."

"그건 미처 생각지 못했습니다. 모든 초점을 로크님에게 맞추느라 질 좋은 마차를 고른 것이 실수였군요."

대개 멍청한 것들은 녀석의 말에 금방 기분이 좋아 헤실거릴 테지만 저따위 말은 입에 발린 소리다.

진심인지 아닌지 나는 억양만 봐도 알 수 있다.

어릴 적 어른들의 말투 하나하나에서부터 나는 감정을 읽었으니까.

진심은 가슴으로 파고들지만 거짓은 귀로 파고든다. 나는 그 차이를 명확하게 느끼며 알 수 있다.

그렇기에 그들에게 호감을 가지지 않는 것이다. 그리고 대부분의 영주는 욕심에 가득 찬 돼지 같은 것들이기에 이득없는 관계를 형성할 리 없다.

내 능력을 이용해 일을 벌이거나, 혹은 나와 친분 관계를 맺어놓은 뒤 어떻게든 활용하는 방면으로 머리를 굴리겠지. 물론 영주가 어떤 녀석인지는 만나봐야 알 것이다. 상당한 능력과 판단력, 그리고 세상을 꿰뚫어 보는 영주도 없는 것은 아니다.

단, 찾아보기 힘들 뿐.

본디 세상은 썩은 물이 많은 법이다.

날이 서서히 밝아오기 시작했을 때쯤 베놈이 내려왔다. 내 앞의 이 간사하게 생긴 사내는 왜 이리 늦게 오느냐고 쏘아붙였다가 베놈의 눈빛에 금방 기가 죽었다.

그는 내게 와서는 '어서 마차에 타시죠'라고 거짓된 상냥함을 주절거렸다.

나는 불쾌한 상태로 마차에 올라타야 했다. 내가 먼저 타고 그 다음에 에아르웬, 그리고 베놈이 앉자 거의 마차가 꽉 찼다.

베놈의 몸집이 워낙 큰 탓이다.

반까지 올라타니 녀석은 바닥에 납작 엎드려야만 했다. 사람의 온도 때문에 창문을 열었다. 후끈하던 내부 공기가 창문을 통해 들어오는 바람 때문에 조금은 원활해졌다.

"이 마을을 관리하는 영주에게로 가는 건가요?"

나는 고개를 끄덕이면서 왠지 불편했다. 에아르웬은 얇은 치마를 입고 있었는데, 몸이 밀착되자 그녀의 체온이 그대로 느껴진 것이다.

확실히 나는 여자에게 관심이 없는 편이었지만 이리 직접적인 경험을 하게 되니 머릿속이 복잡해졌다. 여자라는 동물에 대해서 여러 가지 생각이 들었다.

이런 내 모습을 눈치 챈 것인지 베놈이 묻는다.

"이봐, 에아르웬. 너는 우리 로크님을 어떻게 생각하느냐?"

죽일 놈. 무슨 소리를 지껄이려고.

"로크님을 어떻게 생각하다뇨?"

"관심이 있냐 이 소리다."

그녀의 얼굴이 빨갛게 변했다. 저건 엘픈지 인간인지 이제 혼동이 온다. 베놈이며 에아르웬이며 이제 다 징그럽다. 가끔은 인간보다 더 인간적인 모습이라서 무서울 정도다.

나는 베놈에게 따끔하게 말했다.

"한 번만 더 그따위 농을 지껄이면 입을 찢어놓겠다."

"로크님은 진정 여자에게 관심없으십니까?"

나는 창문 밖으로 고개를 돌렸다.

"없어."

"원하시는 바를 이루시려면 반드시 필요한 존재입니다."

나는 기가 차 웃음을 흘렸다.

"여자가 말이냐?"

"에."

"어째서?"

"오크는 본능이라 설명이 잘 안 됩니다. 게다가 머리가 나빠서 설명도 잘 안 됩니다. 다만 인간들의 관점에서 보면 인간들 나름대로의 이유가 존재할 겁니다."

"그러니까 결과적으로 근거없는 소리잖아."

베놈은 인상을 찌푸렸다.

"아닙니다."

"됐어. 그 이야기는 그만 하지."

이번엔 에아르웬이 한술 더 떴다.

"로, 로크님, 절 어떻게 생각하시나요?"

"에아르웬님까지 왜 이러십니까? 별로 말장난할 기분이 아니군요."

그녀는 입을 꾹 닫으며 고개를 폭 숙인다. 나는 갑자기 그녀가 왜 그러는지 몰랐다. 베놈의 한심하다는 눈초리가 느껴졌다.

저 자식이 정녕 미쳤나.

녀석의 머리통을 불태우려는 것을 애써 참으며 나는 창밖으로 시선을 돌렸다. 마을을 벗어나고 마차는 멀리 조그맣게 보이는 성으로 향하고 있었다.

나는 바람을 느끼며 눈을 감았다.

창가에 팔을 놓아 기대었다.

봄바람은 따뜻하고 향긋했지만 기분만은 이상하게 꿀꿀했다.

2

마차에서 내렸다. 더럽게도 비좁아서 내 얼굴엔 짜증이 가득 묻어 있었다. 마차가 도착함과 동시에 성문이 쩌저적 열리기 시작했다.

성으로 들어가는 입구가 열렸다. 나는 사병들의 호위를 받으면서 안으로 들어갔다. 성의 모습은 내가 상상했던 것과 크게 다르지 않았다. 성이기에 사치스럽지도 않았고, 단지 튼튼해 보인다는 것 외에는 별다른 생각이 들지 않았다.

영주의 사치는 내부, 방에서 알 수 있겠지.

베놈과 에아르웬, 그리고 반과 함께 성 내부로 들어가자 복도부터 돈이라는 게 무엇인지 한번 생각하게 만드는 풍경이 보였다. 고가에 해당하는 그림은 물론이며 조각상에 모두 비단으로 만든 것들, 그리고 천장은 얼마나 높은지 위를 올려다보면 정신이 아득해질 정도였다.

베놈도 이런 광경이 낯설었는지 여기저기를 살펴보곤 했다. 반면 에아르웬의 표정은 평범했다. 엘프는 오래 산다고 하던데, 확실히 세상 경험이 많은지 별다른 반응이 없었다.

나는 찢어지게 가난했던 터라 이런 광경을 보면 욱하는 감정이 먼저 생긴다.

이런 돈을 가지고도, 권력을 가지고도 영지를 발전시키지 못하는 무능력한 영주들을 볼 때마다 속이 뒤집힌다.

주어진 실력을 발휘하지 못하는 것들을 배치시킨 안목없는 왕은 대체 어떻게 생겨먹은 것인가. 나는 이제 무례하게도 대륙의 왕까지 들먹거리고 있었다.

　기나긴 복도를 지나고, 우리는 알현실 앞에 도착했다.

　집사로 보이는 한 사내가 물었다.

　"식사는 하셨습니까?"

　"못했습니다."

　"그럼 영주님과 같이 하시지요."

　"물론 일행과 함께겠죠?"

　"죄송하오나 이종족은 출입이 불가하옵니다."

　"왜입니까?"

　"괜한 마찰을 일으킬 필요는 없기에……."

　"일행을 두고 나만 식사를 할 수는 없는 일이 아니오."

　"따로 준비해 드릴 것입니다."

　베놈이 말했다.

　"그렇게 하십시오."

　에아르웬도 가볍게 고개를 끄덕였다.

　젠장, 그녀가 이상한 질문을 한 뒤부터 괜히 그녀를 보기가 껄끄러워졌다. 에아르웬의 웃는 모습, 행동 하나하나가 눈에 들어온다. 그동안은 소 닭 보듯이 했는데 그녀가 눈에 들어오기 시작했다는 것이다.

　나는 인상을 확 찌푸렸다. 그러자 그녀는 슬픈 얼굴이 되었고, 나는 괜히 신경질적인 얼굴로 몸을 돌렸다.

　노크를 한 뒤 집사와 나만 안으로 들어갔다.

"역시나 생각처럼 휘황찬란하군요."

"예?"

"귀가 좀 어두우시네요. 사치스럽단 소립니다."

집사가 웃었다.

"이건 약소한 편입니다. 정말 잘사는 곳에서는……."

나는 손사래를 쳤다.

"됐습니다. 그런데 영주님은 어디 있습니까?"

철컥—

반대편 벽 쪽에서 문을 열고 누군가가 나왔다. 금발에 잘생긴 외모였다. 코가 높고 눈은 밝은 황금색, 반듯한 이마, 날카로운 턱 선. 상당한 미남자다. 그런데 저게 영주라고?

무슨 영주가 이렇게 젊어?

나는 떨떠름한 얼굴로 인사했다.

"안녕하십니까? 로크라고 합니다."

그는 집사를 보면서 물었다.

"이 꼬맹이, 누구야?"

집사가 당황해하며 말했다.

"저… 그 마법사님이십니다."

영주는 믿지 못하는 표정이었다.

"진짜?"

"예."

손수건으로 연신 땀을 닦아내는 집사가 눈에 거슬렸다. 단

둘이서 이야기하고 싶었다.

"집사님은 나가 계십시오. 빨리 이야기를 끝내고 싶습니다."

그는 호쾌하게 웃으며 말했다.

"자, 일단 여기 앉으시지요. 실례가 많았습니다."

"많다 뿐이오."

나는 입술을 달싹이며 소파에 앉았다. 그는 집사를 물린 후 가장자리에 앉았다. 이어 손을 내게로 향하며 물었다.

"잠시 이야기를 나누다 식사하러 갑시다. 집사 말로는 아직 식사를 하지 않았다고 하던데……."

"워낙 일찍들 찾아오셔서 말입니다."

"하하, 혹시 아까 제가 했던 말이 서운하십니까?"

"그리 속 좁은 사람은 아닙니다."

"역시 그러시군요. 아, 그런데 로크님은 어디로 향하는 중이십니까?"

"바이슨으로 가고 있습니다."

"바이슨 왕국 말입니까?"

"예."

"어떤 일로……?"

"워낙 개인적인 것이라……. 이해하시길 바랍니다."

그는 밝게 웃으며 고개를 연신 끄덕였다.

"제가 너무 깊게 이야기를 들어간 것 같군요. 하하하!"

"항상 그렇게 웃으시는가 봅니다."

"예, 웃어야지요. 사는 게 즐겁지 않으면 그것은 불행한 인생이 아닙니까."

"좋은 생각이십니다. 그런데 사적인 이야기라면 식사 중에 하는 게 더 낫겠지요. 아침을 먹지 않으면 머리가 둔해지니 말입니다."

"아아, 이거 제 실숩니다. 조금이라도 더 빨리, 그리고 많은 이야기를 나누고 싶은 욕심에 그만. 자, 그럼 가시지요."

그는 곧장 나를 식당으로 데려갔다. 그곳은 이곳에서 멀지 않은 곳이어서 금방 도착했다.

조금은 휑하고 서늘한 구조다.

거의 혼자서 이곳에서 식사를 할 그를 생각해 보니 조금은 외로워 보인다는 생각이 문득 들었다.

"자, 앉으시죠."

직사각형으로 된 좁고 긴 식탁. 그 위로 음식이 이미 준비되어 있었다. 김이 모락모락 나고 있었다. 그와는 상당히 떨어진 위치에서 식사를 한다. 격조 높고 엄청난 양의 음식.

나는 예의는 저 뒤로 내팽개치고 음식을 마구 집어먹었다. 입에 묻는 양념들은 냅킨으로 대충 닦아냈다.

그 모습을 재미있다는 듯 쳐다보던 그에게 나는 쳐다보지도 않은 채 물었다.

"성함이 어떻게 되죠? 이야기를 나누려면 적어도 제가 이름 정도는 알아야 하지 않겠습니까."

"아, 집사가 이야기하지 않은 모양이군요. 저는 이곳의 영주인 킬렌이라고 합니다."

"영주 이름치고는 상당히 강한 느낌이군요."

"죽음의 상징이죠. 그런데 굉장히 의외입니다. 책을 많이 읽으시나 보군요."

나는 그를 슬쩍 올려다보았다.

"아, 다름이 아니라 로크님이 평민이라는 말을 들었기에……."

"마법사에게도 신분이 필요합니까?"

"음, 그거야……."

"당신이 내게 존칭을 하는 것부터 이미 나를 어려워하고 있다는 것이고, 평민으로 여기지 않는 거라 생각되는데……."

"음, 그러고 보니 그렇군요."

"그만 본론부터 이야기하고 싶군요."

"저도 그럼 본격적으로 이야기를 시작하겠습니다."

나는 대꾸 없이 포크와 나이프를 움직였다.

"혹시 이클레이드라는 분을 아십니까?"

음식을 먹던 손이 멈췄다.

나는 고개를 들었다.

"뒤를 캐십니까?"

"아, 제가 워낙 세상 돌아가는 정보에 대해 관심이 많아서 말입니다. 뭐, 제 영지에서 일어난 사건이니 저도 모르게 실례를 하게 되었습니다만……."

"그래서?"

"저는 그저 사실 여부를 알고 싶은 겁니다."

"알고 있습니다."

그가 흥미로운 눈빛으로 나를 응시했다.

"어떤 관계인지 물어봐도 혹 괜찮으실지?"

"산에서 한번 마주친 적이 있습니다. 그때 이야기를 꽤 나눴지요. 그뿐입니다."

그의 눈매가 날카로워졌다. 시선도 한층 깊어졌다. 방금 전까진 전혀 없던 시선. 눈빛이 달라지니 완전히 다른 사람이다. 그는 소름 끼치는 미소를 지었다. 온몸의 털이 곤두섰다. 나는 나이프를 테이블 위로 집어 던졌다.

"뭐 하자는 거야?!"

"크하하하하!"

그가 대뜸 광소를 터뜨렸다.

나는 차가워진 눈동자로 그를 훑었다.

그는 광소를 멈추고 능글맞게 웃었다.

"피에르의 향기라는 독을 아십니까? 아주 극소량으로도 사람의 몸을 완벽하게 망가뜨리는 극독이죠."

"그런데?"

킬렌은 내 음식을 보았다.

나는 비웃었다.

"그런 것쯤이야 큐어 포이즌로……."

"마법으로 치료가 불가능합니다. 제가 괜히 그 독을 썼겠습니까? 상대를 보고 머리를 쓴다는 건 가장 기초적인 공략의 수입니다."

"나를 겨냥한 이유가 뭐야?"

"필요없는 존재니 죽여 버려야지요. 뭐, 내가 알고 있는 정보가 맞았다면 해독제로 비밀을 캐냈을 텐데 좀 아쉽군요. 그리고 마법도 캐스팅이 안 될 겁니다. 으음… 왜냐하면 그건 네크로맨서가 만든 특별한 독. 느낌이 좀 어떠십니까?"

몸 구석구석이 전기에 감전된 듯 찌리리한 느낌이 들었다. 속은 조금씩 불편해지고 얼굴은 우락부락해진다. 그 순간,

쿠궁!

거대한 식당의 입구가 열렸다. 그리고 쇠 부딪치는 소리가 철컥철컥 들린다. 병사들의 부츠가 땅을 울리는 소리다.

"자, 그럼 이제부터 피의 축배를 들어보도록 하죠."

그는 와인을 들어 보이며 웃었다.

"미친 새끼."

나는 심드렁한 얼굴로 뒤돌아섰다. 수십 명의 병사가 섬뜩하리만큼 살심이 가득한 눈동자로 창을 겨눈 채 다가온다.

'훙! 잘 봐라, 대마법사가 낳은 제자의 힘을.'

나는 하만보르가 준 약 때문에 몸에 흘러들어 온 독을 모두 토해낼 수 있었다. 독이 체내에 흡수되지 않고 밖으로 밀어내는 것이다.

"우웨에엑!!"

검고 초록색의 빛깔이 강한 액체가 입에서 주르륵 흘러나왔다. 그리고 체계의 마법은 네크로맨서가 생각했던 마법의 구조와는 상당히 다른 부분이 존재한다.

체계의 마법은 독에 방해가 되지 않는다.

전혀 다른 시스템의 마나 유동이기 때문이다.

체계의 마법 154. 다량 마법 에너지.

"매직 애로우."

스무 개의 마법 화살이 순식간에 내 주위로 소환되었다.

나는 병사들에게 걸어갔다. 내 눈은 차갑게 식어 있었다. 아무런 반항도 할 수 없는 나를 무심하게 찔렀을 그들을 상상하자 속에서 분노가 치밀어 올랐다.

그 순간 머릿속에 스치고 지나가는 그림이 있었다.

나는 낮은 목소리로 물었다.

"내 동료들은 어떻게 되었나?"

내가 마법을 썼음에도 여유를 잃지 않고 영주가 말했다.

"이미 인질이 되었겠지. 인질을 살리고 싶다면……."

"필요없다. 인질로 인한 싸움은 패배하게 되어 있다. 나는 자신의 몸조차 지키지 못하는 동료 따위는 필요없다. 차라리 단신으로 이곳을 지도에서 지워 버리겠다."

"크크크, 애송이치고는 꽤 느낌이 있구나."

"조금만 기다려라."

쉬이익!

엄청난 속도로 날아간 마법 화살이 순식간에 병사들을 꿰뚫고 지나갔다. 극도로 정신력을 집중시켰기에 그 속도는 가히 빛이었다.

단숨에 수십의 병사들이 바닥에 쓰러지자 공포에 질린 그들은 도망가기 시작했고, 몇몇 병사들은 눈을 까뒤집으며 달려들었다.

75체계. 땅의 구속.

"그라운드(Ground)!"

땅을 치고 올라오는 날카롭고 뾰족한 돌들이 순식간에 발목을 찢고 뼈를 부수며 동시에 그들의 다리를 묶었다.

"파이어 볼!"

몸이 산 채로 화르르 타오른다. 지옥 같은 풍경이 연출되었다.

"으아아악!!"

비명을 지르며 몸이 타 들어간다.

매캐한 냄새가 식당 안에 가득 퍼졌다.

처참한 흔적.

나는 천천히 귀신같은 눈으로 영주를 돌아보았다.

킬렌이 여유로운 표정으로 나를 보고 있었다.

나는 녀석의 당당함에 토악질이 나올 것 같았다.

"무엇이 그리 너를 자신있게 하는 것이냐?"

"이클레이드의 제자구나. 확실해. 하하하하!!"

나는 손으로 눈 사이를 짚었다. 피곤했다. 칼을 뽑아 들고 그에게 걸어갔다. 저런 개자식에겐 참수가 어울리리라.

"잠깐."

그가 손바닥을 내밀었다. 나는 조롱 섞인 목소리로 말했다.

"최후의 발언 기회를 주마."

"크크크큭."

그는 비틀린 웃음을 지었다.

"혹 브로크웨이(Brokeway)에 대해서 아느냐?"

"글쎄……."

나는 검을 쥔 손에 힘을 꽉 주며 걸었다.

"이클레이드가 만든 악마의 자식."

나는 눈을 크게 뜨며 걸음을 멈췄다.

"그게 바로 우리들이다."

"우리들?"

"머지않아, 아니, 곧 알게 될 거야. 네놈이 얼마나 가치가 높은 존재인지 말이야. 크크큭, 물론 내게서 살아남는다는 조건하에 존재하는 이야기겠지만."

의자에서 일어선 킬렌은 검은 장갑을 꼈다.

"나는 네가 여태껏 상대해 온 벌레들과는 차원이 다를 것이다."

"두고 볼 일이지."

"브로크웨이의 신체 능력은 평범한 인간의 열일곱 배."

그가 순간 흐릿하게 보이더니 바로 코앞으로 당도했다. 그의 주먹이 엄청난 속도로 날아왔다. 베놈과의 수련으로 인해 간신히 그의 주먹을 피해낼 수 있었다.

귀를 스치고 지나간 주먹. 그의 공격은 멈추지 않았다. 얼굴을 향해 연이어 발이 날아온다. 나는 백 스텝을 밟으면서 헤이스트를 시전했다.

움직임의 속도가 달라졌다. 그는 흥미로운 표정을 지었다.

"마법사 주제에… 놀랍구나."

그는 히죽 웃으며 다시 속도를 높였다. 무언가 번쩍인다 싶더니 어느새 그의 오른손에 단검이 들려 있었다. 빛을 반사시키며 단검이 목을 향해 찔러 들어왔다.

"실드."

카강—

마법 방패에 공격이 미스되었다.

나는 바로 연이어 캐스팅했다.

"아이스 애로우!"

한기가 풀풀 날린다.

원뿔의 얼음이 쾌속한 속도로 날아갔다.

"크하아압!"

킬렌은 피하지 않고 정면 승부를 펼쳤다. 장갑을 낀 그의 오른 주먹이 아이스 애로우를 때렸다.

마법이 분해되며 사방으로 흩어졌다.

나는 식은땀을 흘렸다.

처음으로 등에 진땀이 흐르는 상대를 만났다.

"대체 이런 실력을 가지고 있음에도 왜 병사들을 소모시키는 거냐?"

킬렌은 장난스런 웃음을 지었다.

"병아리 하나 잡자고 도끼를 쓸 수는 없는 노릇 아니겠나."

"흥!"

나는 마력을 끌어올렸다. 온몸이 펄펄 끓어오를 듯 뜨거워진다. 암기되어 있던 체계의 공식이 머릿속에 펼쳐진다. 111체계. 빛의 검.

검을 뽑아 들었다. 대량의 마나가 검으로 유입된다. 검에서 엄청난 광채가 흘렀다. 황금색과 검은색이 합쳐져 일렁이는 마나는 충분히 위협적이었다.

그걸 본 킬렌이 놀랍다는 얼굴로 소리쳤다.

"역시 네놈의 가치는 대단해! 마법사 주제에 검술이라니!

생(生)과 사(死) 175

크크크큭!"

광기 어린 눈빛으로 그는 내 검을 보고 있다. 나는 쓰게 웃었다. 뭘 그리 좋아하느냐. 이 물건에 의해 네 몸이 양단될 것이다. 너무 행복해하지 마라.

녀석이 소리치며 달려온다.

"크크크큭! 이제 그만 네놈의 심장을 받아가마!"

심장? 내가 잠깐 잡념에 빠진 순간, 녀석이 공중으로 뛰어올랐다.

"아이즈(Eyes)!"

동체 시력이 급상승된다. 순간 그의 몸이 느리게 보였다. 내리쬐는 검날이 또렷하게 보였다. 나는 준비를 마친 마법을 캐스팅했다.

"파이어 월(Fire Wall)!"

불기둥이 치솟아올랐다. 예상치 못한 마법에 그는 극히 당황한 표정을 지었다. 머리끝부터 발끝까지 불이 몸을 휘감았다. 녀석의 처참한 비명 소리가 들렸다.

나는 즉시 가로로 검을 휘둘렀다.

황금색으로 된 그 맹금의 기운이 엄청난 기세로 날아들었다. 그 검기가 몸에 와 닿기 직전 그가 시야에서 사라졌다.

그리고 바로 왼쪽에서 나타나 내 머리를 향해 발을 날렸다.

퍼어억!

나는 바닥에 넘어지며 미끄러지듯 나가떨어졌다.

도대체 어떤 방식으로 피해냈고, 이 정도의 스피드를 내는 건가.

현기증이 나 머리를 흔들며 고개를 들었다.

킬렌은 몸에 붙어 있는 불을 손으로 툭툭 쳐내고 있었다.

몸이 검게 그을리긴 했으나 거의 멀쩡했다.

"어, 어떻게 된 거냐?"

"아, 이거? 원래 악마의 자식들이 끈질기잖아?"

나는 황당하게 웃으며 물었다.

"죽기는 하는 거냐?"

"나도 잘 몰라."

"이 괴물!"

나는 이를 악물고 일어섰다. 그 순간 녀석의 주먹이 내 턱에 작렬했다. 엄청난 파괴력이다. 나는 뒷걸음질치다가 벽에 부딪쳤다. 심각한 마력 고갈을 느꼈다.

여유로운 모습으로 걸어오는 그를 보면서 나는 절망을 느꼈다. 불에 온몸이 타올라도 죽지 않는 인간, 아니, 괴물. 그를 어찌 상대해야 한단 말인가.

덜컹!

킬렌과 내 시선이 문 쪽으로 돌아갔다.

베놈이 얼굴에서 핏물을 뚝뚝 흘리고 있었다. 그의 몸에는 화살 몇 개가 박혀 있고, 오른손에는 병사 하나가 잡혀 있다. 베놈이 화살을 손으로 뽑아내자 피가 물컥물컥 흘러나왔다.

나는 바로 힐을 시전했다. 치유되어 가는 그의 몸. 하지만 그런 순간을 잠자코 내어줄 킬렌이 아니었다.

콰아앙!

나를 향한 주먹이 아슬아슬하게 얼굴을 스치고 지나갔다. 그리고 벽을 뚫고 안으로 파고들었다. 나는 그의 허점인 옆구리를 놓치지 않고 곧장 검을 쑤셔 넣었다. 아직 헤이스트가 시전된 상태라 전광석화 같은 공격이었다.

푸부북!

깊숙이 검이 들어가자 킬렌은 팔을 빼낸 뒤 찌푸린 얼굴로 뒤로 몇 발자국 물러났다. 나는 손에서 검을 놓고 바로 마법을 연이어 시전했다.

"237체계. 신의 힘을 빌려 불꽃을 소환하나니. 블래스트 파이어!"

불꽃의 검이 만들어졌다. 엄청난 화기를 내뿜는 불의 검을 손에 쥐었다.

눈이 붉게 물들어간다. 온몸에 축적되어 있던 마력이 구멍이 난 것처럼 빠져나가는 게 느껴졌다. 입에서 계속해서 거친 숨을 토해낸다.

나는 느린 걸음으로 그에게 걸어가면서 소리쳤다.

"베놈! 공격 가능하냐?!"

대답할 기력도 없는 듯했다. 녀석은 바로 병사의 허리에 달린 검을 뽑아 들고 달려왔다.

우선은 내가 먼저다.

나는 불의 검 끝을 녀석에게로 향하게 한 뒤 온 힘을 다해 뛰었다. 만약 하만보르가 준 약이 아니었다면 나는 반격할 힘도 없었을 것이다. 그 약이 내 육체를 튼튼하게 만들어줬으니.

만약 하만보르를 만나지 않고 세상을 나왔다면 나는 꼼짝없이 죽을 운명이었다. 그런 생각이 들자 더더욱 열기가 치솟아올랐다. 이토록 세상에 강한 자가 많은데 나는 무엇을 그리 자만했던 것인가.

나는 있는 힘껏 그의 목을 향해 검을 휘둘렀다. 내 마지막 공격이었지만 그는 뒤로 살짝 물러남으로써 공격을 무위로 돌려 버렸다. 생성되었던 불의 검은 차츰 사라졌다.

공기 중에 후끈한 열기만을 남기고 사라진 불의 검. 나는 몽롱한 눈으로 킬렌을 보았다.

킬렌의 배에 난 구멍은 차츰 회복되어 가고 있었다. 흐르는 피의 양은 적어지고 상처는 회복되어 간다. 엄청나다고밖에 할 수 없는 재생력이었다.

"베놈! 재생 직전에 녀석을 베어야 한다!"

베놈은 고개를 끄덕이며 녀석의 가슴에 검을 찔러 넣었다. 가슴뼈가 깨지는 소리가 들렸다. 그리고 등 뒤로 삐죽 튀어나온 검. 성공이었다.

베놈이 한시름 놓고 손을 떼는 순간 킬렌이 가슴에 박힌 검

을 뽑아내기 시작했다. 도저히 눈 뜨고는 볼 수 없는 풍경을
그 자신은 서슴없이 해내고 있었다.

비명 한번 지르지 않은 채로.

"하아! 이거 위험했어."

나는 이를 갈며 소리쳤다.

"젠장! 더 이상 얼마나 베고 찔러야 죽는 거냐!"

"크크큭!"

지옥에서나 울릴 법한 웃음소리가 식당 안을 가득 메웠다.
음식 냄새는 모두 피비린내로 덮였다. 좀비처럼 살아 있는,
아니, 재생되어 가는 그를 보면서 베놈은 마지막 힘을 짜내었
다.

"크르룽! 크와아아!!"

휘두르는 검을 가볍게 피한 킬렌. 그가 베놈의 옆구리에 주
먹을 꽂아 넣었다. 갈비뼈가 단숨에 부러졌다. 그리고 심각한
내장 충돌.

베놈은 멀리 날아가 바닥을 데굴데굴 굴렀다.

킬렌은 그 장면을 잠시 감상하다가 내게로 걸어왔다. 나는
힘이 모두 빠져 벽에 기대어 있는 상태였다.

이대로 끝인 것인가.

"인간은 나약하지. 이런 재생 능력도, 브로크웨이의 특출
난 힘도 없는 그런 인간. 하지만 우리 브로크웨이는 그런 인
간이 되기 위해서 끝없는 투쟁을 해왔다."

녀석의 황금색 두 눈동자가 번뜩였다.

"너로 인해 나는 인간이 될 것이다."

"나로 인해?"

"크크크큭, 이해가 가지 않는 모양이군."

녀석의 몸이 재생되어 가는 것을 보면서 나는 아무것도 할 수 없었다. 완전한 마력 고갈로 탈진 상태였다. 마력 없이는 마나의 힘을 쓸 수가 없다. 기본적인 마력도 없는 상태에서 마법은 그저 꿈이었다.

"바로 네 심장, 그 살아 있는 심장을 먹는 순간 나는, 아니, 우리 브로크웨이는 인간이 될 수 있는 조건 하나를 충족시키는 셈이지."

"무, 무슨 소리야? 내 심장이라니?"

"이클레이드에게 키워진 마법체계의 제자, 그 실패작이 바로 우리 브로크웨이란다."

나는 엄청난 충격을 먹어 두 눈동자의 초점이 풀렸다. 그럼 내가 그 위험한 시험을 통과한 유일한 사람이란 말인가.

"그 미친 영감이 드디어 성공한 게지. 수천 명의 목숨을 앗아가고서야. 그리고 수십여 명의 브로크웨이를 만들고서야 말이다."

"그럴 리 없어……."

"크크크큭, 어리석은 놈. 설령 네놈이 나를 죽이고 이곳에서 벗어났다고 해도 네 운명의 굴레는 죽음으로 향할 뿐이다."

나는 크게 확장된 눈으로 그를 보았다. 그는 어깨를 들썩이며 웃었다.

"이클레이드가 브로크웨이를 만들면서까지 왜 마법체계의 제자를 만들었을까 궁금하지 않은가?"

"그 이유를 아는 모양이군."

"물론이지. 브로크웨이라면 모두들 알고 있을걸?"

"어차피 죽을 목숨, 이유나 알고 죽고 싶다."

그는 곧 내 심장을 탈취할 생각에 지금 이 순간을 즐기고 있었다. 그리고 그는 내 말에 동의했다.

"킬킬, 어렵지 않지. 이클레이드가 우리들에게 마법체계를 전수한 까닭은 우리들의 심장에 마법체계의 마력이 응집되기 때문이다. 그 마법체계를 이룸으로 인해 마력이 거대한 성장을 이루었을 때, 이클레이드는 그 심장을 자신의 것으로 만들면서 생명의 연장을 이루게 되는 거지."

"불사신이란 말인가?"

"아니, 그냥 오래 살 수 있다는 것 정도지. 그 노인네는 굳이 불사신이라는 명칭을 주지 않아도 충분히 괴물이야. 손짓 한번에 나라 하나가 파멸되니, 크큭, 무슨 말이 더 필요할까."

나는 나지막하게 중얼거렸다.

"이용당한 셈이군."

"최후의 발언은 끝이 났다. 이제 그만 네 심장을 시식해야 겠구나. 더 이상 참을 수가 없어. 편히 보내줄 터이니 걱정은 말거라. 고통은 잠시일 뿐이니까. 크크크!"

내가 천장 위로 천천히 고개를 들었을 때, 킬렌이 소리쳤다.

"네놈의 저주스런 운명은 죽은 뒤 하늘에서나 원망하거라!"

나는 눈을 감았다.

그의 죽음의 손길이 가까워져 오는 그 순간,

생각지도 못한 기적이 발생했다.

피이이잉!

"……?!"

파공성이 대기를 찢는 소리를 일으켰다. 킬렌이 소리가 난 방향으로 고개를 돌리는 순간 마나가 깃든 화살이 그의 이마에 명중했다.

뛰어난 실력이다.

나는 문 앞에서 한 치의 흔들림 없이 활시위를 당긴 에아르웬을 보았다.

"뛰는 놈 위에 나는 놈 있다더니……."

나는 쓴웃음을 지으며 바닥에 떨어진 검을 집고 일어났다. 쩔뚝거리는 걸음으로 킬렌에게 걸어갔다. 그는 머리가 명중당했음에도 죽지 않고 비틀비틀거리고 있었다.

퍼억! 퍼억! 퍼억!

세 발의 화살이 명중했던 화살을 쪼개며 킬렌의 이마에 꽂

헀다. 그는 끄윽끄윽거리며 무릎을 꿇었다. 나는 연민의 시선으로 그를 내려다보다가 검을 내려쳤다. 그의 단단한 육체도 힘을 잃은 상태에서는 소용이 없는 듯했다.

약점은 머리. 뇌가 망가지니 더 이상 힘을 낼 수 없었다.

나는 체중을 실어 검을 내려쳤다. 바닥으로 넘어지면서 그은 검. 그리고 드디어 킬렌의 목이 바닥으로 떨어져 내렸다.

바닥에 대 자로 누운 채로 나는 천장을 보았다.

빙글빙글 돈다.

뇌가 깨져 버릴 것 같은 고통이 느껴졌다.

나는 이를 꽉 깨물며 눈을 감았다.

아직 염라대왕을 만나기엔 이른 모양이다. 나는 웃음과 괴로움이 뒤섞인 얼굴이 되어서 그만 손으로 얼굴을 가렸다.

살아남았지만 나는… 나는 무엇을 얻었는가.

세상은 항상 나에게만 잔인하다.

가슴에 남은 시련이 조금씩 치유되어 가고 있다고 생각했는데 또다시 배반을 당했다.

믿음이 사라진 이 가혹한 세상.

그의 의도를 이젠 순수하게 볼 수 없다. 지금 이 순간 이후로 나는 내 마음속에서 스승이라는 존재를 지우겠다.

이젠 믿을 수 없다.

자신을 위해 인간을 사육한 더러운 짐승!

증오의 대상!

난 이젠 더 이상 이클레이드의 꼭두각시가 아니다.

내 궁극적인 목적은 바이슨 왕국에서 자리 잡아 군력을 키우는 것!

그 순간까지는 어쩔 수 없이 스승, 아니, 이클레이드의 손아귀에서 벗어날 수 없을 것이다. 하지만 인내는 빛을 부른다.

내가 야망을 이루는 그 순간,

당신의 계획은 물거품이 될 것이다. 나는 증오의 분노를 태우는 것을 마지막으로 무거워지는 눈을 서서히 감았다.

3

흐릿하던 시야가 점점 뚜렷해졌다. 침대 위에 누워 있는 내 오른편에는 에아르웬이 있었다. 꾸벅꾸벅 졸다가 내가 깨어난 것을 보고는 안도의 얼굴로 활짝 웃었다.

엘프, 그녀도 배신이라는 것을 할까?

모르지. 그들도 살아 있는 생명체이며 감정이 있을 테니.

나는 눈을 몇 번 질끈 감았다 뜨는 것을 반복한 후 상체를 일으켰다. 온몸의 신경이 고통스런 소리를 질렀다. 나는 약간 인상을 찌푸리면서 침대 뒤로 기댔다.

"에아르웬, 아직도 여기는 영주의 성입니까?"

"네. 그런데 몸은 좀 어때요?"

"괜찮은 것 같습니다."

나는 힐을 시전했다. 내 몸에 힐을 쓰는 느낌은 너무 잔인하며 괴로운 일이다. 내 몸을 내가 치유하는 것은 너무 비인간적으로 느껴지기 때문이다.

힐로 인해 몸의 거동이 어느 정도 가능해진 나는 침대에서 내려왔다. 에아르웬이 걱정스런 얼굴로 물었다.

"아직 움직이시면 안 돼요. 조금 더 쉬시는 게……."

나는 고개를 저었다.

"괜찮습니다."

주위를 둘러보니 베놈이 없었다.

에아르웬이 말했다.

"감옥에 가두어놓은 일부의 기사들과 대화 중에 있습니다."

"어떤 대화를 말입니까?"

"그게… 영주가 죽었기 때문에 당분간 영지를 관리할 사람을 뽑아야 하거든요. 그런데 기사들이 완강하게 거부하는 것 같아요. 우리에게 원한이 너무 깊은 것인지……."

"그런데 병사와 기사들의 수가 적지 않았을 텐데 어떻게……?"

"병사들이 한꺼번에 몰려와서 다행이었어요. 제게 최면시키는 마법 아이템이 있어 사용했어요. 그리고 허용 범위 밖에 있던 병사들이나 기사들은 베놈님께서 수고해 주셨어요."

나는 약간의 어지럼증에 눈을 찌푸리며 물었다.

"그럼 그 활은 어떻게 된 겁니까? 킬렌을 명중시킨 활. 대체 어디서 구한 거죠?"

"아, 제 짐을 못 보셨어요? 그곳에 활을 넣고 다닌답니다."

"그다지 크지 않았는데……."

그녀는 검지로 입을 막으며 작은 소리로 말했다.

"아, 그건 비밀인데요, 제 짐도 로크님의 마법 주머니처럼 부피 마법이 걸려 있답니다. 그래서 작은 가방이지만 이리 큰 활을 가지고 다닐 수 있는 거예요."

내 방에 도둑이 들었다는 걸 눈치 챈 건가?

사실 그녀가 여러 가지로 상당히 미심쩍긴 했지만 나는 깊게 생각하지 않았다. 괜히 귀찮게 계속 생각해 봐야 머리만 아팠다. 우선은 닥친 일부터 해결해야 했다.

"에아르웬, 감옥으로 좀 데려다 주시겠어요?"

그녀는 무리없이 고개를 끄덕였다.

나는 에아르웬과 함께 감옥으로 향하면서 물었다.

"그런데 감옥에 갇힌 사람들은 모두 몇 명이죠?"

"한 이백 명 정도예요. 그 많은 인원을 감옥에 넣느라 베놈님께서 수고가 많으셨어요."

"엄청난 숫자군요. 베놈도 베놈이지만 에아르웬 씨도 수고 많았겠습니다."

그녀는 얼굴을 붉히며 고개를 푹 숙였다.

"저야 별로 한 것도 없는데요 뭘."

그녀는 겸연쩍은 얼굴로 고개를 저었다.

파리 하나 못 잡을 것 같은 얼굴로 활을 그리 잘 쏘다니. 도대체 파악이 안 되는 여자다. 이 시간 이후로 아마 나는 진지하게 그녀를 경계하게 될 것이다.

문을 나오자 적막하고 어두운 복도가 나왔다. 나는 이 넓은 복도를 걸으면서 생각했다. 새 영주가 올 때까지 관리를 담당할 기사를 뽑을 것인가, 아니면 그냥 떠날 것인가.

나는 바이슨 왕국으로 가야 한다.

문제를 일으키고 수습이 없다면 그건 굉장히 큰 피해를 가지고 나를 찾아올지도 모른다. 고민을 거듭하던 순간 어느새 감옥 앞에 도착했다.

에아르웬이 문을 열자 지하로 가는 계단이 있었다. 계단을 내려가자 시끄러운 소리가 들려온다. 베놈과 기사들이 서로 말을 주고받고 있었다.

그것도 아주 거칠게.

"야, 이 더러운 오크 자식아! 우리들이 네놈 같은 것들 말을 들을 것 같으냐! 차라리 목을 베어라!"

"뭐라고?! 이런 인간 놈이!"

베놈은 부글부글 끓어오르는 화를 겨우겨우 억누르고 있

는 것처럼 보였다. 내가 가까이 다가가자 베놈이 돌아봤다. 그리고는 성치도 않은 몸으로 씩씩거리며 다가와 말했다.

"로크님, 저 자식들, 그냥 죽여 버리면 안 됩니까? 에아르웬이 녀석들을 지켜보라고는 말했지만 솔직히 제 생……."

나는 손을 저었다.

"됐다."

나는 베놈을 지나 철창 쪽으로 가까이 걸어갔다.

모든 무기를 회수당한 그들은 자존심 하나만이 남아 있었다. 독기로 가득한 눈동자. 나는 의자를 하나 끌고 와 그들의 앞에 앉았다.

녀석들의 욕이 무더기로 쏟아졌다.

나는 깊은 눈동자로 그들을 보았다.

"그만 입 좀 다물어, 지옥으로 떨어뜨리기 전에."

나의 섬뜩하리만큼 낮고 강한 톤에 그들은 조금씩 목소리를 줄이며 경계의 눈빛으로 나를 노려보았다.

나는 천천히 입을 열었다.

"한 가지 묻고 싶은 게 있다."

노랑 머리의 한 기사가 소리쳤다.

"뭐가?! 뭘 알고 싶은 거냐?!"

"최근 영주님을 만난 적이 있느냐?"

"물론이지! 그런데 우리 영주님은 어떻게 되었지?!"

"굉장히 젊은 사내던데……."

내가 말꼬리를 흐리자 그 기사가 말했다.

"홍, 영주님이 죽고 그 아드님이신 제카르도 폰 디젤님이 그 자리를 물려받았다! 것보다, 대체 네놈들 정체가 뭐냐고?!"

에아르웬이 다가와 귓속말을 했다. 그녀의 말로는 내가 킬렌의 목을 벤 후 그 순간 그의 얼굴이 변했다고 한다. 한마디로 그는 아마 진짜 영주를 죽이고 그로 변장한 것이라는 말이었다.

브로크웨이. 도대체 어떤 놈들인 건가……

내 심장을 노리는 것 이외에도 계획하는 일이 분명히 있을 것이다. 내 심장을 노리지 않는다면 자신의 능력으로 무엇인가를 도모할 수도 있다.

복잡해졌다.

이렇게 된 상황에 그들이 내 말을 믿을 리 없었다. 아마 내가 진짜 영주를 죽였고, 변명을 하는 것으로밖에 믿지 않으리라.

나는 담담하게 말했다.

"영주는 죽었다."

그들은 충격에 휩싸였다.

"나는 이곳을 떠날 거다. 그럼 이곳을 관리할 사람이 하나 있어야 하는데, 누가 영주패를 받들겠는가?"

그들은 모두 이를 바드득 갈았다.

"대답하라. 영주패를 받을 사람을 어떻게 결정하는지는 그대들의 선택에 달려 있다."

노랑 머리 기사가 물었다.

"영주패가 어디 있는지나 알고 지껄이는 소리냐?"

"모르지."

"그런데 무슨 영주 자리는 영주 자리야?!"

베놈이 끼어들었다.

"살짝 들어가서 말버릇 좀 고쳐 주고 올까요?"

나는 한숨을 쉬며 손을 휘저었다.

45체계. 악마의 이름을 부여받은 가혹한 생명, 디레이져.

몸 안에서 꿈틀대던 마력이 결국은 힘을 일으켰다.

감옥 안에서 시커먼 손이 올라왔다. 체계의 변환으로 만들어낸 흑마법.

이클레이드는 신이 만든 자연의 흐름을 역행한 것인지, 아님 진정 마법공학의 천재인 건지 헷갈릴 때가 있다.

나는 그 두 가지의 혼란을 느끼면서 노랑 머리 기사를 겨냥했다. 악귀의 손처럼 검고 날카로운 손톱으로 온몸을 갈기갈기 찢기 시작한다. 악마의 외침. 웅어리져 있던 내 감정이 모습을 드러냈다. 아주 잔인하고 최대한 시각적으로 잔혹할 수 있는 방법 중 하나를 선택한 것이다.

비명을 지르는 그 기사를 보고 조금 떨어져 있는 곳에 서 있던 병사들은 모두 겁에 질렸다.

마법이란 아름다우면서도 잔혹하고, 가장 어둠에 밀접한 존재이면서 빛에 가까운 것.

나는 쓰게 웃었다.

형체를 알아볼 수 없을 정도로 심각하게 파손된 몸뚱이.

그들은 아무 말도 하지 못했다. 심지어 베놈과 에아르웬마저도.

나는 눈을 감고 손으로 관자놀이를 누르며 빙글빙글 돌렸다.

"모든 것에는 순서가 있다. 체계라는 게 존재한다는 뜻이다. 나는 그 순서를 최대한 역행하지 않으며 살려 하고 있다. 나는 너희들에게 결정할 수 있는 기회를 주었음에도 그대들은 내가 지켜 나가는 순서를 가로막았지. 나는 너희들이 내 질문에 'No'라고 대답한 것으로 알겠다. 평생 이 더러운 감옥에서 그 정신 상태와 육신을 썩혀가도록."

나는 의자에서 일어나 몸을 돌렸다.

"잠깐!"

한 기사가 무거운 중압감을 이겨내고 힘을 내어 말을 내뱉었다. 돌아보니 약간은 나이가 있는 기사가 초조한 얼굴로 일어서 있다. 새치가 많아 나이 들어 보이는 인상이었지만 아무튼 그의 얼굴에는 꽤 경험이 묻어 있는 것처럼 보였다.

그가 일어서서 뒤로 돌아 기사들에게 말했다.

"이미 우리들의 주인은 사라졌소이다. 결정을 내려야 하오. 영주패가 어디 있는지 추측되는 곳이 있소. 내가… 당분간 이 영지를 관리하고 싶소만, 그대들의 의견을 듣고 싶소."

그들은 아랫입술을 지그시 깨물며 고민했다. 한참을 고민하던 사내들이 마지못한 얼굴로 말을 꺼냈다.

"일단은 그렇게 합시다."

"좋소. 뭐, 세이든 경이라면야……."

"부탁하오, 세이든 경."

세이든이 무겁게 고개를 끄덕인 후 나를 돌아보았다.

그의 화려한 시선이 내게 쏟아진다. 확실히 인물이다. 그는 기사들에게 신임받는 만큼 무언가가 내재되어 있는 사람이었다. 어쩌면 크게 될지도 모르는 그런 오묘한 힘을 뿜어내고 있었다.

"내가 영주패를 받들겠소."

나는 싱긋 웃으며 말했다.

"알겠습니다. 생각해 보고 다시 내려오도록 하죠."

"어, 어딜 가, 이 새끼야!"

놈들이 소리지는 게 즐겁게 들려온다.

이기적이고 마음이 비루한 자식들을 보며 나는 실소를 머금었다.

일은 천천히, 그리고 계획대로 진행되어 갔다.

식사를 마치고 일어나 달력을 보았다.

사흘이 흘렀다.

나는 식탁 위에 놓여 있는 빵 한 조각을 들고 지하 감옥으로 향했다.

문을 열고 계단을 내려가던 도중 나는 문득 이상함을 느꼈다. 아무런 소리가 들리지 않았다. 뭐, 아마 대화를 하다가 화도 내고 신경질도 내면서 지칠 대로 지쳤겠지. 하지만 놀이는 지금부터다, 이 더러운 앞모습만 갖춘 이 기사라는 이름을 덮어쓴 양면의 악마들아.

"안녕들 하십니까?"

나의 선량한 인사에 녀석들이 모두 시뻘게진 얼굴로 철창에 붙어대며 소리를 질렀다. 얼마나 독기가 바짝 올랐는지 내가 마법사라는 사실도 잊은 듯했다. 눈은 붉게 충혈되어 있고 못 먹어서 그런지 볼이 움푹 패었다.

고작 4일 굶은 것 가지고 그렇게들 예민해져서야. 쯧.

나는 속으로 혀를 차면서 손으로 귀를 막았다. 소리치는 것도 지쳤는지 목소리가 좀 잦아졌을 때쯤 나는 빙긋 웃으며 말했다.

"세이든 경."

양반다리로 벽에 기대어 있던 세이든이 눈을 감은 채로 대답했다.

"예."

그의 목소리는 많이 잠겨 있었다. 나는 의자를 끌고 와 편히 앉았다. 그리고 그를 직시하며 물었다.

"영주 자리를 맡겠다고 했죠?"

"그렇습니다."

"그 생각은 아직도 변화가 없습니까?"

그는 대답이 없었다. 무슨 생각을 하는지 모르겠지만.

"굳이 사양한다면 강요하지 않으니 걱정 마세요."

나는 냉정하게 돌아섰다.

내가 슬쩍 미소를 입에 걸며 한 발자국을 떼었을 때다.

"이곳에 갇힌 병사의 수는 모두 몇이오?"

세이든 경이 물었다. 나는 그에게 살짝 고개를 돌렸다.

"그건 왜?"

"영지를 관리하고 지키려면 병사가 있어야 할 것이 아니겠소."

나는 의도적으로 헛기침을 한번 했다.

"모든 것은 비밀입니다. 당신은 나올 때 검은 천으로 눈을 가리며, 모든 과정은 신속하고 빠르게, 그리고 정확하게 해결할 겁니다. 우리가 이곳을 완진히 벗어났을 때, 아마 그대들의 병사들이 위치해 있는 곳을 알게 되겠죠. 뭐, 어쩌면 영원히 못 찾을 수도 있고."

내가 비열하게 웃자 세이든의 주위에 있던 병사들이 미친 듯이 소리를 질렀다. 이젠 너무 많은 놈들이 욕을 해대니 귀에 잘 들어오지도 않았다.

나는 손사래를 쳤다.

"뭐, 내가 다시 올 때까지 계속 생각 좀 해보십시오."

"시간을 끄는 이유가 무엇이오?!"

나는 그에게 등을 보인 채로 말했다.

"유리한 상황을 만드는 것은 다수를 상대로 한 관계에서 가장 필요한 조건이다. 젠 타일러스. 더 설명이 필요합니까, 세이든 경?"

등이 뜨거웠다. 녀석이 아마 이글거리는 눈으로 나를 노려보고 있겠지. 나는 감옥 안으로 빵 하나를 휙 던져 준 뒤 귀를 파며 계단을 올라왔다.

시간이 얼마나 지옥 같은 것인지 새삼 깨닫게 될 것이다, 이 우둔한 돼지들아.

성으로 들어오는 것을 철저하게 막아놓으니 이상함을 느낀 모양이다. 완전히 닫혀 있는 성문 앞으로 귀족들이 꽤 모여서 이야기를 나누고 있었다.

커튼 밖으로 보이는 그들의 모습을 보면서 나는 이제 그만 시간이 된 것을 인지했다.

그들이 감옥에 갇힌 지 일주일이 흘렀다.

물을 먹지 못해 갈증은 말도 못하며 허기는 이미 초월한 상태일 것이다. 목이 타 들어가는, 아마 사막의 한가운데에 난파된 기분일 것이다.

고문이란 따로 없다.

아사라는 것이 얼마나 고통스럽고 절망스러운 것인지는 겪어봐야만 안다. 나는 그것을 철저하게 알고 있었고, 그들에게, 아니, 귀족들에게도 그런 배고픔의 고통을 느끼게 해주고 싶었다. 하지만 가장 큰 이유는 다른 것에 있었다. 만약 세이든을 일찍 끌어들였다면 일은 어떻게 번졌을지 모른다.

지금 그들은 지쳐 있는 상태.

감옥에서 풀려난다고 해도, 그리고 음식을 섭취한다고 해도 에너지를 되찾는 데는 상당 시간 요양이 필요하다. 오늘로서 정확히 일주일. 오늘 세이든에게 영주패를 넘기고 나는 여유있게 떠나면 된다.

추격대?

그들이 그런 골골한 몸으로 무엇을 할 수 있을까. 왕에게 지금의 사실을 고해바쳐도 상관없다. 내가 누구인가. 이클레이드를 등에 업고 있다. 그가 지금 대륙에서 어떠한 영향력을 가지는지는 갓난아이들도 알고 있다.

나는 문득 지금처럼 이렇게 내 앞에 눈도 제대로 못 뜨고 누워 있는 것들을 보니 참으로 한심하다는 생각이 들었다. 군사라는 멋진 명칭을 단 녀석들이 일주일을 굶었다고 이렇게 반시체가 되어버리다니. 나라면 살기 위해, 그리고 생존하기 위해 무슨 수를 써서라도 나올 수 있는 방법을 모색했을 것이다.

그들은 내게 그저 패잔병으로밖에 보이지 않았다.

나는 혀를 차다가 이죽거리듯 그에게 말했다.

"세이든 경, 가석방입니다. 그만 나오시죠."

가석방이라는 말에 세이든 경은 피식 웃었다. 그에게 특별한 악감정은 없었다. 위에서 조사해 본 바로는 그는 영지에서, 그리고 영주에게 굉장히 신임을 받고 있는 기사였다. 그렇기에 그는 다른 머리 빈 녀석들과는 다른 판단을 했을 것이다.

세이든은 다리에 힘이 풀려 비틀거렸다. 베놈이 그를 거칠게 부축했다. 나는 베놈에게 그를 위층 영주 알현실에 데려다 놓으라고 말했다. 그는 먼저 사라졌고, 나는 바닥에 엎어져서 눈에 빛을 잃은 사람들을 천천히 훑어보았다. 그들은 이제 희미해진 눈동자로 나를 올려다본다. 그래도 꼴에 기사라고 구걸하는 모습은 안 보이는군. 볼은 움푹 패어 좀비 같은 것들이 말이다. 빵은 썩어 있었다. 차마 귀족의 몸으로 바닥에 떨어진 음식을 먹을 순 없었겠지.

나는 그들이 죽지 않기를 바랐다. 그건 아주 중차대한 문제를 일으키기 때문이다. 나는 학살자가 아니다. 에아르웬이 지금쯤 물을 가지고 내려오고 있을 것이다.

대체 활도 귀신보다 잘 쏘는 여자가 그때 왜 겁간을 당할 뻔했던 건지 도무지 이해할 수 없었다. 물론 여자인 데다가 여러 가지 이유가 있었을지도 모르겠지만 그다지 설득력이 느껴지지 않는다.

나는 그 생각에 괜히 기분이 찜찜해졌다. 고개를 흔들며 감옥 안 기사들을 보았다. 모두들 피폐해져 거의 사람 몰골이 아니었다.

당장이라도 정신을 잃을 것처럼 보인다.

나는 허리에 달려 있던 물통 하나를 감옥 안으로 던져 주었다. 그들은 서로 눈치를 보더니 누구랄 것 없이 미친개들처럼 그 물병을 향해 달려들었다.

나는 쓴웃음을 지었다.

갈증이란 가장 최상의 위치에 존재하는 고통이다.

문득 내 자신이 너무한 것이 아닌가 하는 생각이 들었다. 하지만 세상은 약육강식의 세계다. 조금만 허점을 보여도 쓰레기로 전락되는 세상.

나는 그들을 내려다보다가 몸을 돌렸다.

세이든과 이야기가 끝나면 난 이곳을 벗어난다.

Chapter 7

나는 정의로운 영웅이 아니다

1

고풍스러운 알현실 내부에서 세이든과 마주 앉아 있다. 상당히 마른 그의 얼굴을 보니 조금 안쓰러운 기분도 들어서 그에게 먼저 물 한 잔과 커피를 주었다.

그는 신에게 기도한 후 물을 마셨고, 커피에는 손을 대지 않았다.

"부끄럽습니다."

갑작스런 그의 말에 나는 고개를 들었다.

"영주의 자리를 대신하겠다고 그리 당당하게 나서다니, 결국은 이기적인 독단인 듯합니다. 동료들이 저리 고통스러워하는데 나는 이렇듯 편안히 영지에 대한 정신적인 고민만을 하려 했다니……."

그의 눈동자에 눈물이 맺혔다.

나는 손에 각지를 끼고 양 팔꿈치를 무릎에 올리면서 턱을 괴었다. 그리고 그를 보았다. 경험은 인간을 성장시킨다. 하지만 때때로 나약하게 만들기도 하지.

나는 작게 중얼거렸다.

"적어도 당신 같은 사람이 영주였다면 어릴 적 그런 기억을 가지지 않았을지도 모를 텐데……."

그가 나를 본다.

얼핏 들은 듯했다. 나는 빙긋 웃었다. 그가 내 얼굴의 슬픔을 읽은 것 같아 조금은 불쾌한 기분이 들었다. 나는 이를 한번 꽉 깨문 후 입을 열었다.

냉막한 목소리가 감정을 숨겼다.

"영주패가 어디에 있는지 확실히 알긴 하시는 겁니까?"

그는 천천히 일어섰다.

다리가 많이 저리는지 희미하게 잔떨림이 보였다.

"영주님과 저는 꽤 특별한 사이였죠."

"특별한 사이?"

그는 손으로 축축해진 눈을 비볐다. 그리고 말없이 일어나 문 쪽으로 걸어갔다.

"가시죠."

나는 조용히 그를 뒤따랐다.

복도를 울리는 두 명의 발자국 소리는 꽤 음산했다. 그는 내게 앙심이 클 것이다. 자신의 주인을 죽인 사람이 뒤에 있는데 그 심정이 어떠할까. 그렇다고 그에게 '당신의 진짜 주인은 본래 죽은 지 오래요'라고 해봤자 화만 돋울 뿐이니 답답한 노릇이었다.

적막한 복도를 꽤 오랫동안 걸었다. 그러자 금색의 피닉스 문양이 박혀 있는 큰 문이 나타났다. 세이든은 그 문을 천천히 밀었다. 그를 따라 안으로 들어가자 이곳이 영주의 내실이라는 것을 알 수 있었다.

큰 침대가 하나 있었고, 벽에는 한 여인의 초상화가 여기저기 걸려 있었다. 나는 물었다.

"저 여자는 누구입니까?"

그는 슬픈 얼굴로 대답했다.

"영주의 부인이시죠."

"돌아가셨나 봅니다."

그는 대답하지 않았다. 그저 어딘가로 계속해서 걸어갔다. 그는 작은 옷장 앞에 우뚝 멈추어 섰다. 문을 열자마자 세이든 경의 눈에서 눈물이 주르륵 흘러내렸다.

옷장 안에는 영주와 그의 부인이 함께 그려진 그림이 있었다. 그리고 영주패가 있었다.

나는 말했다.

"찾았으니 되었습니다. 저는 오늘 밤 이곳을 벗어납니다.

앞으로 이 영지를 지켜주시길 바랍니다."

그의 시선이 내 얼굴에 머물렀다.

"내가 왜 당신들의 영지를 신경 쓰느냐고 묻고 싶었죠?"

내 말에 세이든이 고개를 끄덕였다.

"이러니저러니 해도 내 고향이거든요."

그는 영주패를 꼭 쥐며 말했다.

"그런 소리 하셔도 소용없습니다. 저는 반드시 영주님의 원수를 갚을 것입니다. 그것이 어떠한 방식이 될진 모르겠으나… 반드시 큰 상처를 남기게끔 만들 것입니다. 그것이 제가 주인을 모셨던 몸으로서의 예의라고 생각합니다."

나는 가볍게 웃음 지었다.

"찾아와 주십시오. 기다리겠습니다."

그의 분노가 타 들어가는 눈동자가 이상하게 즐겁다. 아마 나를 기억하겠지. 나는 흔적을 남겨가고 있다.

그 길이 가시밭길이든 지옥이든 상관없다. 눈이 멀어버린 나는 그저 빛이 있는 곳으로 걸어갈 뿐이다.

나는 그와의 마지막 인사를 끝으로 방에서 나왔다. 세상이라는 건 흐름이다. 그 흐름을 어떻게 타느냐, 그리고 어떻게 느끼느냐가 인생의 길을 결정할 것이다.

침대에 누워 에아르웬과 베놈을 기다렸다. 하얀 레이스가 달린 커튼이 바람에 살랑거렸다. 커튼 밖으로 파란 하늘이 보인다. 하얀 뭉게구름과 지나치게 밝아 보이는 태양이 있다. 그 태양을 비집고 들어온 한 존재가 있었다. 창문에 부리를 콕콕 박는 녀석의 정체는 비둘기였다.

다리에는 종이 하나가 묶여져 있었다. 일견해 보아도 편지인 것 같았다.

내게 온 것인가?

비둘기는 신기하게도 가만히 서서 고개를 갸웃거리기만 했다.

말로만 듣던 전서구이다.

나는 혹여 녀석의 다리가 부러질까 그 작고 메마른 다리에 묶여 있는 편지를 조심스럽게 풀었다.

편지를 펼치자 유려한 글씨가 드러났다. 흰 바탕에 장미꽃 한 송이가 그려져 있는 편지. 그것은 나에게 보낸 이클레이드의 편지였다.

나는 잔뜩 긴장해 침을 꼴깍 삼켰다. 그리고 천천히 글을 읽어 내려갔다.

To 로크.

다한 광산 마을로 찾아가라. 그리고 델리키어스의 아들을 만나라. 그리고 그를 너의 수하로 만들어라.

명령은 아니다.

그와의 인연으로 네 삶이 훨씬 단단해질 수 있다는 말

만은 해줄 수 있겠구나. 결정은 네게 달려 있다.

From 이클레이드.

ps. 그곳으로 향하는 지도를 밑에 첨부해 놓으마.

편지를 마저 읽었을 때쯤 문이 벌컥 열렸다. 베놈이었다. 그는 퉁명스런 얼굴로 가까이 왔다.

"노크 좀 해라, 이 자식아!"

"죄송합니다."

베놈은 성의없이 사과한 후 말을 이었다.

"내려가시죠."

"에아르웬은?"

"밑에 있습니다."

나는 고개를 끄덕이며 일어섰다.

"일은 잘 해결되셨습니까?"

"그럭저럭."

"문제가 불거지면 바이슨 왕국에 가셨을 때……."

"상관없어."

"예? 어째서……?"

"어차피 주워담을 수 없는 과거인데, 그것에 연연해할 필요가 있을까?"

베놈이 웃었다.

"그렇군요. 그럼 그만 내려가죠."

베놈에게서 받은 로브를 걸쳤다. 그리고 마지막으로 이 방을 둘러보면서 문득 느꼈다. 브로크웨이가 아닌 진짜 영주를 한번 만나보고 싶다고.

이미 세상을 떠난 그에게 애도를 표했다. 나는 하늘을 잠깐 올려다보다가 천천히 에아르웬에게로 향했다.

2

성문 앞에서 앉아 꾸벅꾸벅 졸고 있는 에아르웬이 보였다. '도대체 뭣 때문에 저렇게 잠이 많은 거야?' 라고 투덜거리면서 나는 그녀를 툭툭 쳐 깨웠다.

끔뻑거리던 눈을 뜬 그녀가 나를 보곤 눈을 비비며 일어났다.

"일은 다 보셨어요?"

나는 고개를 끄덕였다. 그리고 웅장하게 지리 잡혀 있는 성문을 보았다.

"어떻게 여는 거야, 이거?"

그녀는 성문 옆쪽의 굵고 긴 줄을 가리켰다.

"저 줄을 당기면 돼요. 보통 세 명 정도가 당기는데, 베놈 씨라면 혼자서도 무리가 없을 거예요."

내가 베놈에게 시선을 주자 녀석은 묵묵히 걸어가 줄을 잡았다. 팔에 힘줄이 두두둑 돋고 쇠뿔을 뽑듯 단숨에 당겼다. 두텁고 큰 성문이 구구궁, 하는 소리와 함께 열렸다. 베놈이 식은땀 하나 흘리지 않으며 다가왔다.

"이제 어디로 갑니까?"

"마차를 구해서 당장 여기서 벗어나야지."

나는 두말없이 빠르게 걸음을 옮겼다.

Chapter 8

위대한 도둑

　사내가 마차 자랑을 시작했다.

　"네 마리의 말이 끄는 마차로써 이름은 코치라고 합니다. 에… 이것은 마차 지붕을 벨벳이나 가죽으로 덮었기 때문에 무게가 가볍고 굉장히 편안합니다. 게다가 이 미적 가치를 보십시오."

　확실히 아름답다. 어두운 황금빛의 드래곤 문양과 흡사 드래곤의 비늘처럼 색이 강하다. 단단한 표면이나 쇠사슬을 감은 이 바퀴 역시도 마차의 발전 중 가장 앞당겨진 물건이 아닌가 싶었다.

　나는 바로 마차에 올라탔다. 가죽으로 된 의자는 푹신푹신하고 탄력이 있어 아주 편했다. 나는 미리 앉아 있는 베놈에게 말했다.

"너."

"예."

"뭐 하냐?"

"네?"

그는 멍청한 표정이 되었다.

"가서 마차 몰아, 임마! 내가 몰아야겠어?"

"크르릉!"

그는 고개를 돌리고 뭐라 중얼거렸다. 한 대 쥐어박으려다가 손을 거두었다. 녀석의 피부는 대체 무슨 조화인지 엄청나게 단단하다. 가끔 내 빵을 훔쳐 먹기도 했는데, 그것 때문인가? 아무튼 나는 손에 느껴질 통증을 생각하며 고개를 저었다.

나는 마차 값을 치른 뒤 서둘러 마차를 출발시켰다.

달그락달그락!

꽤 오랫동안 달린 후에야 마을을 벗어날 수 있었다.

나는 창문 밖으로 고개를 빼꼼히 내밀었다. 환하게 떠오른 태양 위로 그 빛을 흡수하는 식물들이 바람을 타고 춤을 췄다. 나실나실 오르는 아지랑이 하며, 요정처럼 날아다니는 나비가 보였다.

그 분위기를 즐기는 것인지 에아르웬이 노래를 흥얼거렸다.

나는 천천히 고개를 돌렸다.

고운 음성으로 흘러나오는 노래는 가슴을 뒤흔들었다. 엘프 어라 내용은 알 수 없지만 굉장히 슬프며 가슴을 쿡쿡 찌르는 음률이었다.

내 시선을 느꼈는지 에아르웬은 노래를 멈추었다.

"노래가 좋네요."

그녀는 약간 붉어진 얼굴로 노래를 계속했다. 엘프가 목소리만으로도 이렇게 신비한 존재력을 가질 수 있다는 사실에 나는 충격에 빠졌다.

가슴이 터질 것만 같은 그 음악에 나는 그녀의 말을 자를 수밖에 없었다.

"어떤 내용인가요? 너무 슬퍼서……."

"자신의 사랑을 모르는 한 남자를 향한 슬픈 프로포즈라는 내용의 노래죠."

"아, 그렇군요."

"……."

대화를 잇지 않고 내가 멍하니 고개를 끄덕이자 철창으로 흐릿하게 보이는 베놈이 뒤돌아보며 말한다.

"차암 이상하십니다."

"뭐가?"

"뭐, 언젠간 알게 되겠지요. 뒤늦게 배운 도둑질이 더 무섭다고. 크크큭."

"한 번만 더 쓸데없는 소리 해봐. 사는 걸 후회하게 해줄 테니."

조용해진 베놈을 노려보다가 나는 뒤로 기대었다. 그리고 뺨을 긁적였다. 나도 완전히 바보는 아니다. 사랑이라는 감정, 글쎄, 어렸을 때는 배고픔에 다른 것은 생각할 겨를이 없었다. 생존 그 자체만이 눈앞을 가렸으니까.

사회라는 것을 배우면서 나는 많은 것을 알았다. 그중 하나가 여자다. 사랑이라는 감정. 나는 아직 모르겠다. 그딴 걸 무엇에다 쓰는가.

맺고 끊는 게 확실해야 한다. 그리고 현재 나는 목표를 향한 질주만을 꿈꾸고 있다. 그 과정에 있어 여자라는 것은 어떤 의미인가.

나는 머리를 뒤흔들었다.

아무리 생각해도 답이 안 나왔다.

흥얼거리는 에아르웬의 콧노래를 홀린 듯 듣고 있던 나는 문득 불쾌한 느낌을 받았다.

등이 찌릿찌릿한 게 기분이 영 이상하다.

나보다 동물적 감각이 훨씬 뛰어난 베놈도 못 느꼈을 리 없다. 천천히 고삐를 늦춰 속도를 줄였다. 베놈이 날카로운 눈으로 주위를 살펴봤다.

지금은 꽤 넓은 길로 양옆은 나무가 빼곡하다. 새소리와 바람 부는 소리가 귓가를 스친다. 나는 마차에서 내려왔다. 광활한 하늘 아래 이토록 멋진 길이 있다는 것을 새삼 행복하게 느끼면서 나는 크게 소리를 질렀다.

"당장 모습을 드러내십시오!"

까악— 까악—

재수없는 까마귀가 머리 위로 지나갔다. 바람이 불어 크게 흔들리는 나무. 더 이상 아무런 기척도 느껴지지 않았다. 나는 머리를 긁적였다.

"뭐지?"

고개를 갸웃거리던 내게 베놈이 소리쳤다.

"조심하십시오, 로크님!"

휘이잉!

날카로운 무언가가 목을 스치고 지나갔다. 혈선이 생겼다. 주르륵 흐르는 피를 손가락으로 닦아냈다. 고개를 들자 끝이 날카로운 나무 막대들이 무서운 속도로 날아왔다.

"쉴드(Shield)!"

투명한 막이 생겨났고, 나무 막대들은 시끄러운 소리를 내며 튕겨 나갔다. 나는 주위를 두리번거렸다.

적어도 암살자는 아니었다. 암살자가 살기를 이렇듯 강하게 풍겼을 리 없다. 그들은 모두 감정을 지우는 것으로 알고 있다. 이런 방법은 전면적인 도전인 셈.

"누구냐? 빨리 모습을 드러내라! 네놈에게 낭비할 시간은 없다!"

"거참, 당돌한 녀석이로군."

뒤에서 난 소리에 재빨리 몸을 돌렸다. 마차 지붕 위로 웬 노인이 발랑 누워서는 귀를 파고 있었다. 온몸에 검은 천을 감은 영감이었다.

얼굴은 동글동글했고, 수염은 꽤 길게 났다. 주름이 많았고, 긴 흰머리는 동그랗게 묶었다. 그는 장난스런 얼굴로 웃고 있었다.

나는 나도 모르게 존대를 했다. 그의 나이가 너무 지긋해서 이클레이드와 같은 느낌이 들었기 때문이다.

"누구십니까?"

그는 목뒤를 긁으면서 말했다.

"알고 싶어?"

"이런 상황이 안 궁금하면 그게 어디 사람이겠습니까."

"흐음……."

그는 골이 깊이 패인 얼굴을 굳히며 다리를 꼬고 앉더니 말했다.

"이보게, 젊은이."

"예."

그는 슬금슬금 마차에서 내려오면서 말을 이었다.

"인간으로서 지켜야 할 의무란 게 있는 거라네. 그런데 자네는 잘 모르는 것 같아."

나는 팔짱을 끼면서 물었다.

"어떤 의무 말이십니까?"

"인간으로서 지켜야 할 예의 같은 것?"

"충분히 가지고 있습니다만……."

그는 콧김을 크게 내쉬었다.

"거참, 입이 더러운 녀석이군."

분위기가 급변했다. 새소리도 곤충들의 소리도 멈췄다. 마치 만들어진 곳처럼 이곳으로 침묵이 무섭도록 빠르고 완벽하게 찾아왔다. 현실감에 멀어지는 것 같아 기묘한 기분이었다.

노인은 귀여운 얼굴에서 지독한 독기를 품은 얼굴로 변했다. 몸이 서서히, 그리고 가늘게 떨려온다.

강하다라는 게 온몸에서 느껴졌다. 사방에서 죄여온다. 심장 박동 수가 무섭게 증가했다. 싸움을 시작하는 순간 살아남을 수 있을지 가능성이 희박하다고 머릿속에서 계산되어졌다.

모든 것이 머릿속 계산대로 이루어지는 것은 아니지만 경험상 얼추 맞아떨어진다. 그런데 그 계산에 적색 경보가 울렸다.

"내가 거둔 제자가 하나 있는데, 아, 글쎄, 이 녀석이 어딜 다녀오더니 다리 한쪽이 없는 게 아닌가? 그래서 내가 놀라 물었지. '제자야, 어쩌다 다리를 잃어버렸느냐?' 하고. 그랬더니 제자가 웃으며 하는 말이, '훔치기에 실패해 그만 다리를 내어주고 말았습니다' 라고 말하는 게 아니겠는가?"

나는 고개를 끄덕였다.

"그때 그 중년 도둑을 말하는 것이군."

"이보게, 젊은이. 어찌 그리 잔혹한가? 어찌 그리 젊은 나이에 지독한 마음을 품은 것이야?"

나는 냉정하게 말했다.

"뭐, 당신이 알 바 아닙니다."

"세상의 이치상 받은 것은 반드시 돌려준다라는 철칙이 있네. 나는 그 수칙을 내 인생의 중심으로 삼고 있지. 복수라는 명목으로 제자의 다리를 찾아와야겠네."

"복수라……. 마땅한 대가를 받은 것임을 어째서 그렇게 칭하시는지 모르겠군요."

"시끄럽다, 이 이기적이고 독단적인 놈!"

나는 희미하게 웃었다.

"아마 생각하시겠죠. 저 때문에 제자가 앞으로 느낄 고통에 대해서."

그저 말없이 나를 노려보는 노인에게 나는 계속해서 말했다.

"하지만 당신들에게 물건을 빼앗긴 사람들은 그 억울한 심정을 어디다 토로한단 말입니까?"

"나는 힘없는 자의 재산은 훔치지 않는다. 그건 지금껏 내가 이 일을 하며 느낀 가장 큰 자부심 중 하나다."

나는 손으로 얼굴을 가리며 웃었다. 키득대는 나를 보며 그의 분노는 한층 더 높아지는 듯했다. 간신히 웃음을 멈춘 나는 숨을 고르고는 말했다.

"글쎄요. 당신 생각은 그럴지 모르겠습니다만 세상은 그렇게 느끼지를 않죠. 당신이 세상을 위해 해준 것이 무엇이 있습니까. 자기가 베푼 것은 단 하나도 없는 주제에 그저 욕심이 많은 귀족들의 재산을 훔쳤을 뿐이다? 그리 간단한 방법으로 자신의 배를 채우는 자신은 당신이 경멸하는 대상의 중심에서 벗어난다고 생각하십니까?"

그는 대답하지 않고 그저 몸을 부들부들 떨었다. 당장이라도 달려와 공격을 퍼부을 태세다. 나는 여유로운 얼굴로 말을 이었다.

"나이를 드셨으면 깨닫는 게 있어야 하지 않겠습니까. 정신 차리세요. 당신은 정의가 될 수 없습니다."

"입 닥쳐!"

나는 검을 꺼내 헤이스트 마법을 시전했다. 몸에 충만한 마나가 감돌았다. 마력을 끌어올렸다. 스트렝스 마법으로 검이 한층 날카로워지고 무게감을 가진다.

나는 번쩍이는 검면을 바라보면서 천천히 입을 열었다.

"한 수 배워보도록 하죠."

"응? 마법사가 아니더냐?"

"검도 쓸 줄 압니다."

노인은 눈을 가늘게 떴다.

"위험할 텐데… 괜찮겠나, 젊은이?"

"걱정하지 마시고 들어와 보세요."

적어도 그에게서 브로크웨이를 상대할 때만큼의 생명의 위협은 느끼지 못하겠다. 그리고 무엇보다 실전 경험이란 이런 것이 진정한 것이겠지.

제넨 같은 멍청한 귀족 나리와는 차원이 다른 대련 감각이 느껴졌다. 내 검술 실력을 시험해 보고 싶어졌다. 모험물 소설에서 보았던 것처럼 허무한 죽음을 만들 수는 없기에 성장시켜야 한다. 감각을, 그리고 실력을.

매직 미사일이 발동했다. 그는 잔상이 남을 정도로 빠르게 움직였다. 바닥에 허무하게 틀어박힌 마법을 볼 새도 없이 나는 노인의 공격을 막아내야 했다. 흡사 뱀의 몸놀림처럼 현란하고 형형한 칼날이 떨어져 내렸다.

캉캉! 카앙!

불꽃을 튀기며 검을 맞대고 있는 나는 슬슬 팔이 저려오기 시작했다. 나는 전문 검사가 아니다. 노인이 얼마나 힘이 센지 막아내는 것이 쉽지 않았고, 검을 흘려낼 만큼 만만치도 않았다.

지금까지의 공방만으로 보면 나는 서서히 뒤로 밀려나고 있었다. 등이 땀으로 축축해지고 얼굴은 일그러진다.

얼굴을 향해 검이 횡으로 휘둘러 왔다. 공기를 가파르게 찢는다. 고개를 숙이며 빈틈을 찾아 그곳으로 검을 찔러 넣었다.

노인이 땅을 차며 뒤로 물러났다. 뺨을 타고 흐르는 땀을 닦아냈다. 선선하던 바람이 이젠 후끈하다. 나는 저릿저릿한 손목을 매만졌다.

노인이 웃으며 말했다.

"그러게 애초에 검을 맞댄다는 것부터가 웃기는 일이지. 하하하!"

"도둑질이나 하는 노인이 어떻게 그리 검술이 좋은 것이오?"

"무슨 소리를 하는 거냐? 네놈이 약한 거다. 검을 직업으로 삼는 녀석들 중 강한 놈이 얼마나 많은지 아느냐. 마치 벌레 떼처럼 가득하지. 나 같은 건 단숨에 두 동강이 날 정도로 말이야."

나는 침을 꿀꺽 삼켰다.

이 정도 검술만 해도 극찬을 하고 싶을 정도다. 그런데 자신이 하수에 불과하다고? 대체 대륙에는 괴물들이 얼마나 많이 존재하는 것인가.

매직 미사일을 가볍게 피하는 몸놀림 하며, 검을 컨트롤하는 힘도 상당하다. 그런 그가 자신을 낮추고 있다. 그리고 그의 눈은 거짓이 없었다. 완전한 패배감을 느껴본 자만이 나타낼 수 있는 분위기를 풍겼다.

뭐, 도둑과 검사의 실력 차는 월등할 수밖에 없겠지. 하지만 그 실력이 이 정도라면 정신을 바짝 차려야 했다.

역시나 세상은 위험한 곳이다.

"갑니다."

나는 낮게 중얼거리며 화살이 쏘아지듯 빠르게 달려나갔다. 아래로 처져 있던 검이 속도를 높이며 위로 치켜 올라간다. 몸 쪽으로 날린 검에 변화를 주었다. 급격히 방향을 틀며 팔을 안쪽으로 살짝 당긴 후 목을 향해 검을 휘둘렀다. 그는 내 검을 가볍게 막아내고 몸을 회전하더니 내 앞가슴을 차버렸다. 적지 않은 충격을 받은 나는 뒤로 밀려나며 마력을 끌어올렸다. 대기 중에 흩어져 있던 마나가 급속도로 내 몸 주위로 모여들기 시작한다.

소용돌이처럼 휘감기는 마나, 그리고 스멀스멀 올라오는 살기는 조금씩 그 꽃을 피워가기 시작했다.

"이것 참, 마법사에게도 검술로 힘에 부치다니 나도 늙었구먼."

나는 음험하게 웃었다.

"보통 마법사가 아니라서 말입니다."

"마검사라도 된다는 소린가?"

"비슷하긴 합니다만 조금 다릅니다."

"뭐가 뭔지⋯⋯. 머리 아프군."

"겪어보시면 알 것입니다. 한번 막아보시죠."

나는 그에게 천천히 다가갔다.

그는 내게 검을 겨눈 채로 미동도 없이 서 있었다.

나는 이를 악물며 공격해 들어갔다.

검이 서로 부딪치자 '차아앙' 하는 쇳소리를 일으켰다. 손이 찢어질 듯한 통증이 느껴졌지만 참았다. 물러서지 않고 안쪽으로 더 파고들었다. 그의 눈이 커지는 게 보인다. 공격 스타일이 갑자기 바뀌었으니 살짝 놀랄 만도 했을 것이다. 하지만 아직 놀라기는 이르다. 아래에서 위로 수직으로 검이 올라갔다. 턱을 반으로 가를 듯 무섭게 치켜 올라가는 검날.

순간 그의 두 눈동자가 흰색으로 변하는 것을 보았다. 극한의 반사 신경이 발동되는 것인지 그는 거짓말처럼 빠르게 올라가는 검의 옆면을 손바닥으로 쳐냈다. 마치 돌덩이에 튕겨나온 듯한 감각이 손끝에서 느껴졌다. 그리고 폭발적인 속도로 다가와 검을 휘둘렀다. 마치 빛이 번쩍 터지는 것처럼 엄청난 속도의 베기였다. 쉴드를 펼쳤음에도 얼마나 강한 기운이 서린 것인지 마법 쉴드가 깨질 것처럼 균열이 일어났다.

쩌저적!

그의 눈은 하얗게 변색되어 있었다. 엄청난 힘의 성장.

대체 무슨 짓을 한 것인가.

영문을 모르겠다는 표정으로 그의 공격을 막던 나는 헛바람을 집어삼켰다. 섬광 같은 검이 단숨에 쉴드를 깨부수며 미간을 꿰뚫을 듯 찔러 들어왔기 때문이다.

"패럴라이즈!"

마력을 끌어올려 놓은 상태였다. 혹시 모를 사태에 대비해 바로 캐스팅할 수 있도록 준비를 마친 상태였기에 패럴라이즈는 무리없이 발현되었다.

완전히는 아니지만 그의 몸 일부분이 석화되어 버렸다. 몸이 납덩이처럼 무거워졌을 터. 그가 힘을 잃어가고 움직임이 급격히 둔해졌다.

난 옆으로 돌아 찔러오는 검을 피한 뒤, 그의 몸을 발로 밀어 찼다. 바닥으로 넘어져 뒤로 죽 밀려난 노인은 기침을 하며 몸을 천천히 일으켰다.

먼지가 뿌옇게 일었다.

"켈록켈록! 노인을 이리 무식하게 패서야 쓰나."

그가 일어섰을 때 눈은 정상으로 돌아와 있었다.

대체 무엇이었는가. 그 귀신보다 섬뜩하고 엄청난 힘을 내었던 그 순간은 분명 짧은 시간이었지만 잊을 수가 없다.

"자네가 전력을 다하지 않은 것을 난 알고 있네. 하지만 방금 전의 공격은 내 모든 것을 쏟아 부은 것이었지. 나의 패배를 인정하지. 힘이 쭉 빠져 버렸어. 이제 그럼 나를 어떻게 할텐가? 다리를 가져가겠느냐, 팔을 가져가겠느냐? 아니면 목숨을 주랴?"

나는 검을 집어넣었다.

"됐습니다, 방금의 대련으로 경험을 가져왔으니."

"노인이라고 인정을 베풀기는, 쯧."

그는 혀를 차면서 뒷짐을 지며 걸어왔다. 나는 긴장을 풀지 않은 채로 그를 관찰했다.

번개 같은 속도로 물건을 훔치는 노인이다. 그렇게 생각해 보면 언제, 얼마나 빠른 속도로 다시 공격해 올지 몰랐기에 한시도 그의 움직임을 놓쳐서는 안 되었다.

노인이 말했다.

"정말 나를 이대로 보내줄 셈인가?"

나는 무표정한 얼굴로 그를 보며 말했다.

"노인 공경이라는 거지요."

"뭐, 뭣?"

"뼈도 흐물흐물하실 텐데 그만 돌아가 몸조리하십시오."

그는 깊게 한숨을 쉬다가 고개를 끄덕였다.

"내 이 원한은 마음속에 묻어두고 그만 물러가겠네. 자네 말대로 이제 더 이상 움직일 힘이 없어. 뼈가 삭은 게지."

그는 여기저기를 주무르며 죽는소리를 했다. 표정을 보면 나까지 만성피로가 올 것 같아 나는 시선을 돌렸다.

"다시 만났을 때는 이런 조잡한 검술이 아닐 겁니다. 체계의 마법을 보여 드리겠습니다."

"호오, 체계의 마법이라……. 처음 들어보는 것인데, 그게 무엇인가?"

"곧 알게 될 겁니다. 전 대륙을 진동시킬 만한 이름이 될 테니까."

그는 쓰게 미소 지었다.

"그렇구먼. 자, 그럼 난 이만 제자 수발이나 들러 가야겠어. 다리를 못 쓰는지라 말이지."

그는 나를 무섭게 노려보고는 말했다.

"그렇다고 너무 안심하지는 말게나. 언제 어느 순간에 자네의 목숨을 훔칠지 모르니. 이래 봬도 위대한 도둑이라는 명칭을 받았거든. 하니 자알 닦고 준비해 놓거라! 쥐도 새도 모르게 가져갈 테니. 크하하하핫!"

순간 그의 몸이 살짝 흔들린다고 느껴졌을 때, 이미 그 자리에는 먼지만이 맴돌고 있었다. 체계의 마법 중 하나인 '아이즈'를 쓰지 않았다면 나는 내 시력과 감각만으로 그의 몸놀림을 따라가지 못했을 것이다.

검술이란 여러모로 위험한 시도다. 하지만 완성되지 않은 실력을 붙들고 있을 수는 없었다. 나는 아주 욕심이 많은 놈이니까. 내 목숨에 대한 욕심이 깊으니까.

나는 주먹을 불끈 한번 쥐고는 마차로 돌아갔다. 구경하던 베놈도 에아르웬도 마차에 탑승했다.

베놈이 물었다.

"왜 살려두신 것입니까?"

나는 웃었다.

그것은 아주 미약하게 떨리는 웃음이었다.

"너는 못 느꼈냐?"

"무슨 말씀이신지……."

"저 노인네, 말은 저렇게 해도 실력을 숨겼어. 더 솔직히 말하면 마법으로 모든 힘을 쏟아 부어도 그를 이길 수 있을지 의문이 들었다. 괜히 그를 자극하지 않은 것은 내 본능이 만들어낸 방패였을지도 모르지."

베놈은 실소를 흘렸다.

"무슨 소리십니까? 그냥 느낌만 그런 것일 겁니다. 복수를 하러 온 사람이 무엇 때문에 실력을 감춘다는 말입니까?"

나는 가볍게 웃었다.

"네 말대로 그럴지도 모르지. 하지만 내가 느낀 그의 무게감은 적지 않았다. 만약 힘을 숨긴 거라면 무엇 때문일까?"

곰곰이 생각에 잠긴 나를 베놈은 이해할 수 없다는 얼굴로 쳐다보았다. 베놈은 할 말이 더 있는 듯했지만 이내 답답한 얼굴로 마차를 몰기 시작했다.

어느새 붉은 석양이 하늘에 깔리고 있었다. 용암처럼 붉고 깊은 색감을 가진 하늘을 보던 나는 문득 몸이 가벼워졌다고 느꼈다. 헤이스트도 해제한 상태였다. 그런데 무엇이?

나는 의문을 가지다가 손으로 품을 뒤적였다.

"마, 마법 주머니!"

나는 아차 하는 얼굴로 뒤돌아보았다.

"어느새에……."

그 순간 하늘을 울리는 그의 웃음소리가 들리는 것만 같왔다.

"그의 이름이 아마 키르젠프라고 했지? 요즘 노인네들은 왜 이리도 무서운 건지. 후, 그나저나 큰일이군."

나는 곤혹스런 얼굴로 에아르웬과 베놈을 보았다. 돈을 그 노인에게 도둑맞았다고 하면 이들의 표정이 어떻게 변할까.

나는 머리를 헝클어뜨렸다.

젠장!

완전한 어둠이 세상을 잠식했다.

깜깜한 밤하늘과 주위는 생각보다 으슬으슬한 기운을 가지고 있었다. 산은 감상적인 곳이기도 하지만 어두운 살기를 뿜어내는 분위기를 만들기도 한다. 그리고 이런 순간에도 욕 나올 정도로 배고픈 나는 대체 뭐란 말인가. 에아르웬은 심심할 때마다 주위 풀이나 뜯어 먹으면 되겠지만 베놈과 나는 다르다. 그리고 보니 베놈 자식, 표정이 왜 저래?

침까지 흘리는걸 보니 엘프를 먹고 싶은 건가? 나는 그 흉악한 생각을 지우기 위해 머리를 세게 저었다. 그리고 입맛을 다시며 옆에 앉아 있는 베놈을 쿡쿡 찔렀다.

"왜 그러십니까?"

"배고프지 않아?"

"미치겠습니다. 무슨 제가 신자도 아니고, 음식을 앞에 두고 이런……. 아, 죄송합니다. 너무 배가 고파서 정신이……."

나는 반을 내려다보았다. 녀석은 과일을 배 터지게 먹은 것인지 아주 편안한 모습으로 잠을 청하고 있었다. 오크는 습성상 과일을 먹지 않는단다. 나는 딱히 과일 알레르기가 있는 것은 아니었지만 반 녀석이 거의 동강을 내버린 터라 손도 대지 못했다.

얄미운 반.

그 당장 밟아주고 싶은 녀석에게서 시선을 애써 돌리던 나는 멀리서 무언가를 발견했다. 어둠 속에서 번쩍이는 눈동자를 본 것이다.

"메, 멧돼지!"

내가 그렇게 말을 꺼내는 순간 베놈이 미칠 듯한 스피드로 튕겨져 나갔다. 숲을 헤치며 돌아다니는 그는 흡사 광기 어린 전사 같았다.

약 10분 후 베놈은 마치 산 두 개는 넘은 듯이 거친 호흡을 내뱉으며 걸어왔다. 어깨 위로는 자신보다 세 배는 커다란 멧돼지가 짊어져 있었다. 나는 경이로운 얼굴로 일어서서 박수를 쳤다.

"대단하다, 베놈!"

녀석이 씨익 웃었다. 멧돼지는 거세게 꿈틀거리고 있었지만 베놈이 몇 번 때리자 몸이 축 늘어졌다. 잠시 후, 능숙하게 털을 다 뽑은 베놈은 나를 보며 부탁했다.

"그럼 익혀야죠."

나는 고개를 끄덕였다.

작은 불꽃을 일으키자 주위가 조금 환해졌다. 나뭇조각을 모아와 그곳에 불을 지폈다. 베놈과 나는 희희낙락한 얼굴로 멧돼지가 익어가는 모습을 구경했다.

그 소리에 깬 것일까, 냄새에 깬 것일까. 잠을 청하던 에아르웬이 일어났다. 그녀의 하얀 얼굴이 모닥불에 비춰졌다. 그리고 당연히 그녀는 멧돼지를 발견하더니 엄청 슬픈 얼굴이 되어버렸다.

베놈이 물었다.

"왜 그러느냐?"

그녀는 눈물을 글썽거렸다.

"너, 너무 불쌍해요."

나는 웃으며 그녀를 격려했다.

"어쩔 수 없어요. 먹이사슬이란 게 있습니다. 살기 위해선 어쩔 수 없는 것이죠."

"그렇지 않아요. 충분히 견딜 수 있었는데… 왜 그러셨어요? 제게 말하면 식용 약초라도 금방 구해올 수 있는데……."

나는 차분하게 그녀를 불렀다.

"에아르웬 씨."

"네."

그녀는 똑바로 나를 쳐다보았다. 나는 딱딱하게 굳은, 그리고 냉랭한 표정으로 말했다.

"이런 식으로 저희에게 길을 가는 데에 있어 지장을 주신다면 함께할 수 없을 것 같습니다. 제가 별로 성격이 좋은 녀석이 아니라서… 할 말은 해야 하거든요."

그녀는 충격에 빠진 것인지 창백한 얼굴로 말했다.

"로, 로크님."

"다시 한 번 말하지만 한 번만 더 이런 식으로 제동을 거시면 우리는 두말없이 헤어지는 것입니다. 아시겠습니까?"

그녀는 아랫입술을 깨물며 고개를 숙였다. 그리고 어깨를 파르르 떨었다. 약간 미안한 감정이 들긴 했지만 솔직히 저런 답답한 모습을 보면 화가 치민다.

가까이 오려던 그녀와 거리는 이제 충분히 벌어진 셈.

이렇게 적당한 선으로 동행하는 겁니다, 에아르웬.

나는 얼굴에 준 힘을 적당히 풀며 최대한 부드럽게 말했다.

"제가 심한 말을 한 건 사과할게요. 하지만 에아르웬 씨도 충분히 문제가 있다는 것을 인지하셔야 합니다."

그녀는 대답하지 않았다. 그리곤 마차 안으로 들어가서는 조용히 문을 닫는다.

그러게 왜 나와가지고는 서로 피곤하게 만드는 건지…….

나는 머리가 지끈해져 왔다. 나무에 등을 기대고 관자놀이를 눌렀다. 한 거라곤 대화밖에 없는데 진이 다 빠진 기분이다.

코로 스며드는 연기.

나는 맛있는 냄새가 나는 멧돼지 쪽으로 고개를 돌렸다.

"다 구워……."

나는 말끝을 흐렸다.

베놈이 정신없이 멧돼지의 갈비 쪽을 사정없이 뜯고 있었기 때문이다. 베놈과 눈이 마주쳤고, 잠시 침묵이 흘렀다.

나는 허허로운 웃음을 흘렸다.

"요즘 매가 모자랐구나. 이제 막 구분이 안 되지, 이 빌어먹을 오크 새끼야?"

"로, 로크님, 그게… 배가 고프면 그럴 수도……."

나는 키득거리며 웃었다.

"오냐, 그래. 언제까지 그런 흥미로운 말을 내뱉는지 두고 보자꾸나."

나는 하늘을 올려다보았다.

하느님이 내 폭행을 바라보시기엔 너무 어둡지 않나 싶었다. 나는 근처에 무기가 될 만한 것이 없는지 찾기 시작했다.

Chapter 9
산적(山賊)

1

 날이 밝았고, 우리는 지체없이 바로 출발했다. 에아르웬은 쓸쓸한 얼굴이었고, 베놈은 얼굴이 붓기는 했지만 오랜만에 제대로 배부른 식사를 한 것 때문인지 기분이 아주 좋아 보였다.

 그 가운데에 있는 나는 아주 복잡한 상태.

 나는 이 찜찜한 기분을 씻기 위해 창문 밖의 자연 경관을 구경했다.

 봄은 아름다운 계절이다.

 특히 나비의 화려한 색감의 날갯짓을 보고 있자면 넋이 나가기 일쑤다. 매번 한동안 멈춰 서서는 그 모습을 바라보곤 했지. 하지만 그것도 어느 정도 정신을 차려야지 베놈 같은 경우는 욕이 나오지 않을래야 않을 수가 없다.

멍청히 나비를 보다가 그만 마차가 나무에 부딪치고 만 것이다. 덜컹거리는 소리와 함께 심하게 흔들린 마차에 에아르웬과 나, 그리고 반은 깜짝 놀랐다. 앉아서 맛있게 과일을 먹던 반에게는 날벼락이었다.

마차에서 내려 상태를 살펴보니 어느 정도의 정비가 필요할 듯했다. 나는 베놈을 불러 몇 대 패준 뒤 마차 수리의 모든 것을 일임했다.

베놈은 내게 한마디도 못하고 화를 삭이다가 에아르웬의 뾰로통한 표정을 보며 괜히 화풀이하듯 소리를 질렀다. 그렇게 수리를 하는 동안 휴식에 취해 있던 내게 반이 걸어왔다.

내 옆에 털썩 앉은 녀석은 여전히 입에 과일을 물고 있었다. 그동안 내가 굶긴 것이 서럽기라도 한 것인지 보란 듯이 먹었다. 나는 녀석의 머리를 슥슥 쓰다듬었다.

나른한 기분이라 잠에 빠지려는 찰나에 불청객이 나타났다.

지극히 캐릭터성이 강한 그런 존재들이 말이다.

"누구의 허락을 맡고 이곳의 땅을 밟는 것이냐?! 당장 이리 나와 나를 맞으라!"

아아! 위풍당당하시군.

거대한 호랑이 등에 올라타 넓적한 얼굴로 내려다보는 그를 보면서 나는 급격히 몸이 피로해짐을 느꼈다.

도둑이 길을 막질 않나, 이젠 산적들까지.

고약한 냄새를 풍기며 테이디스 레더를 전신에 걸치고 있는 그들은 멋이라곤 찾아볼 수 없는 삼류산적이었다.

'귀찮다.'

나는 곧장 주문을 낮게 읊조렸다.

94체계. 대지의 신이 하수인을 보내나니.

웜 핸드(Worm Hand)!

흙바닥에서 무언가가 올라왔다. 흙으로 된 손이 산적의 발목을 잡고 아래로 끌어당기기 시작했다. 마나의 힘으로 인해 토양은 진흙으로 변하고, 팔을 허우적거리는 산적은 바닥 아래로 끌려 내려가기 시작한다. 얼굴이 새파랗게 질린 그는 너무 놀란 것인지 목소리도 내지 못하며 잔뜩 얼어 있었다.

똘마니 중 한 녀석이 절망 어린 목소리로 외쳤다.

"마법사!"

그래, 니들이 두려워하는 마법사다. 자고로 산적질을 하려면 이런 경우의 수는 예측하며 살아야 하는 거잖아? 대체 그 선량함을 가장한 표정들은 뭐야? 이제 내가 악인이고 니들이 선인이냐? 그런 비논리적인 상황이 벌어져서는 안 되지.

나는 그의 몸이 바닥에 절반쯤 잠긴 상태에서 적당히 마나를 컨트롤해 바닥을 조금 딱딱하게 굳혔다. 하반신이 묻힌 그는 벌벌 떨더니 나를 가리키며 소리쳤다.

"주, 죽여라아아!"

부하 한 놈이 소리친다.

"마법사를 이길 수 있을 리가 없잖아요?"

바람에 머리카락이 얼굴에 더덕더덕 붙었다. 나는 손가락으로 머리카락을 떼어내면서 그에게로 걸어갔다. 이제 공포감이 조금 인식이 되는 것인지 그는 애원하기 시작했다.

"살려주시옵소서! 가족들이 굶어 죽고 있습니다요! 어떻게 해서든 식량을 구하지 못하면······."

"시끄럽다."

입을 꾹 닫으며 울먹거리는 표정을 보니 뭔가 속이 안 좋아지는 느낌이다.

나는 대장 녀석에게로 걸어갔다. 그리고 지도를 펼쳤다. 장난칠 기력도 없다. 산적들은 산을 훤히 꿰고 있으니 나는 일말의 기대를 가지고 그들에게 물었다.

"여기로 가려면 어디로 향하는지 아느냐?"

나는 이클레이드가 준 지도에 체크되어 있는 부분을 가리켰다. 이곳은 스승님이 보낸 전서구에 적혀 있는 다한 광산 마을이라는 곳이었다.

내 물음에 그는 눈을 떼굴떼굴 굴리며 지도를 보다가 말했다. 말을 심하게 더듬어서 잔인하게 몇 대 패주고 난 후에야 그 말을 제대로 들을 수 있었다.

"여, 여기로 가시려면 저희 산채를 넘어서 가시면 굉장히 빠르게 도착하실 수 있습니다. 수행원 하나를 옆에 붙여 드릴 테니 그리 가시겠습니까?"

나는 눈을 가늘게 떴다.

"수작 부리는 거 아니야?"

"지금 이 상황에 그럴 수가 있을까요?"

"하긴, 수작 부려봤자 결국 뼈만 남는 것은 네놈들일 테니 믿어보도록 하지."

나는 스트렝스 마법으로 힘을 올린 다음 녀석을 진흙 바닥에서 아주 간단하게 쑥 뽑았다.

몸을 바들바들 떠는 산적 대장은 몸에 묻은 흙을 털어내지도 않고 앞장서서 안내를 맡았다.

"그, 그럼 산채로 모시겠습니다."

2

산채는 아주 높은 곳에 위치해 있었다. 덕분에 마차를 지킬 몇 명만 남겨둔 채 우리는 직접 걸어서 올라가야 했다. 빼곡하고 거대한 나무 사이를 엄청 오랫동안 올라가게 되니 당연히 짜증이 치솟을 수밖에 없었다. 나는 아주 극도로 날카로워진 눈빛으로 그를 보면서 다그쳤다.

"왜 이렇게 멀어, 이 자식아!"

자기 자식뻘 되는 녀석에게 반말을 들어서였을까. 표정이 복잡미묘해졌다. 공포와 뭉개진 자존심이 합쳐진 얼굴이랄까. 나는 낮게 말했다. 한마디라도 토를 더 달면 불태워 버리겠다는 마음으로.

"정확히 말해. 어디까지 가야 하나?"

"하하하! 성격이 급하시군요, 마법사님은."

"가깝다고 하지 않았느냐?!"

"다 왔습니다."

그는 내게 갈굼을 당하는 게 꽤 답답한지 연신 땀을 닦아냈다. 그리고 꽤 빠른 속도로 약 5분을 더 걸었을까. 그때 산채의 모습이 드러났다.

상당히 많은 숫자의 산적이 그곳에 살고 있었다.

대부분은 무기를 손질하고 있었고, 식사를 하거나 이야기를 주고받고 있었다.

대장이 나타나자 그들은 모두 일제히 모여들어서 인사했다.

"오셨습니까?!"

그들의 인사하는 소리가 산을 쩌렁쩌렁 울렸다. 대장은 고개를 끄덕이며 안쪽으로 우리를 데려갔다.

산채는 통나무로 만들어져 있었다. 험악한 인상의 사내들도 많이 있었고, 아이들도 몇몇 보였다. 그리고 젊은 여자들도 보였는데, 모두 얼굴에 그늘이 져 있었다.

약탈된 여인들이리라.

나는 이를 꽉 물었다. 아무리 내가 정의를 위한 인물은 아니지만 이런 식의 실태를 눈앞에서 보고 그냥 지나칠 수는 없었다. 그런데 내 화를 돋우는 대사가 하나 더 튀어나왔다.

"어~ 두목님! 저거, 엘프 아닙니까?! 그런데 저 오크는 뭐지? 저런 더럽고 흉측한 걸 왜 데리고 오셨습니까?"

두목의 얼굴이 사색이 되었다. 뒤돌아 내 표정을 본 그는 침을 꿀꺽 삼키더니 내게 달려와 무릎을 꿇었다.

그리고 손을 싹싹 비빈다.

"죄, 죄송, 정말 죄송합니다. 애들이 철이 없어서."

나는 여인들을 눈짓으로 가리키며 물었다.

"여자들은 어디서 구한 건가?"

산적의 얼굴에 땀이 비 오듯 흘렀다. 지나치게 강렬한 살기가 뿜어져 나오자 산채에는 무거운 침묵만이 흘렀다. 나는 산적 대장을 지나치면서 소리쳤다.

"여자들은 전부 내 앞으로 데려와!"

내 외침에 어정쩡하게 서 있던 사내들은 산적 대장의 눈치에 얼른 여자들을 끌고 왔다. 부대장으로 보이는 약삭빠라 보이는 녀석이 다가와서는 내게 말했다.

"여기 반반한 계집들이 많은데 어떤 년으로 골라 드릴까요? 최고의 하루를 선사해 드……."

녀석의 목을 덥석 잡아 위로 올리고 반대편 손으로 검을 꺼내 그의 허벅지에 검을 찔러 넣었다.

푸우욱!

"우으으윽!"

목이 잡혀 있어 소리가 입에서 빠져나오지 않아 괴로워했다. 입에서 거품이 흘러나온다. 나는 그를 바닥에 내팽개쳤다. 허벅지에 박힌 검을 뽑고, 그의 비명 소리가 시끄러워 발로 놈의 목을 밟았다.

나는 그 상태로 마력을 실었다.

"나는 지금 마을로 향하는 중이다. 나와 함께 갈 여인들은 손을 들라. 안전을 보장해 주겠다."

그녀들은 산적들의 눈치를 살폈다.

"나는 마법사다. 적어도 그대들을 마을까지 안전하게……."

"끄아아악!"

말을 잇던 그 순간에 비명 소리가 멀리서 들려왔다. 그리고 잠시 후 웬 사내들이 새파랗게 질린 얼굴로 미친 듯이 이리로 도망 오고 있었다.

'저것들이 망령이 났나? 왜 이래?'라고 중얼거리던 나는 그 원인을 발견했다. 그것은 거대한 인면 거미였다.

고개를 갸웃거리며 빠른 속도로 걸어오는 그 모습은 너무나 흉측했다. 다리에는 털이 수북이 나 있고, 발톱이 얼마나 날카로운지 스치는 것마다 잔인한 흔적을 남겼다.

꽤 많은 산적들이 당한 것 같았다.

누군가 '또 나타났다!' 라고 소리친 것을 들은 것 같은데, 그렇다면 어느 정도 지능이 있다는 소리다. 전멸시키지 않고 배고플 때마다 내려와 자신의 배를 채우는 거겠지. 그런 생각을 하던 차에 어깨에서 감촉이 느껴졌다. 고개를 돌려보니 베놈이었다.

"제게 맡겨주십시오. 요간 몸 풀 기회가 없어서 말입니다."

"괜찮겠어?"

"저딴 곤충 하나 잡는데 무슨 걱정을 하십니까?"

나는 고개를 끄덕였다.

베놈은 내 검을 가지고 저벅저벅 걸어갔다. 기세가 남다르다는 것을 느낀 것일까. 인면 거미는 베놈을 보며 히죽 웃었다. 사람의 피부까지 있어 기괴한 느낌이었다.

"무엇 때문에 인간 세상에 나온 것이냐?"

베놈의 물음에 인면 거미는 웃음소리와 비슷한 키키키킥거리는 소리를 냈다. 그리고 신기하게도 말을 한다. 대체 이놈의 세상은 곤충까지도 말을 해 신의 섭리를 역행하다니. 이빨까지 있는 인면 거미를 계속해서 보고 있으니 속이 울렁거려 왔다.

"비켜라, 오크여. 같은 이종족끼리의 싸움은 원치 않는다.

나는 인간을 원할 뿐이다. 키키키."

얇은 비음을 내는 녀석을 보면서 베놈은 가늘게 웃었다.

"아주 어릴 적 거미 먹는 재미가 있었지. 그런데 요즘은 통 안 당기더라고. 그런데 너를 보니 생각이 달라지는구나."

베놈의 말에 나는 진심이냐고 묻고 싶었다.

거미를 먹는다니…….

베놈은 검을 꽉 쥐고 달려갔다.

하반신의 힘을 바탕으로 폭발적인 가속도가 붙었다. 등 근육이 심하게 발달된 베놈의 베기는 모골이 송연할 정도로 예리하고 무거웠다.

'휘이잉' 하는 바람 소리를 내며 검은 인면 거미의 머리를 향해 날아갔다. 그런데 그 순간, 인면 거미가 입에서 무언가를 툭 내뱉었다. 그것은 베놈의 얼굴을 덮쳤고, 시야가 가려진 베놈의 검은 허공을 갈랐다.

자세히 보니 그것은 거미줄이었다. 질기고 단단한 듯 베놈은 숨을 못 쉬며 주춤주춤 뒤로 물러났다. 손으로 그 거미줄을 뜯었을 때 어느새 가까이 온 인면 거미가 베놈의 허벅지를 물었다. 멍이 급속도로 퍼져 나가며 초록색의 다리가 파랗게 물들어가기 시작했다.

고통스런 베놈의 음성이 들려왔다. 베놈은 검으로 인면 거미의 다리 한쪽을 베어냈다. 털 달린 다리 한쪽이 툭 떨어지자 인면 거미는 귀청이 떨어질 정도로 큰 비명 소리를 냈다.

공격을 위해 앞으로 한 발자국 더 걸어가려던 베놈은 더 이상 발을 떼지 못하고 바닥에 주저앉아 버렸다.

　다리에 마비가 온 것이다. 나는 당장 큐어포이즌 주문을 외워 베놈의 다리를 치료했다. 하지만 워낙 독소가 강한 탓에 나아가는 속도가 현저하게 느렸다.

　어차피 나야 독소에 대해 강한 내성을 가지고 있는 몸이었기에 거리낌없이 마법 공격을 시작했다. 거미는 상성상 불에 약하다는 것을 떠올렸고, 그 즉시 파이어 볼의 주문을 외웠다. 순식간에 생겨난 불의 구가 인면 거미에게로 날아갔다.

　콰과광!

　파이어 볼은 인면 거미의 회피로 인해 땅바닥에 적중했다. 지면을 활활 태우는 불 건너로 인면 거미의 곤혹스러운 얼굴이 보였다.

　발이 여덟 개나 달린 거미의 움직이는 속도는 거의 헤이스트를 시전받은 느낌이었다. 덩치는 커다란 게 속도까지 있으니 까다롭겠다는 생각이 들었다. 하지만 인면 거미는 확실히 불에 약한 성질을 가지고 있다.

　굉장히 멀리 떨어진 상태로 무얼 한단 말인가. 마법사를 상대로 말이다.

　저런 중거리의 녀석을 상대하는 것은 내게 물 마시는 것보다 간단한 일이다.

　"파이어 애로우(Fire Arrow)!"

불화살이 쏘아졌다. 한쪽 다리가 잘린지라 체력이 심하게 떨어진 인면 거미는 미처 피하지 못하고 불화살에 격중당했다. 살이 타 들어가는 매캐한 냄새가 일었다.

체계의 변환. 333체계.

"폭발의 화염!"

온몸 구석구석을 헤엄치는 마력이 표출되기 시작했다. 체계의 공식이 머릿속에서 풀어지고 몸은 반응을 일으킨다. 계산해 놓은 좌표에서 폭발이 일어났다.

'콰아아앙' 하는 소리와 함께 산불이 번졌다. 워낙 폭발력이 강했기에 불이 무섭게 번졌다. 숲의 종족인 엘프, 에아르웬은 나무에 불이 붙자 울상이 되어 발을 동동 굴렀다.

이렇게 된 이상 마력 고갈이 심하더라도 약간의 블리자드가 필요했다. 아직 내 실력으로 완벽한 블리자드를 펼치진 못하지만 불이 난 근방 정도는 충분히 재울 수 있을 정도는 될 것이라고 예측했다. 불이 더 번지기 전에 나는 빨리 주문을 외워 나갔다.

얼음의 신 하레이스시여, 그 시린 힘을 빌리겠으니…….

"블리자드(Blizzard)!"

주위의 온도가 순식간에 냉각되었다. 바람이 불고 추위가 느껴진다. 마나로 인해 서서히 얼어가는 바람은 눈보라를 동반하고 있었다.

하늘로 떠올라 블리자드를 시전하는 내 모습은 지나치게

아름다워 황홀할 정도였다. 물론 다른 사람들이 보는 시각은 어땠을지 모르겠지만 적어도 내 자신이 블리자드를 시전하면서 아래를 내려다보는 이 느낌은 마법사의 향취를 물씬 느낄 수 있는 그런 순간이었다.

확실히 살생보다는 이러한 경우에 쓰는 마법이 훨씬 깨끗하다는 생각이 문득 들었다. 왜냐하면 마법을 시전하는 순간에도 마음이 편하니까. 살심을 죽이고 자연 환경적인 느낌으로 마법체계를 운용하니 왠지 능력이 상승되는 것을 느꼈다. 나는 그 사실에 놀라며 바이슨으로 향하는 도중에도 마법 공부를 늦추지 않아야겠다고 생각했다.

내 머릿속에는 수많은 책 내용이 들어 있다. 그 내용에서 나는 깨달음을 얻어야 한다. 현자가 되려는 것은 아니지만 마법사라면 마법의 발전을 위해 단 한순간도 게을러서는 안 된다고 생각하기 때문이다.

내가 눈을 뜨고 바닥에 발을 디뎠을 때 불은 모두 꺼져 있었다. 다만 군데군데 나무가 얼어 있다는 것이 흠이었지만.

"수고하셨습니다."

베놈은 인면 거미를 자기 손으로 잡지 못해 상당히 괴로워하는 모습이었다. 나는 그의 어깨를 툭툭 쳐주었다.

"그런 사소한 좌절 따위, 한 번만 더 내 눈앞에서 보인다면 심하게 혼날 줄 알아라. 실패를 기회로 삼는 거다. 알겠느냐, 베놈?"

"예!"

커다란 기합 소리에 가까운 대답을 들은 후 나는 산채 쪽으로 시선을 돌렸다. 산적들이 멍한 얼굴로 우리를 보고 있었다. 나는 마법을 꽤 크게 써서 그런지 피곤했다. 나는 그들에게로 돌아가면서 입을 열었다.

"다시 묻겠다. 나와 함께 산채를 나갈 여인들은 당장 손을 들어라."

강제로 잡혀온 그녀들은 눈치를 보며 어떻게 해야 할지 결정을 내리지 못하고 있었다. 나는 이유를 알 수 없었다. 대체 무엇 때문인가? 나 자신이 그들보다 훨씬 큰 힘을 가지고 있고, 구원의 손길을 주고 있음에도 망설이는 이유가.

"저희들은 이미 갈 곳이 없습니다. 처녀도 아니고, 돌아가 봤자 화냥년 대우밖에 더 받겠습니까?"

"그렇다고 해도 이곳보단 나을 게 아닌가. 그리고 굳이 산적들에게 붙잡혀 있었다고 밝힐 이유도 없지."

"그게 그리 쉬운 일이라고 생각하십니까?"

단정한 외모의 한 여인이었다.

사실 나는 그녀의 담력에 아주 놀랐다. 산적들도 꿈쩍 못하는 내게 할 말을 고분고분 다 하고 있다. 저런 여자가 강직한 목소리로 물어오자 나는 일순 혼란을 느꼈다.

그녀들은 산적들의 보호 아래 어쩌면 이미 가족을 이루었을 수도 있고, 보장된 편안함을 가졌을 수도 있다. 나는 체념

한 얼굴로 말했다.

"그럼, 날 따라갈 사람은 없다는 거군. 그리 알겠다."

나는 산적 대장에게 물었다.

"분명 이곳이 지름길이라고 했지?"

군기가 바짝 든 대장은 허리를 꼿꼿이 세운 채로 '네!' 라고
대답했다.

"그럼 바로 출발하도록 하지."

"벌써 말입니까? 조금 쉬었다 가지 않으시고."

"왜, 무슨 수작이라도 준비해 놓았느냐?"

"무, 무슨 그런 말씀을……."

창백하게 질린 얼굴을 보니 의심이 가서 한마디 하려다가
참았다. 수작을 부려봤자 그가 내게 무슨 해를 가하겠는가.
나는 베놈과 에아르웬을 불렀다.

우리는 모두 채비를 했고, 산적 대장은 누군가를 찾으러 나
섰다. 잠시만 기다리라고 말했기에 나는 큰 바위 위에 걸터앉
았다. 그런데 그때, 한 소녀가 내게로 걸어와 말을 걸었다.

동글동글한 얼굴에 두툼한 입술. 상당히 매력적으로 생겼
다.

나와 비슷한 연배로 보였다. 하얀 은발이 어깨까지 내려왔
다. 때가 곳곳에 묻어 조금 더러운 아이였지만, 씻겨놓고 귀
족이라고 하면 어느 누구도 부정하지 않을 것 같은 소녀였다.

그녀는 간곡한 눈빛으로 나를 보며 말했다.

"저를 데려가 주세요."

나는 산적들을 보았다. 이 소녀는 표정이 없었는데, 산적들이 뚫어져라 쳐다보든 말든 전혀 신경 쓰지 않았다. 한마디로 남 눈을 의식하지 않는 데에 있어서는 거의 인형처럼 보일 정도로 말이다.

나는 고개를 끄덕였다.

"그러지."

내 허락이 떨어지자마자 그녀는 몸을 돌리곤 산적 대장에게로 걸어갔다. 그는 이미 길잡이 사내를 데려와 나와 소녀가 이야기하고 있는 것을 듣고 있는 중이었다.

소녀는 무감정한 얼굴로 대장을 쳐다보면서 '그동안 고마웠습니다' 라고 감정 없이 말하며 깍듯하게 인사했다.

가만히 보면 산적들이 모두 심성이 꼭 나쁜 것 같지만은 않았다. 내가 그들에게 산적이라는 직업을 택하게 된 것에 대한 벌을 내릴 만한 근거도 권한도 없다. 나 역시 정의로운 길을 가고 있다고는 생각하지 않기에.

과연 정의와 악의의 구분은 무엇인가? 그렇다면 정의를 가장한 귀족들의 모습은 무엇이며, 악의를 가장할 수밖에 없는 정의들의 실태를 나는 어느 잣대로 판단해야 한다는 말인가?

나는 아직도 내 자신이 많이 모자람을 느꼈다. 부족함을 채워주는 동료를 만들어가는 것. 그것은 이클레이드가 일러주기도 했지만, 내 스스로가 몸으로 깨닫는 아주 절실한 부분이

기도 했다.

깨달은 게 있으면 실행해야 하는 법.

바위 위에 걸터앉아 있던 나는 엉덩이를 털면서 일어났다. 산적 대장은 비쩍 마른 한 사내를 소개시켜 주었다. 그의 말로는 그가 이 산의 지리를 훤하게 꿰뚫고 있단다. 그는 지도를 한번 본 후 고개를 끄덕이며 길을 안내하기 시작했다.

솔직히 별로 미덥지 않았다.

왜냐하면, 우리가 지금 향하는 곳은 드워프들이 있는 곳. 바로 광산 마을이었기 때문이다.

Chapter 10
길을 인도하는 사자(使者)

　길 안내를 맡은 녀석의 이름은 호로크라고 했다. 아주 특이한 이름이었는데, 그것의 의미가 뭐냐고 물으니 작은 기쁨이라고 말했다.

　그 이름의 의미를 지은 호로크의 부모는 꽤 현명한 사람일 것이라고 나는 생각했다. 보통은 이름을 거창하게 짓기 마련이다. 조금 더 좋은 뜻을 품기 위해, 조금 더 멋지게 살라는 의미로.

　작은 기쁨이라는 것은 언뜻 보면 별로 좋은 이름이 아닌 것 같지만 사람들은 대부분 욕심이라는 걸 알아가면서부터 작은 기쁨을 잊고 오로지 큰 기쁨만을 찾아 나선다.

그 작은 기쁨 안에서 더 큰 기쁨을 찾아낼 수 있음을 모르는 것이다. 산적임에도 순박한 성격인 것 같은 호로크의 안내에 따라 마차를 몰았고, 꼬박 반나절이 흘렀다. 날은 어둑어둑해졌고, 이 시간쯤이면 이제 노숙을 시작하는 게 좋겠다고 했다. 아직은 길이 보이니 더 가는 게 좋지 않겠냐고 물어봤는데, 쉴 만한 마땅찮은 곳이 없기에 여기서 쉬고 가는 것이 나을 거라는 것이었다.

내가 고개를 끄덕이자 일행은 간단한 짐을 풀며 각자 자리를 잡았다. 베놈이 주워온 나뭇가지에 마법으로 불을 피웠다. 연기가 풀풀 올라왔다. 산이기에 바람이 쌀쌀하다. 모닥불 주위로 둥그렇게 원 모양으로 앉은 일행은 모두 침묵한 채 무언가를 골똘히 생각하는 것 같았다.

무서울 정도로 조용한 저녁이다.

나는 나뭇가지를 모닥불에 툭툭 던지면서 산채를 나가고 싶다고 말했던 소녀를 보았다.

모든 것을 잃어버린 듯한 눈동자를 가지고 있었다. 만남이 언제까지 지속될진 모르지만 왠지 이런 식의 조용한 동행은 꺼림칙한 면이 있었다.

나는 침묵의 장을 깼다.

"이름이 뭐냐?"

나른한 시선으로 나를 본다. 퇴폐적인 느낌이 물씬 느껴졌다. 나이가 몇인데 벌써 저런 분위기를 은은하게 풍기는지 찜찜한 느낌이어서 내 표정은 심히 상태가 안 좋아졌다.

"알비아노라고 불러요. 의미는 없어요."

"나와 동지로군."

베놈의 말에 나는 짧게 웃었다.

알비아노가 눈을 동그랗게 떴다.

"동지라고요?"

"나 역시 의미가 없거든."

그녀는 고개를 끄덕이다가 베놈을 빤히 바라보면서 물었다.

"오크인가요?"

"그래."

"대륙어가 굉장히 유창하네요."

"누구 덕분에."

의아한 얼굴로 고개를 갸웃거리던 알비아노는 기지개를 켜다가 바닥에 누웠다. 어디서 구한 것인지 오래되어 보이는 얇은 원피스를 입고 있었는데, 치마가 짧아 하얀 허벅지가 숨김없이 드러났다. 그럼에도 수치를 모르는 저 소녀는 갑자기 키득거리며 웃기 시작했다. 나는 신경질적으로 그녀의 상태를 물었다.

"왜 그래?"

"저, 사실은 귀족이에요. 저 산적들에게 납치만 안 당했어도 아주 공주처럼 자랐을 텐데."

"그래 보이더라니."

그녀가 상체를 휙 일으켰다.

"제가 귀족처럼 보였어요?"

"씻겨놓으면 그럴 것 같다는 생각이 들었지."

"와! 귀신이네. 저, 정말 귀족이에요."

"그럼, 집으로 돌아가."

그녀는 슬픈 미소를 지었다.

"글쎄, 계모가 날 죽이려고 머리 쥐어짜며 덤벼들어서요."

"알 만한 집안 사정이군. 미안하지만 한 번만 더 그런 말장난을 걸어오면 입을 찢어버릴 테니 그리 알아라. 나는 관심없으니."

나의 강경한 태도에 그녀는 뭐라 중얼거리다가 다시 드러누웠다.

서서히 바이슨 왕국으로 가까이 다가가고 있다는 생각을 하니 조금씩 두려움이 피어나기 시작했다. 내 꿈이 이루어질 수 있을지, 내 야망이 가능성이 있는지가 걱정되었다.

자신감 하나로 밀어붙이기엔 너무 큰 스케일이다. 하지만 반드시 이뤄야 하는 꿈.

절대 포기하지 않는다.

아침이 밝았다. 으슬으슬한 추위에 눈을 뜨자 일행이 모두 깨어나 있었다. 산적들에게 받아온 음식들을 먹고 있었는데,

베놈이 가까이 와 고기 한 점을 건네왔다.

향긋한 냄새가 나는 돼지고기였다. 나는 그 음식을 받아 한 입 베어 물면서 길잡이 사내를 보았다.

그는 하늘을 올려다보기도 했고 땅을 만지기도 하며 환경을 많이 살폈다.

그렇게 한참을 살핀 후 그는 입을 열었다.

"출발합시다!"

앉아서 꾸벅꾸벅 졸고 있는 에아르웬을 베놈이 발로 툭툭 차며 깨웠다. 에아르웬은 졸린 얼굴로 일어나 홀린 것처럼 걸었다. 알비아노는 에아르웬의 옆에 찰싹 붙어 대화를 나누었다.

우리는 광산 마을로 다시 걸음을 옮기기 시작했다.

지나치게 높게 솟아 있는 나무들을 지나면서 거대한 돌을 많이 보았다. 광산 마을이 가까워지고 있어서인지는 모르지만 희귀한 광채를 흘리는 돌도 있었고, 아주 거대한 바위도 눈에 들어오기 시작했다. 그리고 깊숙한 곳으로 들어갈수록 온도가 낮아지는 것을 느꼈다.

나는 길잡이에게 물었다.

"왜 날씨가 추워지는 건가?"

길잡이는 검지로 코를 문질렀다.

"드워프들이 사는 곳은 원래 온도가 낮습니다. 그들의 생김새를 생각해 보세요. 덥다면 왜 그렇게 털을 북슬북슬하게

기를까요?"

내가 마법사임을 알고 있음에도 굉장히 거침없이 말하는 사내다. 기분이 나쁘다기보다는 성격이 막힘이 없는, 융통성이 느껴지는 사람인지라 마음에 들었다.

"그렇군."

베놈이 인상을 쓰며 길잡이의 목에 팔을 걸었다.

"야, 너, 말투가 왜 이렇게 가시가 있어? 시비 거는 거냐? 앙?"

자신의 얼굴보다 커다란 팔뚝이 휘감기자 길잡이의 얼굴이 새파랗게 질렸다.

"그, 그게 아니고요, 이, 이런 말투가 습관이 된지라……."

"놔둬, 좀."

내 말에 베놈은 입맛을 다시며 팔을 거두었다. 여차하면 도시락용으로 먹을 것 같은 눈동자였다. 베놈이라면 충분히 가능한 일이었기에 그것을 피부로 느낀 길잡이는 숨도 제대로 못 쉬고 있었다.

이상하군. 저런 놈이 나를 왜 안 무서워했을까. 산적 대장놈이 우리들의 정체를 알면 제대로 된 일 수행을 안 할까 봐 숨겼을 수도 있다는 생각이 들었다.

그런 식으로 유추해 본다면 인간보다야 오크가 훨씬 위협적으로 느껴질 수도 있겠군.

나는 속으로 웃으며 주위 경관을 천천히 눈에 담았다.

"그런데 가도 가도 끝이 없군."

한참을 지났는데도 마을이라고는 진입로 푯말조차 보이지 않았다. 어찌 된 것이냐고 물으니 '드워프들이 사는 곳은 본래 인적이 드문 곳입니다. 제가 알고 있는 것이 신기할 정도로 말입니다' 라고 대답했다.

베놈은 슬슬 짜증이 나는 모양이었다. 참을성이 없는 녀석이 오죽할까. 드워프를 만난다는 생각에 들떠 있는 게 보일 정도다. 아마 베놈의 눈에는 길잡이가 시간을 끄는 것으로밖에 보이지 않을 것이다.

녀석의 눈이 예사롭지 않은 것을 느낀 것일까. 길잡이가 걷는 속도를 높였다. 한 10분 정도가 흘렀을까. 멀리서 높게 쌓인 벽들이 보이기 시작했다.

"드워프들의 마을입니다. 세속적인 삶을 선호하는 그들이기에 눈에 띄는 것을 극도로 싫어하는 경향을 가지고 있지요. 그리고 자신들의 종족인 드워프가 아닌 이종족을 상당히 나쁜 시각으로 보고 있습니다."

베놈이 투덜거렸다.

"그놈의 이종족 구분은 왜 이리도 하는지, 젠장할."

"베놈님도 이종족을 구분하시잖아요."

"내가 뭘?!"

큰 목소리에 기가 죽은 에아르웬의 목소리가 기어들어 갔다.

"제, 제가 엘프라서 베놈님이……."

"시끄러워!"

괜스레 흥분한 베놈은 씩씩거리며 앞장서서 걸어갔다. 어이없는 행동을 보고 있던 나는 고개를 설레설레 저으며 베놈을 뒤따라 걷다가 뒤돌아보며 물었다.

"안 가느냐?"

"제 역할은 여기까지입니다. 저곳이 마을이니 더 이상의 길 안내는 없어도 되겠지요?"

"내부에서 안내를 해줘야 할 것 아니냐?"

"저는 한 번도 광산 마을 안으로 들어가 본 적이 없습니다."

"한 번도?"

"예."

"왜? 길잡이라면 어느 곳이든 꿰고 있어야 하는 거잖아. 그런데 모른다니, 그런 무책임한 말이 어디 있어?"

"들여보내 주질 않는데 어쩝니까?"

멀리서 메아리치는 베놈의 목소리가 들렸다.

"빨리 안 옵니까아아—!"

나는 머리를 북북 긁으며 고개를 끄덕였다. 애써 그를 잡아놔 봐야 귀찮을 뿐이다. 어차피 마을도 찾았으니 나머지는 우리가 알아서 해도 될 것이다.

부리나케 도망가는 길잡이가 안 보일 때쯤 돼서야 나는 천천히 베놈에게로 걸어갔다. 어느새 베놈은 성문지기와 한창 목소리를 높이고 있었다.

"아, 왜 못 들어가?!"

"흥! 이종족들을 들여보낼 수 없는 것은 당연한 것이 아니냐! 엘프에 오크라니? 허! 내 이백 년 동안 이런 녀석들은 처음 보는구먼."

수염이 땅에 닿을 정도로 길었다. 책에서 읽은 것처럼 키는 나의 절반밖에 되지 않았고, 체격이 옆으로 벌어진 완벽한 땅딸보 체형이었다.

그런 그가 고집스럽게 출입을 통제하고 있었던 것이다.

베놈은 그 답답함에 가슴을 쿵쿵 두드리며 속이 타는 얼굴이었다. 항상 저 녀석은 협상이라든가, 대화의 기본을 모른다. 눈치는 빠른 녀석이 왜 이리 무식한지.

나는 베놈을 뒤로 물렸다.

"저… 혹시 이클레이드님을 아십니까?"

그가 의심의 눈초리로 나를 위아래로 훑어보았다.

"알고 있지. 그런데?"

"제가 제자입니다. 그분의 심부름으로 델리키어스님을 만나러 왔습니다."

그는 뒷머리를 박박 긁더니만 콧김을 '흥' 하고 내쉬고는 돌아섰다.

"그럼 잠시만 기다려, 내 말씀을 올려보고 올 터이니."

"알겠습니다."

커다란 문을 열고 들어간 후 문이 잠기는 소리가 들렸다. 그가 떠난 후, 나는 근처의 잘려진 나무 위에 앉았다. 나는 무료함에 주위를 관찰했다. 이곳은 광산 마을이라기보다는 거의 요새에 가까웠다. 언제라도 싸움이 일어나면 방어할 수 있도록 곳곳에 주위를 살피는 드워프도 있었고, 벽이 높은지라 타 넘기도 힘들어 보였다. 또한 벽 끝에는 날카롭고 뾰족뾰족한 것이 있었다. 언제라도 화살을 날릴 수 있는 전시 체제가 갖추어져 있고, 아마 내부에서도 경비 체제를 갖춘 군사 드워프들이 있을 것이다.

에아르웬이 불쑥 입을 열었다.

"들어가는 게 쉽지는 않을 거예요. 드워프들은 인간들을 굉장히 싫어하는 편이거든요."

베놈이 물었다.

"뭣 때문에?"

"제련이라든가, 상업적 이유로 인간들은 드워프들에게 많은 이익을 내려고 했죠. 그 욕심의 도구가 되었던 드워프들은 많은 피해도 보았으며, 기술을 도둑맞는 사건도 벌어져 지금은 인간과의 관계를 완전히 끊은 상태입니다."

에아르웬의 말이 거의 끝났을 즈음 문지기 드워프가 나타났다. 생각보다 일찍 나타나 나는 혹시 뭔가 잘못된 것이 아닐까 하는 불안감이 생겼다. 하지만 다행히 이클레이드라는 이름은 그 값어치를 하고 있었다.

"완전히 믿을 수는 없지만 일단 들어와. 델리키어스님이 만나보시면 진짜인지 가짜인지 구분해 내시겠지."

탐탁지 않은 표정으로 그는 우리를 마을 안으로 들여보내 주었다. 베놈은 신경질이 가득한 얼굴로 드워프를 노려본 후에 안으로 들어갔고, 에아르웬과 알비아노는 조용히 걸어 들어갔다.

동료가 모두 들어가는 걸 보고 나는 하늘을 올려다보았다. 곧 비가 쏟아질 것처럼 보였다. 잔뜩 먹구름이 낀 것을 드워프도 본 것인지 얼굴을 찌푸렸다.

"젠장, 또 쏟아지려는 모양이군."

"비가 오면 문제가 생기나요?"

"말도 못하지. 광산 작업에 문제가 있을 뿐 아니라, 위험한 일이 일어날 만한 게 꽤 많거든. 아, 근데 젊은이가 뭐 그렇게 궁금한 게 많아? 어서 들어가."

"예."

나는 머쓱한 얼굴로 안으로 들어갔다. 빠른 걸음으로 일행이 있는 곳으로 가던 나는 의아함을 느꼈다. 마을에 아무도 없었던 것이다.

대부분의 집은 돌로 만들어져 있었다. 그리고 부유해 보이는 어떤 곳은 미스릴로 만들어져 있었는데, 너무 신기해서 넋을 빼앗겼다. 경험이 풍부한 에아르웬조차도 거의 혼이 빠진 얼굴이었다.

한 덩이 구하기가 하늘의 별을 따는 것보다 힘든 요즘이었다. 드워프 아니랄까 봐 저 엄청난 양의 미스릴이라니…….

미스릴은 최고의 경도를 가진 광물이다. 그것으로 검을 제련하게 되면 절대 부러지지 않으며, 그 어떠한 것이라도 자를 수 있는 날카로움마저 가지게 된다. 게다가 깃털처럼 가벼워 가지고 다니는 데 전혀 무리가 없을 정도이니 그 효용성이 엄청난 것이다. 그런 보물을 집 짓는 데 사용할 정도라는 것은 확실히 문지기의 말대로 인간들과의 교류가 완전히 끊긴 것은 영 거짓이 아닌 듯했다.

미스릴을 드워프 족인 자신들만이 사용하니 물량이 부족한 상태에는 이르지 않은 것이다.

"그런데, 로크님이 찾으신다는 그 텔키 머시기는 어디 있습니까?"

주위를 두리번거리며 말하는 베놈의 말에 나도 고민에 빠졌다. 문지기는 안으로만 보내주고 다른 질문은 일체 받지 않았다. 그런데 어떻게 델리키어스를 찾는단 말인가. 이곳은 땅도 넓어서 돌아다니는 것으로 찾는 것은 불가능할 것으로 보였다.

산 안에 만들어진 마을이기에 그 면적의 넓이가 엄청났다. 그런 문제점에 허우적거리고 있을 때 다행히 한 드워프가 나타났다.

매부리코에 근육이 유난히 좋은 드워프였다.

"당신들이 우리 델리키어스님을 만나러 온 사람들인가?"

나는 고개를 끄덕였다.

"그렇소만."

"이리 따라오시오."

그는 갑자기 나타나서는 소개도 없이 우리를 이끌고 가기 시작했다. 별달리 할 말이 없었던 우리들은 그냥 묵묵히 뒤따랐다. 집이 모여 있는 곳을 지나 상당히 오래 걷던 우리는 멀리서 무언가 깨지는 소리를 들을 수 있었다.

점점 가까워질수록 보이는 것은 드워프들의 곡괭이질이었다.

"빨리빨리 서둘러! 곧 비가 올 것 같으니!"

나는 멍한 얼굴로 그들을 바라보았다. 약간 지대가 높은 이곳에서는 그들이 일하는 모습이 한눈에 들어왔다. 수천 명의 드워프가 모두들 돌을 짊어지고 어디론가 운반을 하거나 곡괭이질을 하고 있었다.

바람 때문에 눈 안에 모래가 들어가 나는 눈을 비볐다. 바람이 강하게 부는 걸 보니 확실히 비가 오긴 올 모양인 것 같았다.

거의 장관에 가까운 드워프들의 엄청난 무리를 보면서 멍청한 얼굴로 서 있던 내게 이곳까지 길을 안내했던 드워프가 말했다.

"뭘 그렇게 바보같이 서 있는 겐가? 어서 이리 와. 델리키어스님을 만나러 왔다고 하지 않았는가."

나는 고개를 끄덕이며 그를 따라갔다. 걷기가 불편했다. 바닥이 모두 울퉁불퉁한 돌뿐이었기 때문이다. 그런데 델리키어스라는 자는 누군지 모르겠군.

길을 안내하는 드워프가 가는 곳 끝에, 거대한 돌 위에서 드워프들의 움직임을 명령하는 것처럼 보이는 존재가 하나 있었다. 굉장히 늙어 얼굴에 주름이 가득 잡혀 있는 드워프였다. 손이 쭈글쭈글했고 등도 굽었다. 그러나 눈에서 뿜어져 나오는 카리스마만큼은 온몸의 털이 쭈뼛 설 만큼 강인했다.

그의 앞으로 다가가자 그 늙은 드워프의 음성이 또렷하게 들려왔다.

"저들은 누구인가, 쉬레이프?"

쉬레이프라 불린 드워프는 우리들에게 한번 시선을 준 후 대답했다.

"이클레이드님의 이름을 빌려 안으로 들어온 자들인데, 무슨 연유로 만남을 청한 것인지는 아직 모르고 있습니다."

"쉬레이프."

"예, 델리키어스님."

"저들을 근처 천막으로 데려다 주게. 내 잠시 일을 마무리 짓고 갈 테니."

"알겠습니다."

정중하게 대답을 하고 인사를 한 쉬레이프는 우리를 데리고 푸른색 천막이 쳐져 있는 곳으로 데려갔다. 나는 뒤돌아서 델리키어스의 모습을 잠깐 바라보다가 쉬레이프의 손에 의해 천막으로 향했다.

2

물 대신 맥주를 가져다준 드워프들의 문화 습관에 잠깐 당황하던 베놈과 알비아노는 쉬레이프의 강요에 맥주를 한 모금씩 들이켜더니 이젠 거의 맥주를 찬양하는 광신도가 되었다.

나는 술맛을 잘 모르는 터라 그리 매료될 만한 것은 아니었지만, 무엇 때문인지 굉장히 시원해서 마음에 들었다.

"굉장히 시원하네요. 어떻게 이렇게 차가운 거죠?"

"얼음을 가져오는 특별한 곳이 있지. 그 장소를 물을 생각이라면 꿈도 꾸지 말거라. 우리들만이 쓰는 신성한 곳이니까."

"저는 얼음에 욕심이 없습니다. 원한다면 얼마든지 만들 수 있는데 뭐 하러 그런 것을 묻겠습니까."

쉬레이프가 놀라서 물었다.

"어, 어떻게 말이냐?"

내가 손을 살짝 휘젓자 공간이 일그러지며 그곳에서 얼음이 툭 떨어져 내렸다. 나무 테이블 위로 떨어진 주먹만 한 얼음 덩어리를 주워 맥주 안에 넣었다.

"뭐, 뭔가 찜찜하긴 하지만 굉장하군. 그대는 마법사인가?"

"그렇습니다."

"이클레이드의 제자라더니 영 사기꾼은 아니었군."

나는 웃으며 말했다.

"사기꾼?"

"요즘은 워낙 세상이 해괴한지라 무엇 하나라도 마음을 놓을 수가 없네. 이름을 팔거나 사칭을 하는 녀석들이 얼마나 많은지 머리가 지끈해질 정도야. 예전엔 인간들이 유독 심했지만 요즘은 드워프도 그런 녀석들이 간혹 있거든. 인간들에게 아주 몹쓸 것만 배워가지고는. 홍!"

쉬레이프는 기분이 나빠졌는지 맥주를 원샷했다. 에아르웬은 맥주를 홀짝이다가 쉬레이프에게 말했다.

"저… 드워프님?"

"웅? 이제 보니 이 아가씨, 엘프였구면. 그래, 무슨 일인가?"

나는 베놈의 귓가에 대고 물었다.

"엘프와 드워프의 관계는 좋은가 보군?"

"썩 좋지도 않고 나쁘지도 않습니다. 중간이라 보면 되죠."

나는 고개를 끄덕였다.

에아르웬이 조심스럽게 물었다. 아주 곤란한 부탁이라도 되는 것인지 말이 잘 안 떨어지는 듯 보였다. 조금 머뭇거리다가 결국 그녀는 말을 꺼냈다.

"저, 제 활시위가 소량의 미스릴과 마법 가루로 만들어졌습니다. 그런데 활이 오래돼서 그런지 활시위를 잘 견디지 못하는 것 같습니다. 조금 손을 봐주실 수 있으신지……."

"뭐, 그 정도야 어렵지 않지. 조금만 만지면 되는 것일 테니."

그의 찬성에 에아르웬은 굉장히 밝은 표정이 되었다. 기쁜 내색을 크게 안 하는 에아르웬이지만 저 정도 얼굴이면 하늘을 날고 싶은 정도의 감정일 것이다.

이제 표정만 봐도 어떤 느낌인지 알 수 있게 되었다.

단순한 그녀.

하여튼 여러모로 재밌는 엘프다.

휘익—

천막을 손으로 쳐내고 힌 존제기 들어왔다.

그는 델리키어스.

무거운 중압감과 카리스마를 가진 그는 근처에 앉아 무서운 눈빛으로 나를 노려보았다.

"무슨 일로 찾아온 건가, 인간?"

"아, 사람을 하나… 아니구나. 드워프를 하나 찾으러 왔습니다."

델리키어스가 미간을 좁혔다.

"이 광산 마을에?"

"예."

"누구를?"

"당신의 아들을 만나러 왔습니다."

"흥, 그놈은 이미 버린 자식이나 다름없다. 내 자식이 아니야!"

그의 생각지도 못한 발언에 잠깐 당혹스러움을 표하던 나는 침을 꼴깍 삼키며 물었다.

"그럼, 그가 어디에 있는지는 아십니까?"

"그걸 내가 알아서 뭐 하게! 광산 일은 안 하고 근처에서 대충 시건방지게 일이나 가끔 하면서 허송세월을 보내고 있겠지! 그놈의 책이 뭐라고! 젠장!"

그는 이를 부득부득 갈았다. 굉장히 화가 나는지 얼굴이 벌겋게 달아올랐다. 나는 짧게 한숨을 쉬면서 일어났다.

"이만 일어나겠습니다."

"흥, 그놈을 찾아온 것이라면 그만 돌아가게. 그놈은 아무 짝에도 쓸모가 없는 형편없는 녀석이니까."

자신의 아들에 대한 독설을 거침없이 해대는 그를 가만히 응시하던 그 순간,

펄럭—

천막을 쳐내고 들어온 또 하나의 사내가 있었다. 그는 숨을 헐떡거리며 들어와 몸에 줄줄 흐르는 빗물을 닦아냈다. 그러고 보니 천막 위로 빗물이 떨어지는 소리가 나고 있었다.

"큰일 났습니다, 델리키어스님!"

"무슨 일인데 그리 호들갑이냐?"

"에롤이 쳐들어왔습니다! 빗물 때문에 지반이 약해진 틈을 이용, 흙을 파고 안으로 침입했습니다! 일시적으로 드워프 전사들이 막아내고는 있으나 역부족입니다! 아직 오크들의 침입을 막기 위해 산 위로 올라간 드워프들이 돌아오지도 않았는데 이런 일이 벌어지다니! 어떻게 해야 합니까, 델리키어스님?"

"크흠……."

고심하는 얼굴로 주먹을 꽉 쥔 그는 미간을 손으로 꾹 누르며 말했다.

"지금 당장 너는 산으로 올라가 전투 드워프들을 모두 데려오너라. 나는 우선 지휘를 담당해 시간을 끌어보겠다. 놈들의 숫자는?"

"그, 그게……."

말을 흐리자 가슴이 답답해진 델리키어스는 호통을 치듯 재촉했다.

"어서 말하거라! 시간이 없지 않느냐!"

"사백에 달하는 숫자입니다. 계속해서 늘어나는 것으로 보아 심각한 피해가 있을 것으로……."

델리키어스는 아랫입술을 꽉 깨물었다.

"도대체 무엇 때문에 놈들이 급습한 게야?!"

"아마도 마을 내에 있는 고기 냄새를 맡은 듯합니다. 요즘 들어 짐승들이 많이 줄어 몬스터들의 허기가 극에 다다른 것 일 겁니다."

"미칠 노릇이군. 넌 우선 서둘러 출발하거라. 한시가 바쁘 니 최대한 빨리 그들을 데려와야 한다."

"예!"

속보를 전한 젊은 드워프가 나가자 델리키어스는 우리를 돌아보았다.

"그만들 돌아가시게. 이곳에서 일어난 피해를 우리가 보상 해 줄 수는 없을 것이니."

"버린 자식이라 하셨습니다."

그가 희번덕거리는 눈으로 나를 보았다.

"한 번만 더 그 녀석을 거론하면 가차없이 무력을 가하겠 네."

"제가 몬스터들을 처리해 드리지요. 그럼, 제가 당신의 아 들을 바깥 세상으로 데려가도 되겠습니까?"

그는 비웃음이 가득한 얼굴로 말했다.

"그딴 자식 데려가 준다면야 고마운 일이지. 그런데 인간 인 자네가 녀석들을 처리할 수 있다고? 하! 놈들은 오크보다 강하고 빠르며, 지능이 있는 놈들이다. 뚫린 입이라고 막말하지 말거라. 그만 돌아가!"

"이클레이드의 제자. 그래도 저를 물리시겠습니까?"

크게 확장된 눈으로 그는 나를 보았다. 몸을 가늘게 떨며 묻는다.

"그래, 분명 전해 듣기로 넌 이클레이드님의 제자라고 했지. 그런데 그게 정말 사실이더냐?"

"굳이 마법을 보여 드려야 믿으시겠습니까."

"아니다. 믿겠다. 우리들에게 협력한다면 그런 녀석 따위, 녀석이 싫다고 해도 내가 내어주도록 하마."

나는 고개를 끄덕이고는 곧장 일행을 데리고 천막을 나왔다.

드워프의 자식이라면 바깥 세상으로 데려가는 것이 쉽지 않을 거라고 예견했었다. 하지만,

'생각보다 일이 쉽게 진행될지도 모르겠다.'

나는 엷게 웃었다.

광산 마을은 넓었다.

산이라서 그 면적이 어마어마했다. 그 안으로 에롤이라는 녀석들이 침입을 시도한 것이다.

확실히 지능이 있는지 철제 갑옷을 입었다. 생김새는 이족 보행을 하는 도마뱀 정도. 키는 약 2피르.

나는 베놈에게 명령했다.

"너는 나와 함께 이곳으로 들어오는 에롤이라는 것들을 처리하도록 한다. 에아르웬 씨는 알비아노를 데리고 지금 당장 델리키어스의 자식을 찾도록 하십시오."

에아르웬이 고개를 저었다.

"하지만 지금으로선 여기에 남는 게 더……."

나는 강하게 못 박았다.

"제 지시 사항을 따를 수 없다면 우리의 그룹은 해체됩니다, 에아르웬."

그녀는 꽤 기분이 상한 듯 굳은 얼굴로 몸을 돌렸다.

"먼저 기다리고 있겠습니다."

나는 두말없이 드워프들이 전투가 벌어지고 있는 곳으로 달려갔다.

베놈이 뒤따랐다.

"갈라져서 위축되는 부분을 도와준다."

"예."

굵직한 그의 대답을 듣는 즉시 나는 매직 미사일을 준비했다. 에롤이 무더기로 올라오고 있는 곳으로 마법을 시행했다. 마법의 화살은 그들의 몸을 꿰뚫고 한 발로 여러 명에게 피해를 줄 수 있었다. 수십 발의 매직 미사일을 날린 뒤 연이어 범위 마법을 시행했다.

51체계. 밀렌 공식을 기초로 한 불규칙 마나의 재배합.

불의 기둥에 기원한다.

머리를 통해, 심장을 통해 마나를 느낀다.

힘의 근원은 세상을 창조한 신의 힘이니, 나는 체계라는 이름을 빌어 그 공식에 빗대어 마법의 힘을 발현하고자 한다.

극한의 정신력에 몰입되자 이마에서 땀이 줄기줄기 흐르고, 심장은 타오르듯 뜨거워지며 푸른 마력을 느낀다.

"파이어 버스트(Fire Burst)!"

거대한 불꽃의 구가 폭발했다.

에롤이 뭉쳐 있는 곳은 불바다가 되었다. 삽시간에 시커멓게 변하고 검은 연기가 치솟았다. 드워프들은 내 협공에 두려움과 희망이 합쳐진 얼굴이 되었다.

"아이스 웨폰(Ice Weapon)!"

시린 한기가 검에서 느껴진다. 스치기만 해도 단숨에 얼어버릴 것 같은 지독한 차가움이었다. 나는 눈을 질끈 감았다. 몰려오는 그들을 곧 베어 넘길 것이다.

마음의 안정을 위해 가슴을 진정시켰다.

그리고 서서히 눈을 떴다.

대규모의 몬스터 떼가 우글우글 몰려온다. 힘겹게들 싸우고, 죽어나가는 드워프들이 보였다. 나는 이를 꽉 물었다.

내 직접 이렇게 수고하는데 델리키어스의 말대로 형편없는 녀석이라면 절대 용서치 않겠다. 이클레이드의 말로는 대단한 녀석임에는 틀림없는데 왜 평판이 그리 난 것인가.

치솟는 한기의 검을 휘둘렀다.

뼛속까지 시린 색깔을 지닌 마력이 검에서 주르륵 뿜어져 나왔다. 라이트 마법으로 그들의 시야를 가리고 단숨에 베어 나간다. 아이즈를 시전해 내 눈은 그들의 모든 움직임을 잡아 냈다. 스승님이 전해준 마력 때문에 내게는 주체하지 못할 마나가 몸속에서 무섭게 회전하고 있었다.

고 서클이 아니라면 그들을 처리하는 데 마력 소모가 심하진 않을 것이다. 나는 강대한 인간임에 틀림없다. 그것을 믿고 내 자신을 믿는다.

아머 마법을 시전해 방어력을 높이고, 프로텍션으로 타격적 피해를 보호한다.

나는 마법과 더불어 아이스 웨폰으로 힘을 얻은 검을 휘두르며 무더기로 쳐들어오고 있는 녀석들의 안쪽으로 파고들었다. 일당백으로 녀석들을 가볍게 죽여 나가는 나를 보는 드워프들의 눈은 경외를 넘어 두려움으로 물들었다.

언제부턴지 내가 강하다는 사실을 잠깐 잊어먹은 듯한 느낌이 들었다. 세상이라는 것은 사치스런 욕심에 항상 목말라 있는 것이지.

쩜쩜한 초록색의 피를 뒤집어쓰면서 나는 슬픈 얼굴로 중얼거렸다.

'잔혹한 세상에서 살아남아야 한다. 강해지고 또 강해지다 보면 언젠가 행복이라는 것을 찾을 수 있을지도 모르지. 아주 편안한 환경을 만들 때까지만 전진하는 거다, 로크.'

체력과 마력의 고갈을 약간 느낄 때쯤, 지원 병력이 나타났다. 드워프 전사들은 용맹하고 강했다. 끝없이 밀려들어 오던 에롤도 전력 차를 느꼈는지 썰물 빠지듯 도망치기 시작했다.

몬스터가 사라진 곳에는 어쩔 수 없는 결과가 남았다.

드워프들의 시체는 수백여 구.

그들의 피비린내가 유독 강하게 코를 자극했다.

나는 고개를 돌려 멍하니 자신들의 종족을 바라보고 있는 한 드워프에게 물었다.

"피를 씻어내려면 어디로 가야 합니까?"

그는 상당한 경계의 눈으로 나를 보다가 불안한 얼굴로 길을 알려주었다. 나는 짧게 감사의 인사를 표했고, 멀리서 베놈이 터벅터벅 걸어오고 있는 것을 발견했다. 나는 드워프가 알려준 곳으로 베놈과 함께 걸음을 옮겼다. 조금씩 빛을 잃어가던 하늘은 어느새 붉게 물들어 있었다.

베놈이 옆에 있었음에도 꽤 쓸쓸한 노을이었다.

3

맑은 물이 흐르는 계곡에 도착한 나와 베놈은 몸에 묻은 퀴퀴한 피를 씻어냈다. 진득하게 붙어 있던 에롤의 피는 잘 씻겨 내려가지 않았다. 약간의 독성도 가지고 있는지 베놈의 피부는 검게 변색되기도 했다.

베놈은 계곡에서 헤엄치는 작은 물고기들을 낚아채 생것으로 씹어 먹었다. 그리고 무표정한 얼굴로 묻는다.

"그 델리키어스인가 하는 드워프의 아들을 데려가실 생각이십니까?"

"지켜보고 결정해야겠지."

나는 물에 젖은 상의를 쫙 짜낸 후 입었다. 계곡 물이 워낙 차가워서 옷을 입으니 약간 추울 정도였다. 바람도 꽤 세게 불어서 원천적으로 시원한 산이기에 감기에 걸릴 수 있었지만 하만보르 덕분에 이제 감기 걱정은 안 하게 되었다. 그가 준 약으로 인해 병에 대한 면역이 상당히 높아진 것이다.

옷을 챙겨 입고 마을로 향하던 중 마법 주머니를 빼앗긴 것이 생각났다.

이제 잘 수 있는 돈도, 먹을 수 있는 돈도 없었다.

"베놈, 어쩌지?"

"왜요?"

"마법 주머니를 도둑맞았다. 저번에 그 노인에게."

베놈의 표정이 징그럽게 일그러졌다.

"어떻게 그런 실수를 하신 겁니까?"

"내가 그러고 싶었겠나. 워낙 귀신같은 솜씨라 눈치를 못 챘다. 아마 싸우는 도중에 가져간 모양이다."

답답한지 베놈은 이마를 북북 긁었다. 손톱이 워낙 크고 예리한지라 이마에 피가 맺혔지만 전혀 개의치 않는 베놈이었다.

"그럼 이제 어쩌죠?"

"글쎄, 돈을 마련할 방법을 찾아야 하는데 어떤 게 좋을 것 같아?"

"딱히 저희가 재주가 있는 것 같지는 않은데요."

"그렇군."

크게 한숨을 쉬던 우리는 거리에서 많지는 않지만 드워프를 종종 볼 수 있었다. 이제 막 마을 초입에 들어선 순간이었다. 상당히 한적하다. 방금 전의 전투로 많은 사람들이 다쳐 있거나 집에서 치료를 하는 것 같았다.

나는 지나가는 드워프에게 델리키어스의 아들이 어디 있는지 물어보았다. 그는 근처 하얀 술집이라는 곳에 가보면 된다고 했다. 생각보다 쉽게 찾을 수 있어서 발걸음이 가벼워졌다.

드워프들의 집을 구경하면서 걷던 도중 베놈이 물었다.

"돈도 없이 주점에 들어가려니 벌써부터 등이 뜨끔뜨끔하군요."

"어쩔 수 없잖아?"

낙담한 얼굴로 걷던 나는 문득 든 생각에 고개를 들며 말했다.

"에아르웬에겐 돈이 없을까?"

베놈이 고개를 끄덕였다.

"그렇군요. 그동안 우리만 돈을 쓴 게 억울해집니다."

"우리가 아니라 나다, 임마."

"뭐, 어쨌든 말입니다."

막연한 기대를 가지고 술집으로 향했다. 그런데 불행히도 술집 근처에도 술집 안에도 에아르웬은 없었다. 아마 다른 곳에서 내 욕을 실컷 하고 있을지도 모르는 일이었다.

"어서 오……!'

우리를 환한 얼굴로 반기려던 드워프는 우리가 낯선 인간이라는 것을 확인하고는 놀란 얼굴로 물었다.

"어, 어떻게 오셨습니까?'

"이곳에 델리키어스님의 아들이 있다고 들었는데, 맞습니까?'

"그렇습니다만… 무슨 일인지……."

그는 우리를 확연하게 경계했다. 그럴 만도 했다. 이곳은 엄격하게 인간의 출입을 통제하는 듯했으니까.

"좀 불러와 주실 수 있겠습니까?'

내 물음에 그는 난색을 표했다.

"이유를 알아야 하지 않겠습니까. 무턱대고 처음 보는 당신들과 대면시킬 수는 없는 노릇이니까요."

"이클레이드님의 심부름입니다."

'아, 정말이십니까?' 라고 감탄사를 내뱉으면서도 그는 의심의 눈초리를 사정없이 쏟아냈다. 나는 귀찮은 얼굴로 얼음을 하나 만들어냈다.

"그, 금방 데려오겠습니다!"

깜짝 놀란 드워프 주인은 땀을 삘삘 흘리며 그렇게 소리쳤다.

뭔가 협박처럼 되어버렸지만 아무래도 상관없었다. 이클레이드는 내가 가는 길에 큰 도움이 된다고는 했지만, 확실한 것은 만나봐야 알 수 있을 것이다. 그가 내게 맞는 사람인지, 그리고 함께할 수 있는 사람인지.

잠시 후, 드워프라고는 절대 믿을 수 없는 한 미남 청년이 걸어나왔다. 그는 손에 걸레를 하나 들고 있었다. 작업복을 입고 있었는데, 꽤 꼬질꼬질한 옷을 입었음에도 얼굴이 굉장히 수려했다.

거의 엘프에 가까운 미를 갖춘 사내였다. 깎아 내린 것 같은 조각상을 얼굴에 가져다 놓은 것처럼 빛이 났다. 남색을 즐기는 자라면 환장을 할 정도로 매끄러운 이목구비에 조금은 마른 체구, 창백해 보일 정도로 하얀 얼굴이어서 살짝 건드리기만 해도 부러질 것 같은 사내였다.

머리카락은 나와 같이 칠흑처럼 어두웠고, 눈은 흡사 보석처럼 크고 깊어 보였다.

"안녕하십니까? 장 얀느라고 합니다. 저를 찾으셨다고……."

"당신이 델리키어스의 아들?"

"그렇습니다. 그런데 무슨 일로 오신 거죠?"

그의 미성에 나는 다리에 힘이 풀렸다. 이렇듯 허약해 보이는 자를 데리고 무슨 일을 함께하고 뜻을 도모하라는 것인가.

이클레이드의 의중을 도저히 헤아릴 수가 없었다.

나는 조금 비틀거리다가 의자를 하나 꺼내 앉았다. 그리고 머리를 싸매며 고민하다가 일단은 그를 관찰해 보기로 했다. 그런데 드워프에 비하면 키가 월등하게 크다. 게다가 생김새도 거의 인간형에 가까웠다. 드워프라고 하기에는 기형이라는 비유가 맞을 것 같은 존재였다.

"당신, 드워프가 아닌 것 같은데… 어떻게 델리키어스님의 아들이라고 할 수 있는 거죠?"

그는 금방이라도 울 것 같은 얼굴이 되었다. 그리고 살짝 고개를 숙였다. 그는 어금니를 꽉 깨물며 말했다.

"…사연이 있습니다."

나는 머쓱한 얼굴로 사과했다. 잘은 알 수 없지만 내가 큰 실수를 했음이 틀림없는 것 같았다.

"실례했군요. 죄송합니다."

그는 애써 밝은 얼굴로 고개를 들었다.

"그럼, 저를 특별히 찾아오신 것은 아니시구요?"

"아, 그게… 좀 복잡하군요. 우선 물 한 잔만 주시겠습니까?"

그는 고개를 끄덕이고 돌아가 잠시 후 미지근한 물을 한 잔 내어왔다. 나는 그것으로 목을 축였다.

이클레이드가 이유없는 동료를 소개시켜 주진 않았을 것이다. 장점, 그것을 찾아내야 한다.

그런데 그 순간 갑자기 바깥이 소란스러워졌다. 그의 시선이 창밖으로 향했다. 나도 고개를 돌렸고, 베놈이 바깥을 살펴보더니 고개를 갸웃거린다.

"갑자기 드워프가 왜 저렇게 몰리는 거지?"

베놈의 말에 나도 궁금증이 동했다. 자리에서 일어난 나는 창문으로 터벅터벅 걸어갔다. 창문 밖으로 보이는 풍경은 확실히 의아한 점이 있었다. 굉장히 많은 인파의 드워프가 한곳으로 계속해서 모이고 있었던 것이다.

끼이익! 끼이익!

마치 인간의 생명을 반쯤은 빼앗은 인형 같았다. 노란 옷을 입은 피에로. 눈, 코, 입이 빨갛게 물들어 있다. 그의 몸놀림이 무섭게 삐걱거리고 있었다.

아이들이 본다면 단번에 울어버릴 것 같은 그런 기묘한 공포를 가지고 있었다. 하지만 이곳에 아이는 없었다. 모두 수염이 딥수룩하게 난 드워프들이니 겁은커녕 흥미를 가지고 보고 있었다.

그리고 본격적으로 시작되는 공연에 드워프들이 홀린 듯 박수를 쳤다. 흔히 유랑극단이라 불리는 사람들이었다. 피에로 뒤에는 인간으로 보이는, 조금은 공포에 절어 있는 듯한 얼굴을 한 두 사람이 춤을 추고 있었고, 바닥에 누워 있던 작은 인형들은 생명을 가지기 시작했다.

피에로의 손짓에 몸을 들썩거리는 꼭두각시.

손에 연결된 줄이라고는 단 하나도 보이지 않았다. 마치 줄이 없음에도 그의 손짓에 따라 움직이는 인형들이 굉장히 신기했다. 소문을 들은 드워프들은 계속해서 모여들었고, 갑자기 나타난 유랑극단 때문에 급히 온 경비 드워프들도 넋을 잃고 그 공연을 보고 있었다.

한쪽에서는 음악을 만들고, 한쪽에서는 춤을, 그리고 무대의 중앙에서는 피에로가 인형을 조작한다.

자신과 똑같이 생긴 피에로 인형이 종이로 된 칼을 손에 쥐고 이리저리 움직인다. 그러다가 인간을 발견하면 가차없이 그어버리는 연출을 보여주었다.

인형일 뿐이지만 나는 이상하리만큼 그 장면이 잔인하게 느껴졌다. 감정이 없는 피에로의 눈, 그리고 희미하게 느껴지는 놈의 마력.

나는 일순 불안감을 느꼈다.

심장이 뛰는 속도가 당장이라도 터질 것처럼 높아져 갔다.

내 육체의 감각은 소리치고 있었다.

"브로크웨이."

아무도 들리지 않을 정도의 작은 소리였지만 그것을 들은 것인지 나를 향해 시선을 스르륵 돌리는 피에로.

소름이 끼쳤다.

무슨 이유인지는 확실히 모르나 내 심장을 노리고 온 것이 틀림없었다. 침을 꿀꺽 삼켰다. 일단은 계속해서 상황을 지켜봐야 할 것 같았다.

'뭔가 터뜨릴 것도 같은데… 의중을 알 수가 없군.'

내 예측이 틀리기를 바랐다.

브로크웨이의 공격력은 내 자신감을 상쇄시킬 정도로 대단하다. 나는 이를 꽉 깨물었다. 그때 느낀 적이 있다. 다시 브로크웨이를 만난다면 살아남을 수 있을 것인지에 대해서. 하지만 자꾸 건드리면 무뎌진다고, 브로크웨이를 만난 횟수가 많아질수록 경험이 늘어갈 것이다.

실패작 따위에게 질 수는 없으니까.

피에로가 마지막 인사를 전했다. 그가 몸을 돌리자 똑같이 몸을 돌리는 꼭두각시 인형들. 그리고 주위가 순식간에 연기로 가득 찼다. 잠시 후 연기가 모두 걷혔을 때는 유랑극단은 사라진 후였다.

막 정신을 차린 경비병들은 멍청히 있다가 그때서야 시끄럽게 그들을 찾아 나서기 시작했다.

베놈이 말했다.

"혹시… 제 생각이 맞는 것입니까?"

"뭐가?"

"저번에 그 영주와 비슷한 느낌을 가진 녀석입니다."

"그래, 브로크웨이일지도 모른다."

"브로크웨이?"

"나중에 설명해 주마."

"예."

델리키어스의 아들인 그는 자신의 이름을 장 안느라 밝혔다. 오늘따라 유랑극단 때문인지 장사가 잘되지 않아 주점에는 나와 베놈밖에 없었다.

조용한 주점 내에서 그와 별로 대화를 나누지 못했다. 그의 이름을 안 것과 왜 이곳에 오게 된 것인지에 대해 살짝 알 수 있었을 뿐이다.

그러니까 델리키어스의 절친한 친구가 죽으면서 유언을 하나 남겼는데, 그것이 자신의 자식인 장 안느를 델리키어스에게 맡아달라는 것이었다. 그 후 그는 그렇게 키워졌고, 여러 가지 마찰로 인해 지금은 델리키어스와 굉장히 사이가 나쁘다는 것 정도였다. 돈이 없어 염치없게도 물만 마시고 있던 그때, 다른 손님이 들어왔다.

두 명의 경비병 드워프였다.

그들은 바르니(Byrnie) 갑옷을 입고 있었다. 쇠사슬로 만들어진 셔츠였다. 가죽을 입고 그 위에 덮어쓰는 형식으로 입는 갑옷인데, 그것은 쇠사슬이 살을 파고드는 것을 막기 위해서였다. 하반신을 보호하기 위한 다른 종류의 갑옷이 발달함에 따라 호버크(Hauberk)의 옷자락이 짧아진 형태다.

간간이 갑옷 상식을 읽은 적이 있어서 그들이 입고 있는 갑옷의 형태를 알고 있었던 것이다.

그들은 찰랑거리는 소리를 일으키면서 의자에 앉아 시원한 맥주를 주문했다. 그리고 잠시 후, 그들이 나누는 대화를 워낙 조용한지라 듣기 싫어도 들을 수밖에 없었다.

"이게 무슨 일인지 모르겠군. 도시로 가는 상단이 모두 연락이 끊기다니 말일세."

"들리는 소문으로는 광산 마을 입구 전체가 봉쇄되었다는 소문이 들리던데 그게 사실인가?"

"그럴 리가? 무슨 이유로 입구가 봉쇄됐다는 거야?"

"뭐, 두고 볼 일이지. 곧 공문을 걸면 그 진위를 알 수 있을걸세."

그들의 대화를 듣고 있던 장 얀느가 어디론가 급히 달려나갔다. 물을 홀짝거리던 나는 그의 갑작스런 행동에 깜짝 놀랐다.

나는 즉시 일어나 그를 뒤쫓았다.

4

잠시 멈추었던 비가 먹구름과 함께 다시 찾아왔다. 쏟아지는 이 장대비를 그대로 맞으면서 어디로 향하는 것이냐, 장 얀느?

마치 광산 마을이 하루아침에 무너질 것 같은 표정으로 그는 달리고 있었다. 그의 뒤를 쫓으면서 나는 몇 가지 사실을 알 수 있었다.

그의 체력은 매우 허약했고, 육체적 단련도가 상당히 약하다는 것이다. 저 정도로는 단 한 마리의 오크를 만나더라도 고이 목숨을 내놓을 수밖에 없어 보였다.

어두컴컴하게 변한 하늘과 홍수를 일으키려는지 무섭게 쏟아지는 비. 내가 느낀 불안감을 장 얀느도 느낀 것 같았다. 그리고 내 예상은 빗나가지 않았다.

입구를 지키는 경비 드워프가 쓰러져 있었다. 그는 내가 처음 일행과 함께 이곳으로 들어올 때 검문을 했던 드워프이다. 장 얀느는 눈물을 흘리는 것 같았다.

비 때문에 씻겨 내려가서 확실히는 알 수 없었지만, 붉게 충혈된 그의 눈은 분노에 차 이글거리고 있었다. 완전히 닫혀버린 문, 그리고 푸른 마력까지 감돌고 있었다.

"어, 어떻게 된 거지?"

마치 건드리면 그 순간 모든 것을 빼앗길 것만 같은 검은 기류가 문에 감돌고 있었다. 그때, 내게로 시선을 돌리며 장 얀느가 뛰어와 주먹을 날렸다. 넋을 놓고 있던 나는 그의 갑작스런 공격에 깜짝 놀랐다.

턱을 강타당했다.

뒤로 몇 발자국 밀려난 나는 살짝 찢어진 입술을 닦아냈다.

빗물 때문에 피는 금세 바닥으로 흘러내렸다.

"무슨 짓이야?"

"너희들이 온 다음부터야! 너희들이 온 다음부터 계속 무서운 일이 일어나고 있다고! 대체 무슨 일을 꾸미는 거지?"

그의 검푸른 눈빛을 보면서 나는 왠지 모를 외로움을 느꼈다.

"내가 성질머리가 별로 좋은 건 아니지만 악당은 아니야."

웃음을 흘리며 말하는 내게 그가 악에 받쳐 소리쳤다.

"무슨 헛소리야?!"

"어떻게 확신하지? 그럼 내가 이 문을 이렇게 만들었다는 건가?"

"네가 아니라 너와 관련된 일이겠지. 넌 그걸 확실하게 부정할 수 있어?"

그의 물음에 나는 '확신한다' 고 대답할 수 없었다. 분명 내가 본 것은 브로크웨이였고, 그의 말대로 이 일이 나와 관련되고 있음을 부정할 수 없었다.

나는 고개를 아래로 떨구었다.

그때였다.

"재미있어. 다음에 내 연극에 한번 넣어봐도 괜찮겠는걸?"

소름 끼치게 가늘고 거부감이 느껴지는 목소리였다. 쇠가 긁히는 소리처럼 귀가 괴로웠다. 나는 소리가 난 방향으로 시선을 돌렸다.

지나치게 말라 마치 미라처럼 메마른 사내가 있었다. 그는 유랑극단에서 피에로였던 바로 브로크웨이라 느껴진 사내였다.

쏟아지는 빗물에 시야가 흐릿했다.

베놈이 반사적으로 검을 꺼내 들었다. 언제 사놓은 거냐? 돈도 없었을 텐데…….

"드워프가 흘린 거 주웠습니다."

그는 마치 내 텔레파시를 듣는 것만 같았다. 오크는 사람에 비하면 보통 지능이 떨어지는 편인데, 이놈은 무서울 정도로 발달되었다. 그러나 지금처럼 무모한 짓을 할 때마다 나는 이해할 수 없었다.

"쉽지 않을 거다. 내가 상대하마."

"제게 맡겨주십시오."

그에게서 그동안의 실수를 만회하고 싶다는 감정이 느껴졌다. 내게 도움이 되지 못한 것이 마음속에 크게 자리 잡은 것 같았다. 베놈은 이번이 마지막 기회라도 되는 양 최대한의 투기를 뿜어냈다.

오크라고는 믿을 수 없는 흉흉한 박력.

"하찮은 몬스터 주제에 감히. 쿠후훅."

그가 손을 살짝 들어 올리자 바닥에서 하나의 인형이 꾸물 거리며 올라왔다. 마나의 존재가 느껴진다. 마력으로 꼭두각시 인형을 조종하는 것이다.

한 마리의 인형. 그것은 마치 살아 있는 생명을 가진 것 같았다. 끔벅거리는 눈 하며, 새하얀 피부, 그리고 크기마저도 거의 인간과 흡사해 섬뜩한 기분이 들었다.

"한계라는 건… 존재하기 마련이지. 아주 형편없는 수하를 두었구나, 로크."

녀석이 손가락을 까닥하자 인형의 손이 보이지 않을 정도로 빠르게 움직였다. 날카롭고 차가운 움직임이었다. 그 시린 휘두름에 나는 내 심장마저 얼어붙는 것 같은 느낌이었다.

대체 이클레이드는 얼마나 많은 브로크웨이를 만들어낸 것일까. 믿을 수 없는 강함을 가진 존재들.

검을 몇 번 섞자 기량에서 확실히 차이가 났다.

베놈의 숨은 이미 거칠어져 있었다. 피부 이곳저곳이 베였고, 체력은 어느새 바닥이 나버렸다. 눈이 서서히 풀려져 가고 있었다. 검을 들고 있는 것조차 힘들어 보였다.

나는 적어도 브로크웨이 정도는 간단하게 꺾을 수 있는 자리에 올라야겠다. 너희들이 살아 있기에 내 삶의 질이 떨어지는 것같이 느껴졌기 때문이다.

검을 스르륵 뽑고 걸음을 한 발짝 떼려는 순간이었다.

"지금 재미있는 상황이 일어나고 있는데, 혹시 알고 있느냐?"

장 얀느는 크게 뜬 눈으로 브로크웨이를 쳐다보았다. 확실히 브로크웨이의 눈길은 그에게로 향하고 있었으니까. 장 안느는 갑작스러운 물음에 당황하고 있었다.

"무슨 소리야?"

"보고 있지? 내가 이렇게 인형을 조작하는 걸 말야."

피에로의 기괴한 웃음이 섞인 말은 심한 불안을 조성하고 있었다. 마치 악몽을 꾸는 것만 같아 속이 불편했다. 무언가를 게워내고 싶을 정도로.

"지금쯤 드워프라는 작은 꼬마들이 내 인형들을 막아내느라 수고가 많을 거야."

"마, 말도 안 돼."

"이유가 뭐지?"

나의 물음에 그는 조용한 목소리로 말했다. 그 말은 바람을 타고 유유히 흘러와 우리들의 귀를 스치고 지나갔다.

"드워프들의 피가 필요해. 그리고 네 심장 역시."

"역시 괴물의 말은 쓸모가 없는 것들뿐이군. 이봐, 가짜. 내가 몸소 네놈의 영혼을 분리해 주마."

"나를 죽이면 드워프를 모두 살릴 수 있을 거야. 왜냐하면 내가 죽는 순간 인형들마저도 마력을 소실하여 사라지기 때문이지. 하지만 날 죽이기까지의 시간이 길어질수록 드워프들의 사상자는 많아질 거다. 자, 영웅이 되어보겠나, 소년이여?"

희미하게 웃는 그는 분명 미쳐 있는 것이 틀림없었다. 피에 중독된 놈처럼 그의 영혼에서 붉은 피 냄새가 비릿하게 나고 있었다.

"한 가지 궁금한 게 있는데, 날 어떻게 찾은 거냐?"

그는 하품을 길게 했다. 그리고 졸린 표정으로 손가락을 튕겼다. 순식간에 움직인 인형이 베놈의 배에 검을 집어넣었다. 등을 찢고 삐죽 튀어나온 검.

너무 갑작스러운지라 베놈도 미처 방어를 하지 못한 것이다.

마치 시간이 정지된 것처럼 느껴졌다. 피를 울컥 토해내며 바닥에 무릎을 꿇는 베놈의 모습이 거짓말처럼 느껴졌다. 무표정한 인형은 천천히 검을 빼낸다.

너무 심한 고통 때문에 베놈의 입에서 작은 비명이 흘러나왔다. 나는 즉시 마력을 극한으로 끌어올렸다. 마나를 느끼고 뛰어갔다. 우선 베놈에게 힐을 시전했다. 그리고 '파이어 블래스트(Fire Blast)'. 검에서 불길이 치솟았다.

인형은 인형일 뿐.

공격당하기 전에 불태워 버리거나 베어버리면 된다.

매직 미사일을 날렸다.

세 개의 매직 미사일을 맞은 부위가 얼어붙었다. 움직임에 제동이 걸렸고, 검을 휘두르자 거대한 화염의 불길이 인형을 뒤덮었다. 검은 재가 되어 공기 중에 흩어지는 순간, 검은 연기를 뚫고 피에로 브로크웨이가 달려들었다. 득달같이 달려온 피에로의 손이 내 목을 움켜쥐었다. 나는 당장 피에로의 턱을 걷어찼다. 그 충격으로 녀석의 손목이 느슨해졌다. 나는 검을 대각으로 휘둘렀다.

촤악!

피에로의 앞가슴이 피로 물들었다. 비틀비틀 뒤로 물러나던 그는 킬킬거리며 웃음을 흘렸다. 그리고 역시나 재생되어가는 피부를 보았다.

확실하다.

"브로크웨이!"

"언제부터 알고 있었던 거냐?"

"널 처음 보았을 때부터 더러운 느낌이 들더라고. 마치 벌레가 온몸을 기어가는 것처럼."

"쿠쿠쿡, 그보다 저 녀석은 뭐야? 겨우 살려줬더니."

피로 가득한 손으로 내 어깨를 잡았다.

베놈의 눈빛이 하얗게 일렁였다.

"더 싸워보고 싶습니다."

"난 널 잃고 싶지 않다."

눈을 감으며 말한 내게 베놈이 길쭉하게 웃었다.

"확실히 실력이 떨어지는군요. 이놈의 세상을 잠깐이나마 만만하게 봤던 나를 후회하게 만듭니다."

"그러니 물러서 있으란 말이다."

"마법 좀 걸어주십시오."

"뭐?"

"제 공격력 좀 올려달란 말입니다."

"그렇게까지 해야 하는 이유가 대체 뭐냐?"

"그러지 않으면 제 무기력함에 절망할 것 같아서 말입니다. 물론 마법의 힘을 부여받는 것만으로도 충분히 형편없는 저지만. 그래도 로크님을 위해서라도 강해져야 하지 않겠습니까. 그러려면 경험이 필요합니다. 그 기회를 제게 주십시오."

"단, 네놈이 절대 죽지 않는다는 조건에 한해서다. 마지막 기회라고 생각해라. 상대는 브로크웨이. 재생력과 인간의 열일곱 배의 육체적 단련도를 생각해서라도 단 1초도 방심해선 안 돼."

"예."

베놈은 충직하다.

내가 먼저 청한 적도 없는데 나를 위해 모든 것을 내어줄 만큼 내게 믿음을 가지고 있다. 그것으로 알 수 있었던 진실은, '내가 믿으면 그도 믿는다' 정도랄까.

나는 그동안 많은 배신을 겪어왔다. 어쩌면 지금처럼 베놈이 나를 믿는 것이 거짓일지도 모른다. 하지만 나는 지금의 현재만을 믿을 뿐이다.

배신이라는 것은 믿음을 비집고 들어오지만, 내 목표는 그것을 단단하게 만드는 것이다. 어느 무엇도 비집을 수 없는, 그런 사람을 곁에 두고 싶었다. 그것은 야망과 꽤 동떨어진 문제일 수 있지만, 내가 인간으로서 가장 최대치로 목표하는 끝인 것이다.

"하아, 지루해. 지루해……."

얇고 긴 검을 꺼내 든 피에로의 얼굴에는 무료함이 어려 있었다. 아직 확실한 승부를 겨뤄보지 않아서 모르겠다. 그가 킬렌보다 강한지, 혹은 약한지.

"반드시……."

뒷말을 끝맺지 않은 베놈의 그 말은 어떤 의미일까. 그렇게 승부에 연연하는 것은 좋지 않다. 냉철함을 유지할 수 있어야 한다. 감정에 치우친 검은 약할 수밖에 없는 법.

베놈은 아마 패배할 것이다.

카아앙!

검과 검이 부딪치면서 불꽃이 터졌다.

웨폰 마법과 헤이스트, 그리고 아머 마법을 주었으며, 시력을 높이는 아이즈가 움직임에 엄청난 효력을 발휘한다. 그럼에도 베놈의 공격은 효율적이지 않았다. 감정에 치우쳐 있었기에 불필요한 힘이 실려 있었다.

"그래도 오크가 이 정도면 괜찮은 발전이지."

그렇게 비웃으며 최소한의 움직임으로 공격을 막아내는 피에로에겐 단 1g의 땀방울도 보이지 않았다. 편안한 얼굴로 검을 막아내는 것에 비해 베놈은 너무 많은 힘을 빼고 있다.

강한 투기를 뿜어내는 것은 좋았으나 여러 가지 면에서 베놈은 이길 수 있는 방법을 하나씩 잃어가고 있는 중이었다.

"젠자앙─!"

소리를 지르며 검을 휘두르는 베놈은 울고 싶어하는 얼굴이었다. 자신이 약하다는 것을 증오하는 것일까? 강해지기 위해서는 많은 단계를 거쳐야 한다.

한순간의 감정으로 자신의 능력을 탓하는 것은 바보 같은 짓이다, 베놈.

퍼어엉!

손바닥이 가슴을 때렸다. 맞은 곳에서 하얀 연기가 피어오르며 베놈은 공중으로 떴다. 그리고 피에로가 검을 찔러 넣으려는 순간이었다. 이대로 그를 보낼 수 없다. 모든 생물은 성장을 한다. 감정이든 인격이든 육체든 괴로워하지 말고 그저 과정을 거치는 순간이라고 생각해라. 100체계. 강력한 명계(冥界)로부터 맺은 마력의 서약.

"윈드 스톰 월(Wind Storm Wall)!"

거대한 마력의 소용돌이가 불기 시작했다.

마나의 폭풍.

피에로의 표정이 곤혹스러워졌다.

브로크웨이 넌 곧 위대한 마법을 보게 될 것이다.

진짜 체계의 마법사의 힘을, 어디 온몸으로 한번 느껴보거라.

거대한 바람이 불었다.

태풍(颱風)!

주위가 삽시간에 황폐화되듯 바람에 나부긴다. 두 발을 땅에 디디고 있는 것이 힘들 정도로 엄청난 바람이 불어닥쳤다.

마법체계의 장점은 극대화된 마법력과 그 힘, 그리고 순식간에 이루어지는 마법 캐스팅에 있다.

체계의 마법이 그 분노를 터뜨렸다.

주문을 외우고 나는 마법사로서의 권능을 내뿜었다. 머릿속에서 살기 위해 외웠던 그 징그러운 문자들이 그려진다.

엄청난 풍압에 피에로의 온몸은 이미 너덜너덜해져 있었다. 바람에 의해 살이 베이고 터졌으며, 사방에서 억누르는 압력 때문에 숨 쉬기도 힘들 것이다.

이것이 바로 체계의 마법!

나는 쉴 틈 없이 몰아쳤다.

재생력을 가진 브로크웨이에게 시간을 주는 것은 이기지 않겠다는 소리나 마찬가지다. 나는 마력을 끌어올려 연이어 마법을 연사했다.

이런 지독한 싸움은 아마 앞으로도 계속될 것이다. 모든 브로크웨이가 나를 향해 달려들 것이고, 그 치열한 싸움을 뚫고 나는 군주의 자리에까지 올라야 한다.

그것이 내 목표니까.

나는 마법사다.

이클레이드가 만든 사상 최초의 체계의 마법사.

나는 그것을 절대 잊지 않으리니,

329체계 빛의 이름—

바닥이 크게 울렸다.

요동치는 대지와 대량의 마나가 차올랐다.

조잡한 마법으로 피해를 줄 수 없음은 이미 알고 있다. 확실한, 그리고 가장 유효할 수 있는 마법 공격이 필요했다.

나는 거침없이 마법을 캐스팅했다.

마법의 주문이 영창되는 그 순간에 하나의 빛의 구가 생성되고 있었다. 그것은 점점 크기를 더해가기 시작했고, 이내 그 빛은 사람의 형상으로 변했다.

검을 든 천사의 모습이었다.

영롱하고 눈부시게 밝은 존재였다.

"네가 마력으로 인형을 부린다면 나는 빛의 신을 소환하겠다."

빛의 신이라는 것은 어폐가 있다. 하지만 그에 동급을 이룰 정도로 거대한 존재임은 틀림없다. 나는 그분의 힘을 잠시 빌린 것.

지나친 마력 소비에 속이 부글부글 끓었다. 입에서 검은 피가 물컥물컥 흘러나왔다. 마력은 충분했다. 하지만 너무 방대한 마력이었기에, 아직 실력이 부족한 내가 스승님처럼 완벽하게 마나를 다스릴 수 없었기 때문에 마법적 영향을 피할 수가 없었다.

나는 내 자신을 탓했다.

마법 공부가 약했기에 성장이 없었음을 왜 인지하지 못했던 것일까.

스승님이 가르친 것에만 만족하고 멈춰 있었다. 이런저런 핑계를 갖다 붙여봐도 내가 게으른 것임이다. 혹여 마력의 내적 충돌이나 공부의 실수로 몸이 상할까 생각했던 것도 이유 중 하나였다. 하지만 꿈을 이루기 위해서는 반드시 거쳐야 하는 과정이라는 게 있다.

나는 강해져야 한다.

그게 내 삶의 가장 기본적인 관념이다.

나는 눈을 번쩍 떴다.

이제 곧 그 힘이 드러난다.

'휘이잉' 거리는 소리가 번져 나왔다. 귀가 멍멍해졌다. 눈부시게 하얗고 번쩍이는 존재가 브로크웨이에게 검을 휘둘렀다.

힘의 여파는 내게 직접적으로 다가왔다.

몸속에서 휘몰아치는 마력의 기운을 다스려야 했다.

용맹하고 사납게 꿈틀거리는 푸른 맹금의 기운은 온몸을 터뜨릴 듯 강력한 압력을 주고 있었다. 마나를 갈무리하는 것은 무리였다. 300대급의 체계 경지는 나에겐 그야말로 높은 고지였던가.

그 검이 브로크웨이와 부딪친 것인지 지면과 맞닿은 것인지 알 수 없었다.

그저 거대한 충돌이 일어나는 것을 느꼈을 뿐. 세상이 온통 빛에 휩싸인다는 착각을 느끼는 그 순간에 나는 정신을 잃었다.

눈을 뜨자 시야가 몽롱했다.

언제나 정신을 잃고 난 뒤에는 기분이 찜찜할 수밖에 없다. 특히 지금처럼 미확인된 결과를 기억하는 순간에는 더더욱.

나는 찌푸린 얼굴로 상체를 일으켰다.

기묘한 기분.

그녀를 경계하고서부터 나는 모든 것이 조심스러워졌다.

생각도 판단도, 그리고 행동마저도.

손에 활을 들고서 꾸벅꾸벅 졸고 있는 에아르웬이 이제는 무섭다. 은은하게 풍겨 나오는 그녀의 강력한 기운은 나를 몸서리치게 만든다.

킬렌을 향해 활을 쏠 때의 모습이 떠올랐다.

숨 막히도록 강한 마력의 화살을 쏘아 보내던 그녀의 이미지는 내 머릿속에서 쉽게 잊혀지지 않았다.

의도적인 접근인가, 아니면 그냥 멍청한 엘프일 뿐인 것인가.

"으음."

그녀가 손으로 눈을 비비적거릴 때, 나는 얼른 들키지 않게 침대에 누웠다. 내 표정을 그녀가 읽을까 봐 내 가슴은 굉장히 크게 두근거리고 있었다.

그녀는 의자에서 일어나 창문 밖을 살폈고, 그 외에 별다른 행동은 하지 않았다. 나는 어느 정도 분위기가 얼추 맞추어졌을 때 몸을 일으켰다. 물론 목소리를 내는 것도 잊지 않았다.

"에아르웬⋯⋯."

실제인지 거짓인지 내 목소리는 많이 잠겨 있었다. 몸 여기저기가 쑤시긴 했지만 신기하게도 크게 다친 곳은 없는 것 같았다.

그런 거대한 폭발이 일어났는데도 이리 멀쩡하다니⋯⋯.

"어떻게 된 거죠?"

내 물음에 그녀는 아랫입술을 꽉 깨물었다. 예의 그 미소가 보이지 않았다.

그녀의 얼굴에는 두려움이 가득했다.

"왜 그래요, 에아르웬?"

"큰 싸움이 일어났습니다. 정체를 알 수 없는 두 소녀가 조종하는 인형이 드워프와 싸움을 하고 있어요."

피에로의 말로는 그 자식이 사라져야만 인형이 그 힘을 잃는다고 했다. 만약 소녀들이 아니라 피에로, 바로 브로크웨이가 살아 있는 것이라면 이미 일은 크게 벌어질 대로 벌어진 것이나 다름없었다.

나는 나갈 채비를 했다.

다행히 내 장비는 모두 있었다.

로브를 걸치고 검을 들었다.

나는 당장 에아르웬과 함께 2층에서 내려왔다. 1층은 온통 피로 물든 흔적이 남아 있었다. 드워프들의 시체가 드문드문 보였다. 나는 피가 가득 배인 마룻바닥을 건너면서 장 얀느를 떠올렸다.

'살아 있을까?' 하는 궁금증이 일었다. 만약 그가 죽었다면 나는 스승님께 면목이 없다. 그런 사람 하나 내 사람으로 만들지 못한 내가 한심스러워질 것이다.

게다가 그의 감정과 얼굴이 자꾸만 나를 괴롭히고 있었다.

나는 불편한 얼굴로 창문 밖을 보았다.

해가 지고, 이미 바깥은 어두컴컴해졌다.

"시간이 얼마나 흐른 거죠?"

"알비아노님과 저는 계속 로크님을 찾고 있었어요. 큰 소리가 난 곳으로 뛰어가자 그곳에 로크님이 쓰러져 있었어요. 그리고부터 약 네 시간 정도가 흐른 것 같아요."

시간이 그것밖에 안 흘렀다니 그나마 다행이군.

나는 비교적 희망찬 얼굴이 되었다.

적어도 집을 나오기 전까지는 말이다.

거리는 온통 피바다였다.

바닥에 쓰러져 있는 드워프와 창문에 널려 있는 시체들.

그 참혹한 현장에서 나는 분노에 치를 떨었다. 왜 굳이 이런 큰 살인극을 벌여야 했는지 이해할 수 없었다.

대체 무슨 짓을 꾸미고 있는 것인지 그의 사이코적인 소행에 소름이 끼칠 뿐이다. 뿔뿔이 흩어진 일행. 위험하다는 신호가 뇌를 번쩍 울린다.

나는 빠르게 걸음을 걷다가 돌아서서 에아르웬을 보았다.

역시 혼자다.

"알비아노는 어떻게 됐죠? 그리고 베놈은?"

그녀는 머뭇거렸다. 그리고 얼굴이 파랗게 질렸는데 도대체 무슨 일을 겪은 것인지 그녀는 계속 안절부절못했다.

"무서운 분장을 한 사람이었어요. 저는 그를 보자마자 숨었지만 알비아노는 그만 그에게……."

"젠장, 살아 있었다니!"

나는 현기증을 느꼈다.

정신이 아득해지는 것만 같았다. 체온이 급격히 내려가는 것을 느꼈다. 나는 손으로 이마를 짚었다.

더럽게 끈질긴 종자들. 도대체 어떻게 살아남은 거야?!

무려 300대 체계의 마력을 소비했다.

내 체내의 마력은 거의 고갈 상태다. 마나를 느끼는 것마저도 버거운 상태.

나는 잇새로 나오는 신음을 애써 집어삼켰다.

"그들이 어디로 향했는지 기억해요?"

그녀는 고개를 저었다.

그렇다면 지금쯤 드워프 전사들이 인형들을 처리하느라 혼이 빠지고 있을 터이다. 그렇다면 이왕 이렇게 된 것, 장 안

느부터 찾아야겠다.

나는 윈드 워크(Wind Walk)를 시전했다. 얼마 남지 않은 마력을 이 마법에 모두 투자했다. 지금부터는 시간 싸움이다. 나는 마법의 신발을 신는 즉시 순식간에 드워프 마을을 가로지르기 시작했다.

5

처음 이곳에 들어왔을 때 느낀 것은 평화로운 고요함이었다. 산 중턱에 자리한지라 공기도 좋았고, 열심히 일하는 수백의 드워프 광부들을 보게 되었을 때는 새로운 세상을 본 것만 같아 들뜬 기분이 든 것도 사실이다. 하지만 지금 내 눈앞에 그려져 있는 상황들은 지옥보다 참담한 모습이었다. 그리고 귀가 밝은 에아르웬이 검이 부딪치는 소리가 난 곳으로 도착했을 때에는 아무 말도 할 수 없었다.

도무지 현실이라고는 믿을 수 없는 생지옥이 펼쳐져 있었다. 수십 구의 시체가 무더기로 쌓여 있다. 비릿한 피비린내와 시체 냄새가 코를 찌른다.

아무런 감정이 없는 얼굴로 드워프들을 베어나가는 두 명의 소녀, 그리고 마력으로 인해 조종되는 십여 개의 인형이 보였다.

"용서할 수 없어."

울먹이는 목소리를 내뱉으며 에아르웬은 활시위를 당겼다. 눈물을 흘리면서도 단 한 치의 오차가 없는 화살은 마력을 동반하며 인형의 머리에 푹푹 박혀 들어갔다. 피 한 방울흐르지 않는 마력의 인형들은 대상을 바꾸었다.

그들은 이미 지칠 대로 지친 드워프를 지나 에아르웬에게무서운 속도로 달려왔다.

머리에 화살이 박힌 채로 달려오는 모습은 공포 그 자체였다.

에아르웬은 계속해서 활을 쏘았지만 소용없었다. 완전히소각해야만 사라지는 존재들이다. 게다가 저따위로 치우친 감정으로는 죽음을 기다리는 무력한 존재로밖에 보이지 않는다.

그동안 같이 걸어온 길이 있기에 그녀를 죽게 내버려 둘 수는 없었다.

나는 검을 들고 뛰어들었다.

윈드 워크 때문에 약간 떨어져 있던 거리가 단숨에 좁혀졌다. 나는 에아르웬에게 들어간 공격을 막아냈다. 마력의 소실로 마법을 쓰지 못했지만 다행히 인형들은 피에로가 소환했던 녀석들보다는 훨씬 약했다. 그렇기에 검으로도 충분히 베어낼 수 있었다. 가장 먼저 목을 쳤고, 그 다음 손을 잘랐다. 인형에겐 재생 능력이 없었다.

형체를 잃게 되면 자연 소실되는 것들이었다.

나는 검에 묻은 인형들의 기분 나쁜 솜을 닦아내며 걸어갔다. 흑색의 단발머리와 보라색의 단발머리를 한 쌍둥이 소녀였다.

"브로크웨이에게 못된 것만 배웠구나. 아직 어려 보이는데……."

검은 머리가 고개를 끄덕이자 보라색 머리카락의 소녀가 먼저 걸어나왔다.

"동시에 덤벼들어도 모자랄 판에 자신감이 넘치시는군."

"와라."

그녀의 입에서 기계적인 목소리가 흘러나왔다. 감정이라고는 단 1포그(㎜)도 느껴지지 않는 차가운 녀석이었다. 초점을 가진 것을 보아하니 인간인 것 같은데, 어찌 행동은 이리도 인형과 다를 바가 없는 것인지 의아했다. 그러나 현재 중요한 건 그게 아니었다.

차아앙!

검이 맞부딪쳤다.

엄청난 무게 때문에 몸이 휘청거린 내 얼굴은 사색이 되었다. 도저히 여자라고는 믿을 수 없는 조물주의 실패작이라고 말하고 싶었다.

이건 여자가 아니다.

거의 전쟁의 신처럼 느껴지는 그녀의 실력에 나는 혀를 내둘렀다. 가녀린 팔에 비해 검을 휘두르는 무게는 1테르(t)처럼 느껴진다. 깨질 것 같은 팔 때문에 고통에 일그러진 얼굴로 나는 뒤로 물러섰다.

그런 나를 보며 차갑게 웃는 그녀의 얼굴을 보니 서서히 등골이 서늘해진다. 여자라고 얕봤는데 엄청난 실력자들이다. 전신에서 풍겨져 나오는 압박감 같은 것은 없었지만 깨지지 않는 마법의 얼음 같은 그런 지나친 차가움을 표출하는 소녀들이었다.

"네놈들의 목적이 무엇인가?"

"우리는 하수인. 그분의 일에 관여치 않는다. 명만을 받을 뿐."

귀신같은 눈을 번쩍이며 그녀가 공중으로 뛰어올랐다. 바닥에 뿌연 먼지가 채 가라앉기 전에 그녀의 검에서 하얀 오러 블레이드가 뿜어져 나왔다.

"쉴드!"

투명한 마법 방어막이 블레이드를 막아냈다. 하지만 마력이 심각하게 고갈된 상태라서 쉴드는 큰 방어력을 만들어내지 못했다. 단숨에 균열이 가버렸고, 그것을 뚫고 들어온 블레이드가 온몸을 난자하듯 헤집었다. 다행히 스치고 지나갔기에 크게 출혈만 있을 뿐 심각하게 상한 곳은 없었다.

그러나 문제는 지금부터다. 출혈 때문에 정신력이 약해질 수밖에 없었고, 현재로선 그녀들을 물리칠 방법이 없었다.

믿는 것은 지금껏 쌓아온 검술뿐. 그러나 그것이 얼마나 버틸지는 알 수 없었다.

"하아압!"

천천히 걸어오는 그녀를 단숨에 양단하기 위해 나는 혼신의 힘을 실어 검을 휘둘렀다. 마법력이 떨어짐에 따라 윈드 워크도 점점 희미해졌고, 그에 따라 그녀들은 점점 나를 가볍게 상대했다.

체력이 떨어져 입에서 단내가 났다. 눈이 풀리고 검을 드는 것마저도 힘겨워졌을 때 소녀의 회전하는 발차기가 내 턱을 날렸다.

철퍽!

바닥에 엎어지자 온몸이 흙탕물로 더러워졌다.

그녀가 다가와 발로 내 머리를 지그시 눌렀다.

"조용히 따라오는 게 좋을 거야."

나는 애써 흙탕물에 처박은 머리를 들며 말했다.

"궁금한 게 있는데… 네년들은 인간이냐, 인형이냐?"

그녀가 머리를 강하게 짓밟으며 답했다.

"인간."

"쿨럭! 인간? 그런데 어째서 브로크웨이 따위에게 충성을 맹세한 것이지?"

"말이 많은 녀석이군."

밟고 있던 발이 머리를 향해 강하게 날아왔다. 머리에서 엄청난 충격이 전해졌다. '터엉!' 하는 소리와 함께 내 얼굴은 피로 물들었다.

"쿨럭!"

빗물과 뒤섞인 내 안면은 엉망으로 변했다.

비릿한 피 냄새가 코끝으로 들어왔다. 나는 부들부들 떨리는 몸을 일으키기 위해 애썼다. 하지만 그것은 힘없는 반항.

결국 꼴사납게도 나는 그녀들에게 더 이상의 반항은 하지 못한 채 붙잡혀 버리고 말았다. 지금 여기서 나를 즉각 죽이지 않는 것은 피에로에게 나를 상납하기 위해서겠지.

에아르웬 역시 무기력하게 잡혔다.

이번엔 저번처럼 기적이 일어나지 않았다.

그녀들은 마나가 느껴지는 밧줄로 나와 에아르웬을 꽁꽁 묶었고, 이내 어디론가 끌고 가기 시작했다.

나는 심한 출혈 때문에 정신이 몽롱해져서 어디로 가고 있는지조차 몰랐다. 그저 마력이 소실된 내 몸이 원망스러울 뿐이었다.

굉장히 넓은 지하실이다. 반쯤 떠진 눈으로 주위를 살폈다. 약품이 보이고, 넓은 바닥에는 거대한 마법진이 그려져 있다. 그리고 잠시 후, 내 일행 모두가 이 지하실 안에 갇혀 있다는 사실을 알고서는 절망이 가슴 깊숙이 파고들었다.

베놈과 알비아노, 그리고 에아르웬이 모두 나무판자에 밧줄로 묶여 있었다.

푸른색의 마나가 감도는 밧줄을 끊을 방도는 없어 보였다.

"드디어 눈을 떴군."

분장을 지운 피에로가 약을 정리하다가 고개를 돌렸다. 분장을 지웠지만 단번에 알아볼 수 있었던 것은 그의 지독한 브로크웨이 냄새 때문이다.

"조금만 기다리거라. 아마 최초로 브로크웨이가 인간으로 변화하는 과정을 거치는 것을 보게 될 테니."

그는 붉은 색깔의 액체가 들어 있는 수십 개의 병을 보면서 킬킬 웃었다. 도대체 무엇이 그들을 그리 고통스럽게 하기에 브로크웨이이기를 거부하는 것인가.

"대체 네놈들은 왜 인간이 되고 싶어하는 건가?"

"이유야… 아주 많지. 항상 악몽을 꾸며, 몸이 괴물로 변하는 육체적인 고통, 그리고 항상 내 목을 누르는 그 이클레이드라는 존재의 잔재마저도 내가 인간이 되기를 원하는 이유다."

그의 푸른색 눈동자가 아주 이질적으로 차갑게 타올랐다. 그 눈길의 끝은 내 가슴, 바로 심장을 향해 있었다.

넓은 이마에 긴 얼굴, 치켜 올라간 눈매, 얼음처럼 차가운 눈빛을 보내는 그를 보면서 나는 최대한 감정을 배제한 목소리로 말했다.

"목표는 나잖아. 내 일행은 풀어주도록 해라."

내 부탁을 그는 가볍게 거절했다. 뿐만 아니라 검을 꺼내 들어 가까이 걸어오며 잔인하게 대답했다.

"인간은 항상 후회를 하지. 지금처럼 말이야."

녀석의 검이 알비아노의 배에 깊숙이 들어갔다. 대량의 피가 걷잡을 수 없이 바닥으로 뚝뚝 흘러내려 갔다. 그는 비명도 못 지르고 꺽꺽거리는 알비아노의 턱을 매만졌다.

"무, 무슨 짓이야?!"

내 외침에 그는 킬킬거리며 웃기 시작했다. 그리고 그대로 돌아서서는 나를 보며 장난스런 표정을 지었다. 속에서 용암처럼 뜨겁게 끓어오르는 분노는 비단 알비아노 때문만이 아니었다.

나를 조롱하는 지금의 수치 때문이었다.

"서서히 죽어가는 네 동료를 지켜보거라. 가는 길이 외롭지 않도록 이야기 몇 마디 나눠주는 것도 나쁘진 않겠지."

나는 알비아노에게로 시선을 돌렸다. 새파란 얼굴로 이미 크게 지쳐 보였다. 눈동자는 풀려 있었고, 거친 숨을 내쉬었다. 당장이라도 숨이 끊어질 것처럼 보였다.

"부, 부, 탁이 하나 있… 습니다……."

간신히 뱉은 말은 희미했지만 대충 알아들을 수는 있었다. 나는 그녀가 죽음에 임박했음을 부정하지 않았다. 그녀와 함께한 시간은 단 며칠이지만 나는 그녀의 슬픔을 읽었다.

어린 시절부터 많은 아픔을 겪고, 산적들에게 붙잡힌 그녀의 기구한 인생은 나에게 아주 작지만 동질감을 주었던 것이다.

"만약, 만약 이곳을 빠져나가 살아남으신다면… 제 부모님께 제가 행… 복하게 살고 있다고 전해주……."

그녀는 말을 끝맺지 못했다.

목뼈가 힘을 잃었다.

고개를 숙이며 몸이 축 처졌다.

그녀의 영혼이 육체를 벗어나는 환각이 보이는 것만 같았다. 지나치게 아름답고 투명한 그녀의 슬픈 영혼이 채 사라지기도 전에 보라색 머리의 소녀가 걸어가 알비아노의 코에 검지를 가져갔다.

"죽었습니다."

차가운 그 소리를 들은 브로크웨이는 약병을 흔들며 고개를 끄덕였다. 사람의 목숨을 파리 목숨보다도 가볍게 여기는 녀석이었다.

"반드시 죽인다."

그가 킬킬거리며 내게 얼굴을 내다 밀었다.

"누구를?"

나는 희번덕거리는 눈으로 그를 증오의 눈빛으로 노려보았다. 내 눈빛에는 지금껏 보지 못했던 들끓는 분노가 서려 있었다.

"당연히 네놈이지 않겠느냐!"

"뭐, 가능하다면 언제라도 환영하지."

그는 노래를 흥얼거리며 약병을 든 채 마법진이 그려져 있는 곳으로 걸어갔다.

나는 온몸의 피가 거꾸로 솟는 것 같았다.

당장 저 개자식을 찢어 죽이고 싶었지만 아무리 빠져나갈 수 있는 방도를 생각해 보아도 그게 쉽지 않았다. 밧줄에서 풀려난다고 해도 브로크웨이는커녕 두 소녀에게 제압될 판이었다.

'이대로 끝인 것인가……'

절망은 꼬리에 꼬리를 물었다. 믿기지가 않았다. 내가 그동안 해온 노력과 꿈이 한순간에 와르르 무너지는 순간이었다.

"연구를 많이 했단다. 어떻게 하면 너를 한곳에 고립시키고 내 연구 장소로 끌어들일 수 있는지에 대해서 말이지. 그런데 많은 고민을 할 필요가 없었어. 너무 쉽게 넘어왔거든. 다행히도 네 목표가 이곳이라 내겐 기적과 같은 행운이라고 할 수 있었지."

"네가 인간이 되기 위한 재료는 모두 어떤 거냐. 죽어가는 마당에 내게 궁금증을 풀어주는 것 정도는 어려운 일이 아닐 테지."

나는 진심으로 그들이 인간으로 해방되는 순간은 어떤 과정을 거칠지 궁금했다.

"죽은 후에 영혼으로서 날 찾아온다면 가르쳐 주도록 하지. 평생을 걸쳐 알아낸 이 비밀을 그렇게 쉽게 가르쳐 줄 수는 없는 노릇이니."

"어차피 이곳엔 아무도 없지 않는가."

"은신하는 녀석들이 아주 귀신같거든. 그리고 그 내용의 중앙엔 아주 중요한 정보가 들어 있단다. 그래서 함부로 가르쳐 줄 수가 없는 거야."

나는 그의 단호한 말에 대답을 들을 생각은 포기했다. 그보다 몸이 저릿저릿하다.

얼마나 오래 묶여 있었는지 곧 전신에 마비가 올 것 같았다. 게다가 갈증 때문에 목이 타는 고통을 느꼈다. 그동안 먹고 자는 것에는 문제가 없었다. 그래서인지 적어도 일주일은 멀쩡했던 목이 말썽을 부린다. 게다가 베놈은 아직 정신마저 못 차리고 있다.

나는 장 얀느를 보았다.

눈을 감고 있었는데 얼핏 보니 정신을 잃은 것 같지는 않았다.

아마 생각을 정리하는 것 같았다.

'방법을 찾아야 한다. 반드시.'

나는 회복되는 마력을 느끼려 애썼다. 하지만 무슨 일인지 마력이 회복될 기미를 안 보였다. 내 추측대로라면 아마 이 마법 밧줄이 미력을 흡수하는 성질을 가지고 있는 것이 틀림없었다.

그게 아니라면 마력이 극소량도 회복되지 않는 일은 있을 수가 없는 일이었다.

확실히 철저한 준비를 마친 게 틀림없었다.

나를 잡기 위한 완벽한 노림수.

나는 그 함정에 제대로 걸려든 것이다.

"크리스틴과 비안세는 나가서 혹여 근접해 오는 드워프가 있다면 처리하라."

"예!"

칼같이 대답을 하며 그녀들은 순식간에 사라졌다.

옷매무새를 다듬은 그가 내게로 천천히 걸어왔다. 지독한 정신적 고통 때문에 미쳐 버릴 것 같은 충동이 수도 없이 일었다.

혀를 깨물고 죽고 싶은 심정도 있었지만 실낱같은 희망을 갖고 있었기에, 아니, 그것보단 삶에 대한 욕구가 더 강했기에 나는 선뜻 죽음을 선택하지 못했다.

내 심장의 가치가 그렇게도 높았단 말인가. 혹여 이곳에서 벗어나 살아난다고 해도 나는 늘 표적의 대상이 될 것이다.

이토록 강하고 무서운 브로크웨이들에게.

"이리 아름다운 얼굴을 가진 데다가 대마법사의 마법체계를 훌륭하게 전수받다니, 정말 대단한 인간이로고."

내 뺨을 쓰다듬으며 말하는 그의 얼굴에 침을 뱉었다. 그럼에도 기분 좋은 얼굴로 그 침을 손으로 닦아내는 그를 보면서 나는 내 몸에 난 모든 털이 일제히 곤두서는 것을 느꼈다.

"한심한 놈, 마법체계를 성공한 녀석이 이렇게 나약하다니. 나를 너무 원망 말거라. 그저 네 재능과 그 무식한 머리를 탓할 수밖에."

그는 그렇게 비소 섞인 말을 남긴 뒤 뒤돌아서 두꺼운 책 하나를 집었다. 그것을 펼쳐 뒤적이더니 곧장 영창을 시작했다.

거대한 마력의 힘이 표출되면서 마법진이 그 빛을 뿜어내기 시작했다. 눈이 멀어버릴 정도로 환한 빛이 내부에 가득 찼다. 그리고 대기 중에 차오르는 마나는 도무지 가늠조차 할 수 없는 엄청난 양이었다. 적어도 마을 하나는 날릴 법한 거대한 파장을 가진 힘이었다.

그것은 비 오듯 흐르는 내 땀과 피부가 말해주고 있었다. 엄청난 고 서클. 내가 가늠하기엔 거의 7서클에 필적할 정도의 마력이었다.

브로크웨이가 인간이 되기 위해선 이토록 강대한 힘이 필요하단 말인가.

빛이 조금씩 가라앉았다.

마치 안개처럼 주위는 하얀 연기로 가득 찼다.

그는 주문을 모두 끝마치고 붉은 액체가 들어 있는 약병을 마시기 시작했다.

끝없이 핏물의 액체가 그의 입 안으로 흘러들어 갔다.

곧 그의 몸이 기피하게 변하기 시작했다.

온몸이 부풀어 오르더니 이곳저곳이 삐죽삐죽 삐져 나왔다. 마치 뼈가 부분부분 급성장을 이룬 것처럼.

섬뜩!

형태를 알아볼 수조차 없을 정도로 흉측한 모습이었다. 그러던 그가 연기와 빛을 모두 빨아들이더니 서서히 본래의 모습으로 되돌아갔다.

그는 몸에 마법 가루와 같은 것을 뿌렸다. 연이어 몇 개의 스크롤을 찢더니 희귀한 문자가 적힌 돌을 가져와 마법진에 배치했다. 그는 마지막으로 내 심장을 가져가기 위해 내게로 다가왔다.

"드디어… 드디어……."

인간이 될 수 있다는 희망에 찬 그의 얼굴은 너무나 광기 어린 모습이라 차마 눈 뜨고 보기가 힘들 정도로 소름 끼쳤다.

나는 눈을 감았다.

스승님에게 면목이 없었다.

모든 것을 바쳐 이런 괴물 실험체를 만들어가며 창조해 낸 마법체계의 제자가 이리 허무하게 죽음을 맞이했으니 훗날 스승님을 하늘에서도 뵙기도 뻔뻔한 일이었다.

그가 내 가슴을 향해 검을 가까이 가져오는 그때 내실이 순간 크게 흔들렸다. 마치 지진이라도 난 것처럼 천장이 무너져 내릴 것만 같았다.

브로크웨이는 당혹스런 얼굴로 주위를 두리번거렸다.

무슨 일인지는 모르겠으나 지금이 기회였다. 흔들리는 지반 때문에 마법진이 흐트러졌고, 마나의 충돌로 브로크웨이는 피를 토해냈다.

나는 상체가 묶여 있는지라 손목밖에 움직일 수 없었다. 손을 최대한 꼼지락거리며 아래쪽 주머니를 뒤져 딱딱한 물건

하나를 잡을 수 있었다.

그것은 하만보르가 준 물건이다.

어려운 상황에 자신을 불러달라 했던 신물(神物).

나는 손목 스냅을 이용해 그것을 위로 던졌다. 그리고 입 근처로 떨어져 내릴 때쯤 기가 막힌 타이밍으로 소리쳤다.

"하만보르!"

최대한 정신력을 집중해 내 모든 혼신을 다했다.

그를 부를 때 마나가 필요하지만 마법진으로 인해 내부에 는 대량의 마나가 감돌고 있었다. 때문에 따로 마나가 필요치 않았고, 그 엄청난 마나 때문에 그리 큰 정신력의 도움 없이 도 소환이 가능했다.

금색의 빛이 일렁이더니 그것은 점점 실체화가 되었고, 결 국 거대한 신물이 출현했다.

"이, 이게 뭐야?!"

브로크웨이는 경악한 얼굴로 외쳤다. 그럴 만도 했다. 지 금 네놈의 눈앞에 존재하는 이 거대한 두꺼비는 보통 두꺼비 가 아니니까.

6

하만보르가 나타나자마자 천장이 무너지기 시작했다. 그

것은 찰나였다. 그 작은 시간의 틈 사이로 하만보르는 혓바닥으로 무언가를 집어삼켰다. 그리고 그 무언가에는 나도 해당되어 있었다.

그의 혀가 내 몸을 감싸고, 나는 그의 입 안으로 들어갔다. 엄청난 속도여서 정신을 차릴 수가 없었다.

하만보르의 입 안은 뜨거웠다. 위액이라 그런지 몸이 타는 듯한 통증이 일었다. 그리고 순간 속이 울렁거리는 느낌이 들었고, 그 후부터는 무슨 일인지 천장이 무너지는 거대한 굉음은 더 이상 들려오지 않았다.

"퉤!"

하만보르가 나를 뱉어냈다. 이어 내 동료들이 그의 입 안에서 하나씩 나타나기 시작했다.

"몸은 좀 괜찮은가?"

나는 식은땀을 닦으며 대꾸했다.

"보시다시피 별로 좋지가 않아. 그보다 하만보르, 어떻게 된 거지? 여기는 어디야?"

노란 갈대 수풀이었다.

엎드리면 절대로 찾을 수 없을 것만 같은 넓은 수풀.

나는 어안이 벙벙한 얼굴로 주위를 둘러보았다.

너무 넓어서 현기증이 날 정도였다.

"이곳은 이스페드 산맥의 끝 자락이다. 아래로 조금만 내려가면 인간들이 살고 있는 도시가 있을 것이다."

"그렇군. 정말 고맙다, 하만보르. 당신이 아니었다면 나는 그곳에서 목숨을 잃었을 거야."

"나 역시 그대가 나를 불러준 것에 대해 감사함을 느끼고 있다. 그리고 더 이상 대화를 나눌 수 없는 나를 이해해 주길 바란다."

"바쁜 모양이군."

"그런 셈이지."

사람을 묘한 상태로 만들어놓는 그 신비한 눈동자를 보고 있자면 평화로운 나날 저녁노을을 보는 것만 같은 느낌이 들었다. 하얀 구름과 붉은 석양이 온몸을 따뜻하게 감싸주는 그런 눈빛.

그에게 많은 이야기를 들어보고 싶었다. 내가 가진 진실들을 말해주고 싶었다. 하지만 역시 그는 신물이기에 보통의 생물과는 다른, 꼭 그를 필요로 하는 일을 하고 있는 것이 틀림없었다.

"잘 가, 하만보르. 다음엔 꼭 긴 대화를 나눠보자."

"그전에……."

그는 눈을 떼굴떼굴 굴리며 알비아노를 보았다. 피투성이가 되어 있는 그녀의 얼굴이 창백했다.

나는 급히 물었다.

"살릴 수 있는가?!"

"목숨이 붙어 있다면."

나는 알비아노의 코에 검지를 가져다 대보았다.

기적이었다.

분명 브로크웨이의 하수인이 말하기에는 숨을 쉬지 않았다고 했다. 이유를 알 수 없지만 내 추측이 맞다면 죽은 게 아니라 잠깐 동안 심장이 멈췄다가 기적적으로 다시 뛰기 시작했다는 것으로밖에 해석할 수 없었다.

그러나 가장 근본적으로 썩은 뿌리가 남아 있었다.

"숨을 쉰다. 하지만… 너무 미약해."

곧 죽을 게 틀림없었다.

심장이 다시금 정지될 시간이 머지않았다. 그런데 하만보르가 뜻 모를 소리를 했다.

"그럼 됐다."

"뭐?"

나는 깜짝 놀랐다.

내가 어리둥절한 얼굴로 그를 보았을 때 하만보르는 입에서 빛을 토해냈다. 그것이 알비아노를 감싸자 저온이었던 그녀의 체온이 점점 올라가는 것을 볼 수 있었다.

얼굴 혈색이 좋아진다. 무엇보다 안정적인 숨소리가 느껴진다.

"대체 어떻게 한 건가, 하만보르?"

"나의 수명을 썼다."

나는 그 의미를 깨닫고 나서 비명을 질렀다.

"그게 무슨 짓이야?"

"어차피 나는 만 년에 가까운 세월을 사는 몸. 작은 생명을 나누어주었다고 해서 크게 문제가 되는 것은 아니다."

나는 고개를 들 수 없었다.

"큰 신세만 지고, 친구로서 부끄럽구나."

"그녀는 당신에게 소중한 사람인가?"

나는 고개를 저었다.

"그런 건 아니다. 하지만 나는 그녀의 안전을 책임지기로 했다. 그런데……."

"결국은 구하지 않았는가."

"그건……."

"되었다. 나는 이해한다. 그리고 더 이상 시간을 할애할 수 없음을 헤아려다오. 나를 불렀던 소환의 물건에 다시 내 이름을 외쳐 주게나."

나는 어쩔 수 없이 고개를 끄덕였다.

하고 싶은 말은 많았지만 그에게 더 이상의 짐이 될 수는 없었다. 나는 아쉬운 작별을 고했다.

금색의 빛이 온몸을 휘감더니 그는 이내 사라져 버리고 말았다. 우리를 이곳으로 데려온 것은 마법인가, 아니면 신물의 힘인가.

뭐, 지금 상황에 그런 게 중요한 건 아니지.

나는 동료들을 살폈다.

모두들 지친 얼굴이었다. 거동도 힘들어 보여서 나는 난감한 얼굴로 바닥에 풀썩 주저앉았다. 에아르웬은 아직 의식이 없었다. 베놈은 끙끙거리며 계속해서 몸을 뒤척이고 있었다.

이놈의 마력은 뭣 때문인지 회복 속도가 느려 터진지라 속이 답답했다. 당장 힐을 사용할 수는 있지만 그랬다간 완전히 비어버린 마력을 다시 채우는 것에는 보다 큰 시간이 걸린다.

본래 있는 것에 더하는 것은 시간이 짧으나 완전히 비워진 곳을 채우는 것은 힘든 법이다.

이왕 이렇게 된 것, 나도 휴식을 취하기로 했다.

어차피 이대로 혼자서 갈 수도 없는 노릇이고, 멍청하게 그들이 일어나기만을 기다릴 수도 없는 노릇이니 마법적 연구와 함께 휴식을 취하기로 했다.

좌선을 한 뒤 눈을 감았다.

마음을 차분하게 가라앉히고 마나를 느낀다.

대자연에 흐르는 마나의 흐름이 예리하고 가볍게, 그리고 유연하게 내 주위를 감돌고 있었다.

나는 그 마나의 흐름을 인도해 나갔다.

마법체계의 공식대로 마나의 흐름을 제어하고 받아들인다.

스승님께 그렇게 많은 마력을 선사받고서도 이 정도밖에 안 되는 나는 대체 뭐 하는 놈이란 말인가.

브로크웨이들의 공격을 막아내기엔 완전히 역부족이었다.

그의 하수인조차 엄청난 실력의 소유자들이다. 내가 걸어가야 할 길은 숱한 가시밭길뿐이다.

그것을 헤쳐 나가는 것은 내 의지와 행동이다.

이토록 나약할 수는 없다. 공부의 증진이 있거나 그들의 약점을 잡아내야 한다. 하지만 도저히 방법이 떠오르지 않았다. 차차 생각하자. 우선은 마나를 되찾는 것이 급선무다.

나는 다급해진 마음 때문에 불규칙해진 마나를 다시 받아들이기 위해 냉정을 찾았다.

서서히 몸 안으로 밀려들어 오는 미세한 마나는 내 몸 내부를 순환하며 돌기 시작했다.

피를 깨끗하게 하고 정화해 주는 마나는 몸 안에 있는 독소까지도 제거하는 효용을 가지고 있다.

힐을 시전하지 못해 다친 내 몸의 외부는 천천히 회복되어 갔다. 그것은 마법적인 힘을 발휘한 힐보다는 속도가 현저하게 차이가 나나 가장 깨끗하고 정순한 치료이다.

마나를 느낌으로 인해 몸이 조금씩 가벼워지는 것을 느꼈다. 비워 있던 마나홀이 점점 그 크기를 더해가고 있었다. 그런데 그 순간, 심뜩한 실기가 등을 훑고 지나갔다.

나는 당장 검을 뽑았다.

내 두 눈에 보이는 사람은 단 한 명.

장 얀느.

그가 붉게 충혈된 눈으로 나를 노려보고 있었다.

쓰러져서 사경을 헤매더니 이제야 정신을 차린 모양이다.

"깨어났군. 다행이구나."

"어찌할 테냐?!"

그의 분노 섞인 목소리가 들려온다.

잠시 잊었다. 그는 마을을 잃었고, 같은 종족인 드워프를 셀 수도 없이 많이 잃었다. 브로크웨이로 인한 그들의 피해. 그것의 발단을 제시한 것은 결국 내 자신이다. 하지만…….

"나도 피해자다."

"피해자?"

그는 킬킬거리며 웃었다. 그리곤 눈물을 흘렸다.

무엇이 그리 서러운 것인가.

나를 그렇게 보지 마라.

나는 원치 않았던 마법을 배우게 되었고, 그로 인해 나 역시 브로크웨이와의 관계에 엮일 수밖에 없는 피해자란 말이다.

"아무리 나를 버린 아버지라지만, 그래 봤자 그는 내게 피를 이어준 아버지다. 그런 그를 눈앞에서 잃은 내 심정을 네가 이해할 수 있겠느냐. 네놈이 피해자라고? 너는 가해자야."

나는 희미하게 웃었다.

"나는 아버지가 없다."

"그래서?"

"아버지를 잃은 것은 대체 어떤 느낌인가?"

그가 황당한 표정을 지었다.

"뭐?"

"나에겐 그런 아버지가 존재한다는 것은 머나먼 꿈이었지. 부모님의 애정이라는 것이 존재한다는 것은 내겐 지나치게 잔인한 일이었다."

"괴변을 늘어놓지 마라. 나는 내 아버지의 복수를 하겠어."

언제 가져온 것인지 그의 손에는 단검이 들려 있었다. 나는 그를 감정이 없는 눈동자로 노려보았다.

"나는 착한 사람이 아니라서 오해의 껍질을 뒤집어쓴 채로 곱게 죽어주지 않는다. 그리고 그게 혹여 사실이라고 해도 나는 죽어주지 않는다. 너는 나를 이길 수 없어. 그런 형편없는 몸으로 무얼 하겠다는 건가."

"그 입 닥쳐!!"

혼신을 다해 달려왔지만 그는 축적된 피로와 상처 때문에 어린애라도 상대할 수 있을 만큼 형편없었다.

손가락만 까딱하면 쓰러질 것 같은 남자.

나는 천천히 검을 들었다.

그가 휘두르는 검을 받아 부드럽게 넘겼다. 그리고 손바닥으로 그의 옆구리를 푹 눌렀다.

입에서 피가 뒤섞인 침을 뱉어내며 쓰러진 그는 고통 때문에 바닥을 뒹굴며 괴로워했다.

"기회를 주마. 네가 만약 드워프 마을에서 형편없는 녀석이 아니라, 그 작은 마을에서는 네 뜻을 펼치지 못해 그동안 몸을 웅크렸던 거라면 내가 너에게 날개를 달아주겠다. 나와

함께하겠느냐?'

그는 킬킬거리며 웃다가 피를 토해냈다.

심한 내상이 있는지 그는 배를 부여잡고 고통스러워하면서도 웃음을 참지 못했다. 한참이나 고통 섞인 웃음을 흘리던 그가 겨우 멈추고 입을 열었다.

"이 미친놈아, 어찌 원수의 뒤를 따를 수가 있다는 말이냐!"

"나는 내 자신이 느끼기에도 지독한 현실주의자다. 잘 들어라. 지금 이 순간 나와 함께하지 않는다면 너는 목숨을 잃을 것이다. 아마 광산 마을에 존재하는 드워프의 씨는 완전히 마르게 되겠지."

"나는 드워프가 아니야! 주워온 놈이라고!"

"알고 있다. 하지만 그 드워프의 문화를 몸에 입은 것만큼은 부정할 수 없겠지. 그리고 똑똑한 놈이라면 복수의 대상은 나보다 브로크웨이에 가깝다는 것을 모르지 않을 테지."

"브로크웨이?"

"드워프를 몰살에 이르게 하고 우리를 잡은, 그리고 내 심장을 노린 녀석이 바로 브로크웨이라는 명칭을 달고 있는 녀석이다. 나와 함께 길을 간다면 너는 브로크웨이에게 복수할 수 있는 기회를 가질 수 있게 된다. 나를 완전히 믿지 않아도 상관없다. 언제든 복수를 위해서 내 목숨을 노려도 좋다. 단, 나와 함께 야망을 꿈꿔볼 의지를 굳힌다면 그땐 지체없이 청하라. 그땐 너를 내 가족으로 여기겠으니."

그는 한참 동안 침묵하다가 입을 열었다.

거친 숨을 통해 나오는 그의 목소리는 많은 의미를 담고 있었다. 많은 생각을 했겠지. 그리고 스승님이 나와 함께하라고 했던 녀석이라면 절대 멍청한 선택은 하지 않을 것이다.

"거절하겠다."

"뭐, 뭐라고?"

나는 그의 판단에 오한이 들었다.

대체 무엇 때문에 죽음을 선택한단 말인가. 혹여 형편없는 자존심 때문이라면 내가 그의 그릇을 잘못 본 것이다.

아니, 그것은 그릇이라 불리기에도 아까운 쓸모없는 물건일 뿐이다.

그는 비틀거리는 몸으로 일어섰다. 간신히 발을 디디고 선 그는 나를 보며 말했다. 나는 순간 그의 눈빛이 지나치게 깊어 소름이 확 끼쳤다.

"함께한다는 표현은 맞지 않아. 마치 네놈이 대장인 것처럼 나서는 꼴이 배알이 뒤틀려 참을 수가 없다. 단지 목표가 같은 동행일 뿐."

"그렇다면 내 제안은?"

"그 동행하는 동안 생각해 보도록 하지. 네놈이 얼마나 쓰레기 같은 놈인지, 아니면 내가 함께할 수 있는 사람인지를 판단하겠다."

나는 검을 집어넣었다.

철컥!

"조금만 기다려라, 그 상처를 치유해 줄 테니."

그는 가쁜 숨을 몰아쉬며 주저앉았다.

어쩌면 서 있는 것이 기적일지도 몰랐다. 파랗게 부어오른 입술과 눈동자를 보면 살아 있는 게 신기했으니까.

하지만 죽지 않겠다는 의지가 있다는 것으로도 해석할 수 있다. 앞으로 그와의 동행이 궁금해지는군. 뭐, 놈이 살아남는다는 전제하에서겠지만.

7

휘이잉!

바람이 갈대를 흔드는 그 소리와 함께 울리는 발자국 소리가 심장을 압박했다. 그들과의 거리를 느끼고 공격 루트를 잡는다. 이미 마법력은 회복된 상태다. 예상이 틀리지 않았다면 추적을 감행해 온 것들은 피에로 패거리겠지.

저렇게 슬금슬금 다가오는 거, 별로 맘에 안 든다.

"상처가 채 낫기도 전에 귀찮게 하는군요."

베놈이다.

지친 기색이 역력하다. 피로함이 온몸에 묻어 있고, 눈은 거의 반쯤 풀려 있다. 베놈도 이러할진대 대체 저 끈질긴 브로크웨이는 뭔가. 무한 체력을 가진 건가?

나는 불공평한 세상을 싫어한다. 선천적인 체력의 우선 따위, 믿고 싶지 않았다. 놈들도 인간이라면, 아니, 적어도 그 하수인들만이라도 인간이라면 가능성은 있다.

"모두 일어나. 죽기 싫으면."

내 말은 효력이 있었다.

모두들 바짝 긴장했다.

그래, 인지해라. 내가 너희들을 지켜주지 않을 것이라는 것을. 자신의 목숨은 자신이 지키는 거다. 남에게 의지하는 것이 얼마나 오래갈 것 같나? 자신의 목숨은 자기 자신이 지키는 거다. 그게 가장 이기적이면서도 안전한 방법이지.

나는 동료들의 얼굴을 하나씩 훑어보았다.

장 얀느의 얼굴에는 짙은 곤욕이 어려 있었다. 요즘 들어 이런 분위기를 자주 겪는 것일 텐데, 흔한 경험이 아니라서 많이 긴장될 것이다. 죽음이라는 두 글자가 머릿속에서 팽글 팽글 감돌겠지.

에아르웬은 이미 활을 꺼내놓은 상태였다.

알비아노는 슬금슬금 걸어와서 내 뒤에 섰다. 그리고 손가락으로 옷자락을 잡았다.

몸을 씻겨놓으니 몰라보게 달라졌다.

하얀 얼굴과 아름답게 반짝이는 은발, 게다가 새하얀 손목과 다리는 그녀의 신분이 더 이상 천하다고 할 수 없을 정도

길을 인도하는 사자(使者) 335

였다. 하지만 그런 외관적인 모습은 나에게 있어서만큼은 별다른 감흥을 주지 못했다.

아름다운 것은 그저 아름다운 것에 그칠 뿐, 마치 예술 작품을 보는 느낌이다. 그렇게 내 자신이 느끼는 것에는 어쩌면 크게 문제가 있을지도 모른다. 하지만 내키지 않는 것을 어찌하리.

나는 그녀의 손을 냉정하게 뿌리쳤다.

"최소한의 도움은 준다. 하지만 네 안전을 완벽하게 보장할 순 없어. 무엇보다 중요한 건 내 자신이니까. 어떻게든 살아남아."

그녀는 아랫입술을 지그시 깨물고 뒤로 물러난다. 마음에 드는군. 이런 상황에서 붙잡고 늘어졌다면 가차없이 베어버리고 싶었을 텐데. 그래도 뭐, 터진 입이라고 주절거린 게 있으니 어느 정도는 지켜줘야겠지.

나는 감각을 올렸다.

그러니 후각이 예민해진다.

벌써부터 짙은 혈향이 맡아졌다.

녀석들의 검에 베인 드워프의 피다.

비릿하고 혼이 감도는 피를 머금은 검.

우선 보이는 사람은 두 명이다.

브로크웨이가 아니었다.

하수인.

'시간 끌 필요 없겠지.'

누구랄 것 없이 베놈과 내가 동시에 뛰어들었다.

에아르웬은 활시위를 당겼다. 나는 마법을 캐스팅했다. 빈번한 전투. 브로크웨이는 어디 있는 걸까. 지켜보고 있는 건가. 속셈이 뭐지? 죽은 거냐, 살아 있는 거냐?

수없는 자문이 있었지만 그것은 순식간이었다. 어느새 그녀들의 앞으로 도착했다.

몸이 긴장으로 빳빳하게 굳었다.

그 굳은 신경을 풀며 몸을 움직인다.

"헤이스트."

광속의 속도로 검을 뽑았다.

동방이라는 나라의 책을 읽은 적이 있다.

모두가 검은 머리카락에 검은 눈을 가진, 그리고 아름다운 문화를 가진 사람들. 그들의 검술 중에는 발검이라는 것이 있었다. 검을 꺼내는 즉시 그 일 합으로 베어버리는 기술.

싸움은 응용이다.

경험으로 실력을 쌓는 것이기에.

'시도한다.'

반원을 그리며 베어 들어간 검이 보라색 머리칼의 소녀의 옷 앞자락을 베었다.

역시나 미숙하다.

단숨에 약점을 내보이고, 반격의 기회를 만들어준다.

시행착오를 겪지 않았던 나는 그만 허리를 내어줄 뻔했다. 하지만 베놈이 있었다. 물론 그것을 계산했다. 베놈이 검을 쳐내고 나는 곧장 검을 찔러 들어갔다.

푸우욱!

피가 나지 않는다. '어째서?'라는 물음표가 눈에 띈 순간 그녀가 휙 무너진다.

방금 전, 검에 찔린 것은 인형이었다. 무섭도록 본체와 같았던 모습. 그 모습이 머릿속에서 사라지지 않았을 때, 공중에서 무언가가 떨어져 내렸다. 무거운 무게의 검이 내 정수리를 향했다.

카아앙—

사전에 육체적 마법을 걸어놓았음에도 힘이 밀린다. 확실히 나는 마검사로서는 실패의 길을 걷는 것일지도 모른다.

나는 생각을 전환시켰다.

마법은 거대한 회전을 담고 있다.

몸속에서 마나의 회전은 우주처럼 거대한 곳에서 회전하고 있으며, 그 공간 속에서 힘을 빌려온다. 그 마나의 힘이 블랙홀을 가로지르며 뿜어져 나오는 미학의 마력.

그것이 창조자의 힘.

체계의 마법은 공식 하나로 신의 힘을 가져오고 있다.

체계의 마법은 응용을 통해 비약적인 발전을 가져올 수도, 실패의 길을 걸을 수 있다.

하지만 작은 깨달음은 내게 발전의 가능성을 열어준다. 지금처럼 내가 마력을 완벽하게 느끼고 자연과 동화되는, 쓰러뜨리는 게 목적이 아닌 마법을 사용하는 것에 의미를 두는 것처럼 말이다.

'인간은 절망하는 동시에 발전하는 존재.'

나는 희미하게 웃었다.

"니들도 그런 것을 느끼는지 모르겠군."

76체계!

"라이트 애로우(Light Arrow)!"

마력이 응집되고, 빛의 화살이 창조되었다.

빠른 속도로 날아가는 일곱 개의 빛줄기는 무리없이 그녀를 관통했다. 어깨와 팔, 그리고 다리에 적중했다.

강대한 힘을 유연하게 조절할 줄 알아야 한다.

마법이란 그런 것. 단순히 파괴력만을 위한 마법은 침몰되어 가는 함선이나 다름없다. 비틀거리는 보라색 머리의 소녀 앞으로 검은 머리카락의 소녀가 나타났다.

방금 전의 소녀와는 달리 더욱더 침체되었다. 차가운 눈을 가진 소녀. 무엇이 그녀들을 이토록 차갑게 만들었을까. 어떤 절망과 좌절이 있었기에.

브로크웨이가 인간에게 도움을 줄 수 있는 존재라곤 생각하지 않는다. 이익만을 위한 이기적인 존재들이 당신들을 데리고 다니는 데는 필시 더러운 이유가 숨어 있을 테지.

"그만 항복해라."

바로 몇 시간 전 무력하게 얻어맞았던 상대에게 들을 말이 아니란 건 알고 있지만, 미안하게도 그때는 내 본 실력이 아니었다. 마법력 하나 없는 평범한 검사 정도였을 테니.

우두커니 서 있는 그녀를 보며 나는 입을 열었다.

"브로크웨이는 어디 있지?"

나는 흔들림없는 그녀의 눈동자를 보며 웃었다.

"대체 어떤 이유로 놈이 너희를 묶어두는 건가?"

그녀가 어금니를 꽉 물었다. 무언가가 떠오르는 모양이다. 내게 남의 머릿속을 들여다보는 능력 따윈 없으니 설명 좀 해주면 고마우련만.

"뭐, 대화가 싫다면 그만 끝내도록 하지."

나는 검을 꺼내었다. 그리고 마력을 검에 주입하기 시작했다. 뭐, 복수라면 복수다. 검으로 이기지 못했으니 마력검으로 상대하겠다는 유치한 생각.

"덤벼봐."

나는 입꼬리를 말아 올렸다.

승리에 대한 확실한 자신감이 있을 때만이 만들 수 있는 지금의 당당함이 미치도록 기분 좋다. 승리자의 기쁨을 벌써부터 만끽하는 느낌이니까.

그리고 상대는 내가 느끼는 확신만큼 지독한 압박력을 느낄지도 모르지. 그녀의 심장이 얼음이 아닌 다음에야 말이다.

파아악!

지면을 차고 뛰어들어 온다. 이미 내 온몸은 마력으로 충만해져 있었다. 움직임, 작은 동작 하나하나까지 눈에 들어오며, 심지어 머릿속에 다음 공격이 시뮬레이션처럼 그려진다.

브로크웨이보다 약한 존재.

화르륵!

검을 쳐내자 상대의 검이 순식간에 불쏘시개에 닿은 것처럼 타오른다. 활활 타올라서 검을 쥘 수조차 없다. 그녀는 당연히 검을 바닥으로 던졌고, 갈대 숲은 급속도로 불이 전이되기 시작했다. 그 번지는 불을 아이스 마법으로 냉각시키며 나는 천천히 걸어갔다.

본능적인 모습.

뒷걸음치는 그녀를 보면서 나는 여러 가지 생각을 했다.

공격의 방법을 찾는 중인가, 함정인가, 아니면 본능적인 두려움? 그것도 아니라면 또 무언가가 있는 것은 아닐까?

이렇게 의심부터 시작하는 이유는 무엇이든 섣부른 생각은 화를 자초하기 때문이다. 그러나 때때로 그런 것은 피곤한 일이기도 하지. 아무것도 아닌, 정말로 단순하게 사건이 처리될 경우엔 말이다.

3,452체계.

마력의 어둠. 흑마법과 백마법의 경계 사이에서 그 힘을 소환하나니.

"다크 핸드(Dark Hand)!"

검은 기류가 바닥을 스멀스멀 기어갔다. 그리고 그녀의 다리를 휘리릭 감싼다. 자신의 머리 색처럼 칠흑같이 어두운, 마치 그림자가 덮친 것 같은 기괴한 장면.

나는 마법을 쓰면서도 그 낯선 마력에 놀랄 때가 많다. 그럴 때마다 느끼는 것은 스승님의 마법은 위험하다는 것.

그걸 인지하지 않을 수가 없다.

언제 어느 순간에 내게 부작용이 출현하여 내가 가장 기피하는 브로크웨이로 변할지 모르니까. 그런 두려움은 브로크웨이를 만나면 만날수록 크게 느낀다.

놈들은 어떤 이유 때문에 인간이 되고 싶은 것일까.

강대한 힘을 가지는 것 외에 어떠한 불이익이 있기 때문인가.

궁금했다.

나는 다리가 묶여 꼼짝할 수 없는 검은 머리칼의 소녀를 보았다.

'알 수 있을지도 모르지.'

"브로크웨이에 대해서 얼마나 아는가?"

내 물음에 그녀는 아무런 반응도 하지 않았다. 눈도 하나 깜박이지 않으며 자신의 다리를 내려다보고 있었다. 순간 그녀의 표정이 웃고 있는 것처럼 느껴졌다. 이젠 죽을 수 있겠구나 하는 안락한 표정.

나는 그녀 앞에 서서 검을 들었다.

마나를 컨트롤하자 단숨에 그녀의 다리가 찌그러졌다. 뼈가 부서지고 살이 찢어지며, 검에 의해 가슴이 꿰뚫렸다.

타오르는 검은 그녀의 몸을 불태우기 시작했고, 살이 타는 검은 연기가 하늘 위로 올라갔다.

새카맣게 타버린 육신이 바닥에 털썩 떨어질 무렵, 피를 뚝뚝 흘리는 소녀가 뛰어온다. 검에 맺힌 하얀 기류는 강하지 않았다. 아주 얇은 막이었고, 그녀가 휘두른 검기는 쉴드로 인해 간단하게 막혔다.

관계가 어떻게 되는 걸까. 조금 더 성숙해 보이는 검은 머리카락이 언니일까, 아니면 저 자존심 강해 보이는 여인이 언니일까.

물어볼까도 생각했지만 그것은 이미 무산되어 버렸다. 내 검에 의해 그녀의 목이 날아갔기 때문이다. 그녀의 기세는 내 마력을 이기지 못했다.

검에서 부는 마력의 폭풍은 강했고, 검의 접근조차 허용치 않는 그 강대한 힘에 그녀의 오러는 큰 힘을 발휘하시 못했다. 그리고 내가 아는 상식으로는 그녀들의 오러 블레이드는 진정한 오러가 아니었다.

진짜 오러는 청명하고 밝은, 그리고 시리도록 푸른 기운을 가진 형태다. 게다가 그 중압감과 기운은 그녀들의 힘과는 차원을 달리하는 문제다.

단 한 번 진짜 오러 블레이드를 본 적이 있다. 이클레이드가 발출한 검에서 나온 진짜 검기.

하늘을 찢어발기고 대지를 폭발시킬 엄청난 기세를 가진 것이었다. 그리고 스승님이 말하길, 그것조차 진정한 오러가 아니라고 했으니, 흔히 소드 마스터라 불리는 존재들이 내뿜는 오러의 힘이라는 것은 대체 어느 정도의 단계라는 말인가.

신의 위치를 넘나드는 것은 아닌지에 대한 망상까지도 해 보곤 했다. 그리고 그는 빈말을 하는 사람이 아니다.

때문에 가장 필요한 것은 힘이다. 소드 마스터를 상대할 수 있는 실력을 가져야 한다. 바이슨 왕국에는 엄청난 실력의 인간들이 수없이 많이 존재할 것이다.

그 자리에 안주하지 않고 발전해야 한다. 끝없이, 질릴 정도로 강대하게.

나는 두 소녀의 시신을 지나치면서 그렇게 굳게 마음먹었다.

『마법체계』 2권에서 계속

다세포 소녀
원작 만화 출간!!

전국 서점가 최고의 화제작!
OCN 슈퍼액션 드라마 시리즈 방영!

왜? 사람들은 다세포 소녀에 주목하는가!
상식을 뒤엎는 기발하고 엉뚱한 상상력!

『다세포 소녀』의 숨겨진 힘!!

다세포 소녀 원작만화 (전 5권 예정)
B급 달궁 글·그림 / 값 9,000원 / 부록 에이츠 시집

몇 페이지만 읽어도 좌중을 휘어잡을 이야깃거리가 넘쳐난다!
둔감해진 머리에 영감을 주는 아이디어가 마구마구 솟구친다!
원작을 더욱더 빛내주는 기발한 댓글 퍼레이드!
300만 다세포 페인을 열광시킨 상식을 뒤엎는 엉뚱한 상상력!

또 하나의 이야기! 또 하나의 재미!
소설 『다세포 소녀』

초우 장편소설 / 값 9,000원 / 원작자 B급 달궁

"그건 모르겠고, 나는 외눈의 사랑이야. 사랑을 줄 수는
있어도 마주 할 수 없는 사랑이지. 두 눈을 가진 사람은 주
고받을 수 있지만, 나는 주는 것만 할 수 있어. 나는 주는
사랑으로 족해. 외사랑이지."

–외눈박이

입소문을 통해 아는 분은 다 알고 계십니다!
올 한해 공인중개사 최고의 화제작!

1~2권 합본 | 이용훈 지음
3~4권 합본 | 이용훈 지음
5~6권 합본 | 이용훈 지음
용어해설 | 이용훈 지음
1~2차 문제풀이집 | 이용훈 지음

수험생 기본 필독서
만화 공인중개사

제목 : 만화공인중개사 쓰신 분에게 감사드립니다.

학원을 두달 다녔어요. 근데 과연 그 숫자 외우기 그렇게 몇 문제나 나올까 생각을 했어요.
아니라는 생각이 드네요. 학원강의를 뒤로 하고 서점을 갔어요. 내 머리에 가장 이해될 수 있는
책이 없나 하구요. 거기서 만화를 발견했어요. 무쪼긴 세번 봤어요. 3개월 걸렸어요. 문제집을
보라고 했는데 그건 시행을 못했어요. 근데 합격을 했네요.
어떻게 감사의 말을 해야 될지…
도서관에서 만화책 들고 다니니까 사람들이 비웃더라구요. 만화책으로 공인중개사를 공부한
다고 미친사람처럼 보더라구요. 근데 그거 다 감수하고 했던 내가 자랑스럽습니다.
어떻게 감사의 말을 해야 할지 정말 감사합니다.
부디 행복하세요. 제 나이 41살에 좋은 스승을 만난 거 같습니다.
엎드려 감사드립니다.

잘나가고 싶은 사람은 읽어라!

그에게 한눈에 반했다! 그것은 분위기 탓?
애인과 나란히 걸어갈 때 당신은 좌, 우 어느 쪽에 서는가?
이성은 왜 서로 끌리는 걸까? 그 심층 심리를 해명한다!

30초의 심리학

■ **30초의 심리학**
아사노 하치로우 지음 / 계일 옮김 | 값 8,500원

처음 본 사람인데 와 닿는 느낌이
너무나도 강렬한 사람이 있다.
흔히 하는 말로 '필이 꽂힌 사람',
그래서 잊혀지지 않는 사람,
한눈에 반했다고 하는 것이 바로 그것이다.
이런 인간의 감정을 논하는 데
남녀의 구분이 있을 수 없다.
사랑하는 그, 혹은 그녀를
생각하는 것만으로도 가슴이 두근거린다.
이상할 것 없다. 당연히 그럴 수 있는 것이다.
그렇기에 인간을 감정의 동물이라 하지 않는가.
그러나 그렇게 좋아하는 그 사람이
어느 날 갑자기 싫어지는 경우는 왜일까?

Psychology